クトゥルー・ミュトス・ファイルズ
The Cthulhu Mythos Files

闇のトラペゾヘドロン

The Hommage to Cthulhu

倉阪鬼一郎
積木鏡介
友野詳

創土社

目　次

闇の美術館

《倉阪　鬼一郎》（くらさか・きいちろう）

一九六〇年生まれ。一九八七年短篇集『地底の鰐、天上の蛇』（幻想文学会出版局）でデビュー。ホラー、幻想、ミステリ、時代物などの小説を得意とし、俳人、翻訳家としても幅広く活躍している。『定本ラヴクラフト全集7−II　詩篇』（国書刊行会）では、ラヴクラフト作品の翻訳も手がけている。

レベル１　闇平へ

闇はすでにそこにある
にんげんの智慧の届かない深い闇だ
てをかざしても先が見えない闇の中で
待ち受けているものは何だろう
ちいさい手でびっしりと埋めつくされた
受難の深い闇の中で蠢く
けだものの三つに分かれた燃える目
るいるいとつらなる忌まわしきもの
もだえ苦しむ磔刑《たっけい》の者ら
のちにだれもいなくなる暗黒の世界

（ロバート・ブレイク「闇にて待ち受けるもの」）

二人はレンタカーに乗りこんだ。

明日は闇平《やみだいら》ウルトラマラソンが行われる。発着点は星橋《ほしはし》市の陸上競技場だ。東北地方の中堅都市・星橋のおもだったホテルには、全国から集まってきたウルトラランナーが集結していた。

そのなかに、黒田祐太郎《くろだゆうたろう》と滝野川準《たきのがわじゅん》の二人組もいた。

黒田はさほど売れていないが著書数だけは無駄に多い作家で、フルマラソンばかりでなく最近はウルトラマラソンやトライアスロンにも参加している。滝野川とはかねてよりランナー向けのソーシャルネットワーキングサービスで交流があり、ある大会で顔を合わせてからはリアルでも知り合いになった。

夏の大一番とも称される闇平ウルトラマラソンだが、二人はまだ出場したことがなかった。メッセージを交換するうち、この伝統ある大会に二人で参加しようという話がとんとんと決まった。

前日はまず受付を済ませてホテルにチェックインし、荷物を軽くしてからコースの下見に出る。ここまでは予定どおりだ。

「途中までは東北星橋マラソンと同じコースなんだがね」

レンタカーのハンドルを操りながら、滝野川が言った。

「星橋マラソンには何回出てるんですか？」

黒田はたずねた。

歳は滝野川のほうが十ほど上だ。ただし、マラソンのタイムは六十代の半ばにさしかかっている滝野川にまったくかなわない。さすがは若いころに箱根駅伝で鳴らしたランナーだ。

「三回だったかな。白鳥の飛来地《ひらいち》を通るので、白鳥のかぶりものをして走ったらずいぶんウケたよ」

　滝野川はいつもの快活な表情で答えた。

　ランナーとしては大先輩の滝野川の表の顔は校《こう》閲《えつ》者だ。ことに歴史関係の年表や記録物を得意としている。英文も漢文もすらすら読める頭脳の持ち主だから、契約している出版社からはずいぶんと重宝がられているらしい。黒田も作家だからそれなりに雑学はあるが、滝野川の引き出しの多さには一目置いていた。

　滝野川には裏の顔もあった。たった二冊だが、詩集を上梓《じょうし》している詩人なのだ。

　ふだんの滝野川は上機嫌で、冗談を飛ばしてよく笑う。六十代とは思えないほど若々しく、いかにも屈託のなさそうな雰囲気だ。

　しかし、その詩は暗い。人生の胸苦しさや生きがたさが行間にべっとりと塗りこめられていて、読んでいると思わず息が詰まりそうな散文詩ばかりだった。黒田はときどき滝野川の表と裏の顔のギャップに戸惑わされる。

「えーと、このあたりからもうコースかな？　なんだか見覚えがあるぞ」

「そうみたいですね。ちらっと距離表示も見えましたよ」

　助手席でコース図を確認しながら、黒田は言った。

「距離表示は一キロごとだそうだね。疲れてくると、そのほうが励みになって助かる」

　ほどなく、次の距離表示が見えてきた。電柱に赤い数字で「2 ㎞」という板がくくりつけられている。

　ウルトラマラソンは長丁場《ながちょうば》だ。闇平の大会は一〇〇キロと五〇キロの部がある。午前四時にスタートする一〇〇キロの部は、制限時間が一四時間で、午後六時で終了する。日照時間が長い時季でなければ開催できない競技だ。

すでに距離表示などの設営は完了しており、あとはスタートを待つばかりとなっていた。明日はこのコースを約五百人のウルトラランナーが走る。

「これくらいのアップダウンは序の口だね」

張りのある声で、滝野川は言った。

なかなかの美声で、カラオケでは灰田勝彦《はいだかつひこ》の「アルプスの牧場」などをヨーデルをまじえて歌う。

「勝負は闇平に入ってからでしょうね。このあたりから飛ばしていたら、後半に地獄を見そうです」

小刻みなアップダウンが続くコースを確認しながら、黒田が言った。

「闇平といっても広いからなあ。中盤はトンネルが続いて嫌になるらしい。ほうぼうの完走記に似たような感想が書いてあった」

「ことに、闇平トンネルが鬼門のようです。いちばん長いし、中でアップダウンがあって……」

「おまけに、有名な心霊スポットだ」

滝野川がさらりと言った。

「トンネルだけじゃないそうですけどね、出るのは」

「まあ、『遠野物語《とおの》』を引き合いに出すまでもなく、東北の山間《やまあい》の地はスーパーナチュラルなものの宝庫なんだがね。とりわけ闇平にはそういったスポットが集まっている。幽霊や妖怪のたぐいばかりじゃない。UFOや謎の生物の目撃情報も、闇平に集中してるんだ」

「もともと、平氏の落人《おちゅうど》や隠れキリシタンの伝説などがいろいろあったそうですから」

ウルトラマラソンの遠征に備え、インターネットで調べ物をしてきた黒田が言った。

「その隠れキリシタンも、妙な宗派《しゅうは》らしいね。さらに、隠れキリシタンどころか、『キリストは闇平で死んでいる』という面妖な本まで出ている。内容はとんでもないこじつけだったけど」

滝野川は楽しそうに語った。

「ある意味では特異点のような場所かもしれませんね、闇平は」

「何が起きても不思議じゃないようなところかもしれない」

「このあいだ、『わたしのクローンが語る霊の言葉』という支離滅裂な本を読んだんですけど、版元の住所は星橋市闇平になってました」

「地霊が変な人間を招き寄せるのかもしれないな」

そんな話をしながら、レンタカーを走らせていく。

交通量はあまり多くない場所だ。採掘場のたぐいもないらしく、めったにトラックも見かけない。

橋を渡り、大きく左へカーブすると、道幅がいくらか狭くなった。コース図を見ると、二〇キロ地点を越えたあたりだ。

「このあたりから峠をいくつも越えることになるな」

滝野川が前方を示した。

「一応、避暑地なんですね。ペンションの看板が目立ちます」

「冬は有名なスキー場があるから、それなりには拓《ひら》けてるようだ」

だが、しばらく進むと人家は消え、看板も見当たらなくなった。目につくのは動物飛び出し注意の看板とウルトラマラソンの距離表示だけだ。動物は初めのうちはもっぱら鹿が描かれていたのだが、熊もまじるようになってきた。念のために、熊よけの鈴を装着して走るランナーもいるらしい。

「私設エイドはあんまり期待できそうにないですね」

ただ青々としているだけの車窓を見ながら、黒田が言った。

公式のエイドは五キロ置きにあり、スポーツドリンクと水、それに地元の特産品などをまじえた食べ物を摂《と》ることができる。ウルトラランナーにとってみればオアシスのような場所だ。

それとはべつに、沿道に住む人たちが自発的に提供してくれる私設エイドがある。そういった地元の人々のもてなしを受け、束の間の交流をするのもマラソン大会に参加する楽しみの一つだ。

しかし、人が住んでいない場所では、そんなものは期待できない。

「星橋のほうへ戻ったらいろいろあるらしいけど、中盤はひたすら我慢だね」

「山の中じゃ、自動販売機もないし」

「そうそう、小銭を持っていても役に立たない。レースにはボトルホルダーを装着して出るつもりだけど……あっ、しまった！」

滝野川がだしぬけに声をあげた。

「どうしました？」

「ドリンクをうっかりホテルの部屋に忘れてきた」

「特製のやつですね」

滝野川が持参してきたドリンクは、経口《けいこう》補水液にアミノ酸系のサプリを溶かしたものだった。マラソンの前日はお茶もコーヒーも飲まず、水分はこのドリンクだけにしているらしい。こうしておけばマラソンの途中でトイレに立ち寄らずにすむのだそうだ。

「失敗したな。まあ、星橋のほうへ戻ればコンビニもあるだろう。喉が渇いたから、適当なところで何か調達しよう。フルと違って、トイレ対策はそんなに神経質にならなくてもいいだろう」

「ウルトラなら、多少のロスがあっても大丈夫ですからね」

黒田は言った。

ウルトラマラソンのメイン種目である一〇〇キロでは、一〇時間を切ることが一つの勲章になっている。いわゆる、サブテンだ。

これはキロあたり六分を切ればいい。フルマラソンに換算すれば四時間一三分くらいだから、さほど速いペースではない。キロあたり七分で走っても、一一時間四〇分の立派なタイムになる。さらにいえば、キロ八分でも制限時間内に完走できる。

スピードより、ほうぼうが痛んで苦しくなっても途中であきらめない忍耐力と気力が問われるのがウルトラマラソンだ。

「休むのもウルトラのうちだからね。ことに、変態系のウルトラだったら、寝たり食事をしたりするロスをどう織りこむかが大きな勝負になってくる。いずれにしても、一般人には理解できない世界だな」

滝野川は自嘲気味に言った。

変態系のウルトラマラソンにはいろいろある。二四時間のあいだに何キロ走れるかを競うレースも柱の一つだが、なかには小回りのトラックで行われるレースもある。ひたすら同じところをぐるぐる回りつづけるのだ。変わらない景色に打ち勝つ精神力がまず要求される。

ジャーニー系では、二〇〇キロを超える距離を二昼夜かけて走るレースも行われている。睡魔との戦いも勝負の一つだ。後半になると疲れのせいでしばしば幻覚も現れるらしい。

ジャーニー系の変態レースは、深みにはまるときりがないほどマニアックになっていく。沖縄一周などはまだしもで、本州縦断のレースなどは途方もない時間がかかる。海外に目を転じれば、サハラ砂漠や南極などでもレースが行われている。人間の欲望には限りがないらしい。

「折り返しコースだったら、向こうからランナーがやってくるので元気も出るでしょうがねえ」

初めのトンネルを抜けたところで、黒田が言った。

「そうだね。星橋に戻ると言っても、ワンウェイのコースだから」

「このあたりまで来ると、だいぶランナーもばらけてきそうです」

「オリエンテーリング系のレースと違って、ここならコースアウトする危険は少なそうだがね」

レンタカーのカーナビを確認しながら、滝野川が言った。

途中で道に迷って遭難する恐れのあるコースや、一部が岩だらけのトレイルで崖底に転落した選手もいる大会など、恐ろしいレースには事欠かない。

「でも、中盤は思考力が鈍ってきたりしますから。ゴールが近づいたら、また元気も出てくるんですが」

「このあたりは景色も単調だな。カーブを曲がっても、また似たような感じの上り坂が続いてる」

滝野川の言うとおりだった。うねうねと続く峠道は、いくら曲がっても似たような景色しか現れない。

「またトンネルです。あれが闇平トンネルですね」

黒田は行く手を見た。

アーチ形の墓壙《ぼこう》めく入口が少しずつ近づいてきた。

*

「思ったより暗いな」

滝野川がぽつりと言った。

「古いトンネルですから。時空の境目とか、トワイライトゾーンだとか、まことしやかに囁かれていますが」

「そんな雰囲気だね。一人で走ったらさぞ気味が悪いだろう」

「中でアップダウンもあるし、このトンネルで調子が悪くなってリタイアしてしまうランナーも毎年いるそうです」

「早く抜けたいな。ちょっとスピードを上げよう」

加速すると、トンネル内に車の音が高く響いた。窓の外の暗い流れが速くなる。坂を上って、下る。弱々しい非常灯が思い出したように現れて去る。

「うっ……」

黒田は短い声をあげた。

壁際に何か立っているような気がしたのだ。白っぽい人形のようなものが、看板のようなものを持ってぬっと立っていた。

いまのは、矢印だ。

赤い矢印が記されていたように見えた。

顔は見えなかった。

つるつるしたのっぺらぼうの人形だった。

「どうした？」

滝野川が声をかけた。

「いや……目の錯覚でしょう」

「おいおい、おどかすなよ」

「早くも幻覚を見たのかも」

黒田はそう言って首を横に振った。

ようやくトンネルを抜けても、あまり解放感がなかった。視野が急に拓けたりはしなかった。行く手にはまたトンネルの入口があった。

「また喉が渇いてきた。とんだ失敗だよ」

滝野川がまた愚痴をこぼした。

「ぼくのを飲まれます？」

黒田はボトルをすすめた。

「いいよ。きみのもスペシャルだろう？」

「ええ、一応」

「やっと下りになってきた。次の峠までに何かあるだろう」

滝野川はそう言って、一つ大きな空咳《からぜき》をした。ほどなく一台の車に追い越された。ずいぶん遠方のナンバーだった。同じようにコースの下見をしているのかもしれない。

「まだ下見の途中だけど、レースマネジメントのイメージはできたかい？」

次のトンネルを抜けたところで、滝野川がたずねた。

「どこで歩きを入れて、メリハリをつけながら距離を削っていくかですね」

黒田は少考してから答えた。

「距離を削る、っていうのは感じの出た言葉だね」

「自力で削れないようになったら、コースが動いているような感覚で走るようにします。先日走った周回コースのウルトラで、ちょっとそういう感覚をつかんだもので」

「コースが動いてる、って、動く歩道みたいな感じかな？」

滝野川が問う。

「そうです。もっとゆっくりで、漢字の『動く』じゃなくて、ひらがなの『うごく』みたいな感覚です」

「微妙な違いだな」

「その『うごく道』に乗っかれば、自力で走らなくてもコースが勝手に運んでくれるわけですよ」

「なるほど。それは気の持ちようだね」

「ほんとは自分で走ってるわけですけどね」

「そりゃそうだ。道のほうが動いたらびっくりだ」

滝野川はまた快活に笑った。

中間点が近づいてきた。

ようやくトンネルがなくなり、見通しがよくなってきた。道も下り基調になった。

「足が残っていたら、気持ちよく下れそうですが」

コース図を確認してから、黒田が言った。

「いや、それがトラップなんだ」

「トラップ？」

「そうさ。まだフルマラソンの距離が残ってる。ここの下りで飛ばしすぎて足にダメージが蓄積されたら、終盤に走れなくなってしまうよ。残り三キロで動けなくなってリタイアなんてことがあるのもウルトラだから」

経験豊富な滝野川はそんな忠告をした。

「分かりました。トラップに引っかからないようにします」

「できるだけ歩幅を狭めて、傾斜に逆らわないように下るといい」

「なるほど」

と、黒田がうなずいたとき、前方に妙なものが見えた。

「あれは？」

「案内板だな。矢印が出てる」

滝野川は車を減速させた。

黒田はちょっと嫌な感じになった。

毒々しい赤い矢印が見えたからだ。まるでたったいまペンキが塗られたかのように、赤がてらてらと光っている。

「美術館だって？」

視力のいい滝野川が先に案内板の文字を読んだ。

「こんなところにですか？」

「ああ、そう書いてある。闇平美術館……いや、違うな」

さらに近づくと、文字がくっきりと見えた。

それは、こう記されていた。

闇の美術館

レベル２　闇の美術館

世界はもう終わっている
のどかに見える平原の彼方に墓碑が建っている
終末の時までそこに刻まれた文字が読まれることはない
わたしには見える
りすが跳ね回る平原の果てに恐ろしい言葉が記されている
のんびりと天を舞う鳥もその上空だけは飛ばない
たとえ墓碑にたどり着いてもそこで終わりだ
めったに人影のない平原で旅人はあお向けに倒れる
のどかな風景の中で恐怖に目を一杯に開いて死ぬ
音楽がほんの束の間奏でられるそれで終わりだ
楽しい時は続かない

(ロバート・ブレイク「世の終わりのための音楽」)

「美術館なら、冷水機くらいあるだろうな」

いったん路肩にレンタカーを停め、滝野川が言った。

「洒落《しゃれ》たカフェはないかもしれませんが」

黒田は案内板を指さした。

闇という字だけがひと回り大きい。何がなしにバランスも変で、その字だけが含み笑いをしているように見えた。

「なら、行ってみるか。もし暗黒系の絵画の美術館だったら、まんざらツボじゃなくもない」

先輩格の滝野川がそう言うからには、異を唱えるわけにはいかない。矢印の毒々しい赤色が嫌な感じだったが、黒田は承諾した。

こうして、車は脇道に入った。

しばらく坂を下ると、建物が視野に入った。早くも着いたのかと思いきや、ただの古い別荘のようだった。屋根に風見鶏《かざみどり》のついた、いくらかゴシック風の洋館だ。

「なんだか隠れ里みたいな雰囲気だな」

車を徐行させながら、滝野川が言った。

「あれは……教会ですね」

黒田が気づいた。

闇平進化教会、と案内板が出ていた。妙な会派だと最初は思ったが、電柱の住所表示を見ると、このあたりは「進化」という名の字《あざ》らしい。

「自動販売機はないな。どこにでもあると思うのが、すでに文明に毒されている証《あかし》だがね」

「星橋ですら、駅前にコンビニがなくてうろたえましたから」

そんな話をしているうちに、また美術館の案内板が現れた。ただし、同じように「闇の美術館」と記されているだけで、まったく情報量は増えていない。

助手席の黒田はスマートフォンで検索してみたが、そんな名前の美術館はヒットしなかった。

「私設美術館ってのは、それこそ星の数ほどあるから」

その様子を見て、滝野川が言った。

「少なくとも星橋の観光スポットにはなっていないみたいです」

スマートフォンを指で操りながら黒田が答える。

「初めは個人的なコレクションで悦に入っているだけだったのに、不特定多数の客に見せびらかしたくて美術館を始める。まあ、よくある話ではあるな」

「なるほど、秘蔵するのも公開するのもコレクター心理というわけですね」

「そんなところだな。……お、あれだ」

最後に短い坂を上ると、黒い建物が見えてきた。

高台に聳える私設美術館には、黒ずんだ尖塔が備わっていた。

＊

「敷地の中だけ冬みたいだな」

車を停め、建物に向かいながら、滝野川がいぶかしげな顔つきで言った。

「たしかに、四方は青々としてるんですが」

黒田が手で森のほうを示す。

だいぶ錆が目立つ鉄柵で覆われた庭だけは、一本の雑草すら生えていなかった。丹念に抜いたようにも見えない。草が生えようとする意志を、根こそぎ絶やしてしまうような「何か」を敷地が有しているかのようだった。

「やってるかな？」

滝野川が先に立って進む。

黒田はパネルに気づいた。

闇の美術館　入場無料　不定期休
学芸員　曽爾谷《そにや》みどり

そう記されていた。

やっと情報量が増えてきた。女性の学芸員が常駐しているのなら、存外にまっとうな美術館なのかもしれない。

「水があればいいな」

滝野川はそれしか頭にないようだった。

最後の石段を駆け上がると、表記が「醫院《いいん》」になっている古い病院を彷彿させる扉をためらいなく開けた。黒田も続く。

初めに目に飛びこんできたのは、ある人物の胸像だった。

どうやら館長らしい。ずいぶんと長い顔の男だった。ただし、いささかいぶかしいことに、名はどこにも記されていなかった。

「ごめんください」

館内に滝野川のよく通る声が響いた。

天井はかなり高かった。採光は良くなく、隅のほうが暗く澱《よど》んでいる。そのさだかならぬ闇の中から、小さい顔がじっとこちらを見ているかのようだった。

ほどなく、奥からはたはたと足音が近づいてきた。

姿を現したのは、室内なのに飾り帽子をかぶった女性だった。淡い緑色のワンピースをまとっている。案内板に記されていた学芸員に違いない。

「いらっしゃいまし」

学芸員は古風で優雅な礼をした。

「案内板が見えたので、訪れてみました。だいぶ急いだので喉が渇いてしまいましてね。中に自動販売機はありますでしょうか。冷水機でもかまわないのですが」

よほど渇きを覚えていたのだろう。滝野川は口早に言った。

黒田は変な聞き違いをした。「冷水機」が「霊吸い機」に聞こえたのだ。

冷たい水を飲んで渇を癒すと、えたいの知れない霊が体内に流れこんでくる。そんな「霊吸い機」があったら怖い。

「申し訳ございませんが、なにぶん山奥で、当館には自動販売機も冷水機も置いてございません。ただ……」

「ただ？」

滝野川が待ちきれないとばかりに先をうながした。

「裏手の庭で育てたハーブを使ったお茶ならお出しできます。冷たいお茶のご用意もございますので」

「冷たいハーブティーですか。それはぜひ頂戴《ちょうだい》できればと」

滝野川は弾んだ声を出した。

「承知しました。少々お待ちください」

女はアルカイックな笑みを浮かべて答えた。

ややあって、盆が運ばれてきた。ポットとカップとソーサーが置かれている。ガムシロップもある。

「いくらか苦みがありますので」

そう断って出されたハーブティーに、滝野川はすぐさま口をつけた。

「よく冷えていますね。味もさわやかです」

ほっとした顔で、滝野川は言った。

黒田はひと頃ハーブティーに凝《こ》ったことがあるが、いままでに味わったことのないテイストだった。喉が渇いていればさわやかに感じるかもしれないが、いわく言いがたい癖がなくもない。

「これは何という名のハーブでしょう」

黒田はたずねた。

「名づけえぬ草、という名がついています」

女はまた古拙の笑いを浮かべた。

「それはまただまし絵的な構造ですね。美術館のハーブティーにふさわしいです。……もう一杯いただきましょう」

待望の飲み物にありついた滝野川は、上機嫌でポットに手を伸ばした。

「どうぞ。いくらでも代わりをお持ちしますので」

「ところで、この美術館はもちろん私設ですね？」

黒田が問うた。

「はい、さようです。館長が私財を投じて造られました」

「『闇の美術館』という名称の由来は？」

「闇平にある、闇の芸術をテーマにした美術館ということで、そういう名称になりました。ご挨拶が遅れましたが、わたくしは当館の学芸員の曽爾谷みどりと申します。ご不明の点がございましたら、なんなりとご質問を頂戴できればと存じます」

学芸員はていねいな口調で告げた。

「こちらの展示は常設展だけでしょうか」

二杯目のハーブティーもあらかた飲み干してから、滝野川がたずねた。

「特別展を開催しても、お客さまはめったにお越しにならないような辺鄙《へんぴ》な場所ですので」

曽爾谷みどりは持ち前のゆっくりとした口調で答えた。

「ただ、常設展のなかに特設コーナーはございます。知る人ぞ知る画家兼作家のロバート・ブレイクのコレクションなら、当館が随一であると自負しております」

「ロバート・ブレイクですか。ウィリアム・ブレイクなら知っていますが」

と、滝野川。

「ロバート・ブロックも知ってますよ」

黒田も和す。

「『サイコ』の原作者でございますね？」

少し妙な顔つきで、学芸員が言った。

「そうです。『サイコ』のほかにも、『予期せぬ出来事』とか……」

「あれはロアルド・ダールだよ」

滝野川がすぐさま訂正した。

「ああ、そうか」

黒田は頭に手をやった。

「ロバート・ブレイクが遺《のこ》した小説は、少しずつわたくしが翻訳しております。オリジナル編集の詩集も制作しました。受付に置いておりますので、よろしければお帰りにでも。では、ごゆっくり」

如才なく宣伝すると、学芸員は優雅に一礼した。

＊

ハーブティーを飲み終えた二人は、闇の美術館の展示を鑑賞しはじめた。

暗い回廊の両側に飾られていたのは、曖昧模糊《あいまいもこ》とした銅版画だった。闇の中で何かの儀式が行われているようだが、どうにも鮮明さを欠いており、事態がどうなっているのか判然としない。

「アルフレート・クビーンの絵を彷彿《ほうふつ》させるな」

滝野川がぽつりと言った。

「ロバート・ブレイクの話が出てましたが、クビーンも小説を書いてましたね」

「うん。『対極』なんて、とんでもない作品だよ。なにしろ、ラストは『造物主は半陰陽だ！』で終わってしまうんだから」

滝野川は苦笑を浮かべた。

銅版画の作者名は記されていなかった。「作者不詳」とも書かれていない。ただそっけなくタイトルが並んでいるだけで、不親切のそしりは免れなかった。

「家」「墓地」「塔」「道」など、もっぱら場所が銅版画のタイトルになっていた。先にタイトルを読むと、そういうものが描かれているように見えてくる。その程度の解像度しかなかった。

そのなかに、一つだけ毛色の違ったタイトルがあった。

それを見たとき、黒田は軽い吐き気を覚えた。銅版画に描かれていた男の表情が何を表しているのか、だしぬけに伝わってきたからだ。

その絵のタイトルは、「恐怖」だった。

銅版画のコーナーを抜けた二人は、ロバート・ブレイクの特設コーナーに入った。

まずは経歴を読む。

「ふーん、落雷で死んだのか。悲惨な最期《さいご》だな」

腕組みをして、滝野川が言った。

「ガラスケースに入ってるのが小説ですね」

黒田が指さす。

原書に加えて、三点の薄い小冊子が展示されていた。ブレイクが遺した五つの短篇を、学芸員の曽爾谷みどりが訳したものだ。黒い表紙の詩集もある。

そのほかには、七枚の絵が飾られていた。どれも暗い色調で、絵の具をこれでもかとばかりに塗りこめた油彩画だ。

「あんまりうまい絵じゃないが……」

滝野川はわずかに首をかしげた。

「真実を伝えようとする情熱のようなものは伝わってきますね」

黒田は率直な感想を述べた。

「真実ねえ……いったいどういう真実なんだろう」

今度は首がはっきりと曲がった。

「うーん……」

黒田はうなった。

そう問われてみると、明確に言語化することができなかった。

なにしろ、描かれているのは奇妙なものばかりだった。

一枚目は、「世の終わりをひそかに告げるもの」という長いタイトルが付された絵だった。

黒い翼を広げたものが山から世界を睥睨《へいげい》している。その世界はいたって奇妙で、穴だらけの岩場が這いうねりながら彼方へと続いているばかりだ。その穴の縁からは触手のようなものがいくつも覗いている。

蛸《たこ》の足のごときものはうっすらと赤く染まっている。その絵に描かれたもので、色を有するのはそれだけだ。あとは黒一色に塗りこめられている。

蛸の足のごときものは、どうやら腐っているようだ。なかには腐敗して途中でぼろっと崩れているものもある。絵の具しか塗られていないはずのキャンバスから、耐えがたい腐臭が伝わってくるかのようだった。

「それにしても、まともな絵じゃないな」

少しあきれたように、滝野川が言った。

暗い詩を書く人物らしく、滝野川は闇なる芸術に造詣《ぞうけい》が深い。オディロン・ルドンの銅版画を観るためにわざわざ岐阜の美術館にまで足を運ぶような男だ。その滝野川もあきれるほど、ブレイクの画風は偏っていた。

二枚目は、「変身」だった。

月が異様に丸くて弾けそうな晩、入江から蛇のようなものが這いずり出てくる。ぬらぬらと濡れた蛇のようなものは湿地帯を蠢《うごめ》き、やおら鎌首をもたげる。

その先端の部分が、いま人間に変身を遂げようとしている。本当は人間ではない名状しがたいものは、仮の顔を得て、これから村へ向かおうとしている。その顔には、見るなり胸が悪くなるような笑みが浮かんでいた。

「これなんかも、異常な構図ですね」

黒田は次の絵を指さした。

「祝祭」というタイトルが付されている。しかし、心弾む祝祭空間にはほど遠かった。

串刺しになった者たちがうつろな目を開いている。どの死に顔にも恐怖の色が塗りこめられていた。見てはならないものを見てしまったという恐れが、鑑賞者にも電光石火のごとくに伝わってくるような表情だ。

だが、肝心の恐怖の淵源《えんげん》が不可思議だった。

負の祝祭空間と称すべきものを現出《げんしゅつ》せしめた司祭は、怪物でも妖怪でも魔王でもなかった。ましてや、人間の姿などはしていなかった。

その絵に描かれている人間はことごとく死んでいた。脳天を串刺しにされ、はらわたを抜かれ、皮膚を剥がれて死んでいた。爪を剥がされ、血を抜かれ、眼球をえぐられて死んでいた。全身に穴を穿《うが》たれ、鋭利なもので切り刻まれ、火箸《ひばし》で焼かれて死んでいた。歯を引き抜かれ、舌や性器を切り取られ、硫酸を浴びて死んでいた。

しかし、そのおぞましい行為をなしたとおぼしい存在は、奇妙なことに明確な形を備えていなかった。

蠢く黒い渦のようなものが、絵の中心に描かれているばかりだった。

そこだけ絵の具が厚く盛り上がっている。混沌の渦には中心がなかった。いや、ある意味ではどの部分も中心だった。一にして全であり、全にして一である混沌の黒い渦は、内部に人智を超えた力を有しているかのように感じられた。

「縄が寄り集まって蠢いてるみたいだな」

滝野川はそう言って、眉間にしわを寄せた。

「それも、腐ってぐずぐずになったしめ縄が集まってきたみたいな……」

「なんだか観てると絵が動きそうだ」

滝野川は視線を外して、次の絵に歩み寄った。

人間がいっさい描かれていないから、一見するとほっとするような絵だった。タイトルも「誕生」という前向きなものだ。

だが、舞台それ自体が異様だった。とても地球には見えない、荒涼たる星だ。暗い桃色の膜に覆われた星にはガスが立ちこめているばかりで、形あるものはまったく見当たらなかった。

「何が誕生するんだろう」

半ば独りごちるように、滝野川は言った。

「この星の、最初の生命体でしょうか」

謎めいた絵を観ながら、黒田は答えた。

「なるほど……そうかもしれない」

「どこの星でしょうかね」

「土星の衛星のタイタンあたりかな。メタンガスはふんだんにあるからね。火星にしては土地が湿《しっ》潤《じゅん》すぎるような気がする」

博学の滝野川が言う。

「いずれにしても、地球ではないですね」

「ああ。どうしてこんな何の関係もない星の風景を克明に描こうとしたのか、まったくもって謎だけど」

滝野川は「何の関係もない」と言ったが、果たしてそうか、と黒田は思った。

少なくとも作者のロバート・ブレイクにとっては、この星はなんらかの意味で関係の深いものだったのではあるまいか。だからこそ、寡作《かさく》な画家は時間をかけてこの絵を描いたのではないか。

黒田はそう考えた。

残る絵は二枚だ。

「儀式」の舞台となっている建物には見覚えがあった。いま前を通ってきたばかりの「闇平進化教会」だ。

むろん、そんなことはありえない。ブレイクがモデルにした教会と闇平の教会の建物がたまたま同じ様式だっただけだろう。

教会の窓や尖塔からむやみに顔が覗いている。ただし、まともな人間の顔は一つもない。どれもこれも魂を抜かれたような表情をしていた。

「いったい何の儀式だろう」

滝野川は首をかしげた。

「庭に植わっているのは植物じゃないですね。白い袋をかぶせられてますが」

黒田が指さした。

「……人だな」

滝野川はぽつりと言った。

教会の上に広がる闇空は深かった。よく目を凝らすと、そこにも黒い翼のあるものが舞っていた。

最後の絵には「世界はここにある」というタイトルが付されていた。

ただし、構図は散漫としか言いようがなかった。海百合《うみゆり》のようなものが蛇人間に絡み合い、崩れかけた海底都市の神殿の前に開いた箱が置かれ、翼を持つ家具の裏から足の多すぎる虫が次々に這《は》いずり出してくる。連関性のない場面が並行して描かれているから、鑑賞者は戸惑うばかりだった。

それでも、観ているうちに脳の一角が痺《しび》れたような感覚になってきた。

なるほど、世界はここにある。

これが世界だ。

妙にそう納得させせられると、いままで荒唐無稽《こうとうむけい》にしか見えなかった海百合や蛇人間や神殿などが、うっすらと濡《ぬ》れたような輝きを放ちはじめた。

まるでつい今し方完成したばかりの絵のようだった。その証に、絵の具がまだ乾ききっていない。

黒田は首を振った。

引き返せ、引き返せ……。

内なる声がしきりに囁《ささや》く。

この絵をまともに観てはいけない。

「次へ行きましょう」

黒田は声をかけた。

「滝野川さん、次のコーナーへ行きましょう」

重ねて言われて、滝野川はやっと我に返った。それまでは、蝋《ろう》人形のように立ちつくしていた。

「ああ……そうするか。レース前で緊張してるのかな」

ベテランランナーはそう言って、額にちょっと手をやった。

＊

次の部屋に通じる扉には、重厚な青銅製のパネルが嵌《は》めこまれていた。

見たこともない字体だ。何と書かれているのかわからない。

「ラテン語でしょうか」

黒田はたずねた。

「いや、ラテン語じゃないね。ルーン文字とも違う」

語学の才があり、数か国語に通じている滝野川でも、にわかには見当がつかないようだった。

「字体から推察すると、トラ……トラ……」

「トライアスロンですか？」

黒田がそう言ったから、雰囲気が少し和らいだ。

「ま、とにかく入ってみるか。なんだか物々しいけど」

「じゃあ、開けましょう」

黒田は扉に手をかけた。

霊吸い機という忌《い》まわしい言葉が、またふと頭の片隅をよぎった。

かなり奥行きのある部屋だった。

穹窿《ヴォールト》天井も高い。初めから展示室だったのか、あるいはべつの目的で造られてから転用されたのか。

いずれにしても、かなり広いがらんとした部屋に、展示物はたった一つしか置かれていなかった。

ガラスケースの中に、さらに匣《はこ》がある。匣の中には、奇妙なオブジェが吊り下げられていた。

「何だろうね、これは」

滝野川はケースをぐるりと一周した。

黒田も続く。

「どこにも説明書きは出ていません」

「壁のほうにも見当たらないな」

滝野川が指さした。

「奥の壁だけ黒一色じゃないんですね」

「そうだな。奥だけ縦に少し赤が塗られている。バーネット・ニューマンの『アンナの光』の裏返しみたいだ」

「ああ、なるほど。マーク・ロスコが好きなもので、佐倉の川村記念美術館には何度も足を運んでますから、その前衛絵画の大作は観ています。残念ながら売却が決まって、まぼろしの名作になってしまいましたが」

黒田は答えた。

「あの美術館の雰囲気とは正反対かもしれないな。どうもここは、目に入るものがことごとく神経に障《さわ》る」

滝野川の眉間《みけん》にしわが刻まれた。

「それにしても、これは……」

ガラスケースを覗きこんだ黒田は、思わず息を呑んだ。

工芸作品だろうか、それとも鉱物なのか、いままで見たこともない奇妙な多面体だった。

アウトラインは球形だがいやにいびつで、きれいに割り切れない多面体だ。色はおおむね黒で、赤い線が少し入っている。

その多面体は匣の底に触れることなく、内部で宙づりになっていた。支えているのは、匣の内壁の上のほうから水平に伸びている七つの支柱と、多面体の中心を取り巻く金属製の帯だ。

「光っているように見えるな」

滝野川が目を近づけた。

(見すぎないほうがいいです)

黒田はそう忠告しようとした。

だが、言葉にはならなかった。

黒田自身がその謎のオブジェとも鉱物ともつかないものに引き付けられてしまったからだ。

多面体が収められているのは、黄色味を帯びた金属製の匣だった。着色されたようには見えない。しかし、いったいどんな鉱物なのか、名前はまったく不明だった。

匣にはレリーフが施《ほどこ》されていた。かなり複雑な縄のような模様だが、蛇を彷彿させる生命体のようにも見えた。

多面体をじっと見つめているうち、輝きを放っていたその表面がふと透明になった。

一瞬だけ振り子のようなものが浮かんだかと思うと、だしぬけに視野が拓けた。

静かに世界が開示された。

石柱のごときものが等間隔に立っている。どこかの神殿のようだが、人影は見当たらない。

映像は音もなく変わる。

今度はいちめんの赤茶けた不毛の大地だ。積み木のような山が見える。その山肌はオレンジやピンクで彩られているが、暖色がいささかもあたたかく感じられなかった。どの色も死のように冷たい。

地球のどこかのようには見えなかった。山だけが不毛の大地を睥睨している異星の光景だった。

そのうち、形象すら浮かばなくなった。

闇だけが渦巻き、波動し、根源的な意志を伝えている。

ほかには何もない世界。

ただきりもない暗黒が、多面体の最奥の部分へと際限なく続いていた。

「もし……」

遠くから声が響いてきた。

「もし、お客さま……」

その声が響かなかったら、引き返すことができなかったかもしれない。それほどまでに、謎の多面体には名状しがたい引力があった。

滝野川も我に返ったらしい。二度、三度と首を振り、続けざまに瞬きをした。

「申し訳ございません。『あまり長く見すぎないように』とお伝えするのを忘れておりました」

学芸員の曽爾谷みどりが立っていた。

「それなら、注意書きを出しといてくれればいいのに」

いくらか非難がましい口調で、滝野川が言った。

「相済みません。この展示物は文字を嫌いますもので」

「このオブジェが？」

曽爾谷はにやりと笑った。

「オブジェじゃないんですね？」

それと察して、黒田が言った。

「いったいこれは何です？　そもそも、名称は？」

そう問われた学芸員は、意を決したように、しかし妙に早口で告げた。

「トラペゾヘドロン」

一瞬、沈黙があった。

多面体のほうから、かすかな音が聞こえたような気がした。

「どういういわれがあるんです？」

滝野川が問うた。

「それは……申し上げることができないのです」

学芸員は意外なことを口走った。

「説明できないものを展示しているわけですか。そんな美術館はほかにないと思いますよ。説明不能なら、そのように明示しておくべきでしょう」

滝野川はなおも言った。

「申し訳ございません。館長の方針で」

学芸員がそんな逃げを打った。

「館長はここにおられるんですか？」

黒田はたずねた。

「いえ、常駐はしておりません。時空の……いえ、何でもございません」

学芸員は何か言いかけてやめた。

「とにかく、トラ何とかというのを観てたら、頭が痛くなってしまいましたよ。引き返しましょう」

滝野川が言った。

「こちらが出口です。ご案内いたします」

曽爾谷はただの壁のほうへ向かって歩き出した。

何かスイッチを押したのか、学芸員が手をかざすと、壁の一部が開いて順路が現れた。

「忍者屋敷みたいですね」

黒田は言ったが、滝野川はすぐ返事をしなかった。

「……また喉が渇いてきたな」

謎の多面体の展示室を出たとき、ぽつりとそう言っただけだった。

＊

外の回廊には、何点かの絵や彫刻が展示されていた。

そのなかに、ひと目見ただけで忘れられなくなりそうな作品があった。

木彫だ。

「彼は見てしまった」というタイトルが付されたその彫刻の表情は、実に真に迫っていた。いまにも叫び声が聞こえてきそうだ。

男が恐怖に顔を歪めている。その憑《つ》かれたような両目には、強い怖れの色が浮かんでいた。

見てはならないものを見てしまった恐怖……。

その原初的な強い感情が、鑑賞者にも伝わってくるかのようだった。あまりの恐怖に絶叫し、次の瞬間に眼球が飛び出し、頭部がバラバラに砕け散ってしまう。そんなありえない事態すら想像される表情だった。

「この作者は自殺しました」

落ち着いた声で、学芸員が告げた。

「そうですか」

黒田はそう答え、作者の名前を見た。

形上《かたがみ》次郎《じろう》と記されている。

「鑿《のみ》で目を突いて死んだのです。その尖端は脳にまで達していました」

曽爾谷みどりは淡々と事実を告げた。

回廊を抜けると、受付のあるエントランスに戻った。

「もう一杯、ハーブティーをいただけますか」

やや疲れの見える顔で、滝野川が所望《しょもう》した。

「承知しました。いまお持ちします」

学芸員が支度をしているあいだに、黒田は受付に置かれている印刷物をひとわたりチェックした。

謎の多面体をはじめとする展示物に関する資料は見当たらなかった。その代わり、ロバート・ブレイクの短篇を学芸員が訳した小冊子や詩集が置かれていた。

見本をざっとあらためていた黒田は、ある作品に心が動いた。

『納骨堂への階段』だ。

その訳者あとがきに、曽爾谷みどりはこう記していた。


この作品は、ある意味では翻訳不能です。

原作では、Bで始まる不吉な単語（Bone《骨》、Bomb《爆弾》、Body《死体》など）が各行に一か所ずつ使用されており、そのBをつなげると階段の形になるという巧妙な仕掛けが施されていました。翻訳では、骨に置き換えてみましたが、さすがに階段の形までは再現できませんでした。一応のところ、一行に一か所ずつ「骨」という言葉が登場しますが、それらをつなげてもあいまいな道のようなものにしかならないことをお断りしておきます。


こういった企《たくら》みのある技巧的な作品は、黒田の好むところだった。自分でも「すべての行、いや、すべての言葉が伏線になっている作品」をかねてより書きたいと思っているほどだ。

さほどの値段ではないし、希少価値もある。ハーブティーを手にして戻ってきた学芸員に購入したいと伝えると、曽爾谷みどりは珍しくはっきりとした笑顔になった。

「ありがとうございます。ほかの作品も値引きをさせていただきますので。『納骨堂への階段』の仕掛けはうまく訳せませんでしたが、詩集はどうにか趣向を反映できました。各行の一文字目をつなげると詩のタイトルになるんです」

「なるほど……では、詩集も買わせていただきましょう」

「はい」

ハーブティーで喉を潤《うるお》した滝野川も乗ってきた。

原書のコレクションも充実しており、イギリスの少部数限定版の怪奇小説集などにも手を出しているる男だから、これは当然の行動といえた。

結局、滝野川は『地底に棲《す》むもの』と『シャガイ』と詩集を購入した。

「では、またお目にかかりましょう」

淡い緑色の服を着た学芸員と、館長の胸像に見送られて、二人は闇の美術館を出た。

レベル３　納骨堂への階段

黒い服を着た者たちが集う場所がある
いちばん深い闇の奥の奥だ
翼を持つ龍のごときものどもが
があがあと耳障りな鳴き声をあげながら
ある日不意に真っ赤に染まった空に現れる
るすばかりだった闇の番人がその場所へ戻れば
教会の鐘が鳴りおもむろに扉が開く
会衆はうつろな目を開き一にして全なる真実を視る

(ロバート・ブレイク「黒い翼がある教会」)

その後は残りのコースの下見を駆け足で行い、星橋に戻ってきた。

「なんだか狐に化かされたみたいだったな。変な美術館だった」

レンタカーを戻したあと、滝野川が言った。

「でも、ロバート・ブレイクの小説と詩集がバッグに入ってますから、まぎれもない現実だったんでしょう」

黒田が答える。

「あのあたりにはエイドもトイレもないから、いざというときは立ち寄ることもできる」

「あそこまでコースアウトしたら、ロスが大きすぎるでしょう」

「たしかに、そうだな」

「あくまでも緊急避難用ですね」


そんな話をしながら、二人は駅前のファミリーレストランに入った。

ウルトラマラソンの前日には、炭水化物を多めに摂っておくのが常道だ。これをカーボローディングと呼ぶ。体内にある程度のエネルギーを蓄えておかなければ、とても長丁場は乗り切れない。

店内には家族連れではなく、明らかにウルトラマラソンの参加者と思われる客の姿が目立った。ジャージに色とりどりのフラットなシューズを履いているから、すぐさま同類だとわかる。

「それだけでいいんですか？　滝野川さん」

注文を聞いた黒田は、ややいぶかしそうにたずねた。

「ああ。あのハーブティーを飲みすぎたせいか、いま一つ食欲がないんだ」

前にも一緒にカーボローディングをしたことがあるが、気持ちがいいほどの健啖《けんたん》ぶりを見せていた。

なのに、今日はスパゲティの並盛りだけだった。パスタはダブル、ハンバーグにライスを大盛り、さらに山盛りのポテトフライとピザ。いつもならそれくらいは注文するところだ。

滝野川の気分が移ったのかどうか、黒田も注文したものをいくらか残してしまった。明日は早朝からもうレースなのに、テンションがいま一つ上がらない。

「まあ、とにかく今日は早めに休むか」

滝野川が腰を上げた。

「そうですね。忘れないように目覚ましをかけておかないと」

「遅れたんじゃ、何のために星橋まで来たのかわからないからね」

「じゃあ、明日また携帯に連絡します」

「ああ」

二人は別々のホテルに向かった。

黒田は長めにバスに浸かり、体のあちこちを入念にマッサージした。フルマラソンなら、当日の朝も熱いシャワーを浴び、毛細血管を刺激して始めからエンジンがかかるようにするのだが、ウルトラマラソンならそこまでする必要はない。

一時間近くつかったあと、両足の指にバンドエイドを巻きつける。一〇〇キロのウルトラマラソンは足に少しずつ負担がかかってくるから、あらかじめケアしておかなければならない。

さらに、両方の乳首にもバンドエイドを貼った。Tシャツとこすれて出血したりしないように、こういうところにも気を遣う。

明日はボトルホルダーを装着し、貴重品とサプリを身につけて走る。途中のレストステーションで受け取る荷物には、サプリやエアーサロンパスに加えて、ひざのサポーターなども入れておいた。

何が起きるかわからないのがウルトラだ。用心するに越したことはない。

準備はすべて整った。明日は午前二時前に起き、コンビニで買っておいた朝食を食べてからホテルをチェックアウトする。駅前から出る送迎バスに乗り、いくらか離れた星橋陸上競技場に向かう。

人にもよるだろうが、黒田は前日の飲酒をしない。当日のコーヒーも飲まない。基本的には、経口補水液にサプリを溶かしたものしか飲まないようにしている。今回は闇の美術館でハーブティーを口にしてしまったが、これは例外といえた。

いつもならまだ早い時刻だが、なにぶん未明の起床だ。黒田は早めに休むことにした。

寝つきはあまりいいほうではないが、ベッドで横になっているだけでも体が休まる。たとえ一睡もできなくても、長時間そうして休んでいれば走れてしまうことは経験上わかっていた。


意外にも、早々と眠りの波が訪れた。黒田の意識が遠くなった。

だれかが闇の中で呼んでいる。

そう思ったのが最後の記憶だった。

そして、夢が始まった。

*

舞台は教会の庭だった。

闇の美術館へ向かう途中の教会の庭に月あかりが差している。

「今年は豊作だね」

「ああ、よく実った」

庭の裏手の畑では、白い袋をかぶせられたものが風に吹かれて揺れていた。

「そろそろ、収穫を」

聞き覚えのある声が響いた。

学芸員の曽爾谷みどりだ。

それに応えて、鎌が動きはじめた。

袋を取り去り、育ったものを刈り取っていく。

「今年の『人』は出来がいいな」

「この『人』は頬の肉づきがいいぞ」

「目玉までうまそうだ」

そんな会話を交わしながら、黒い光沢《こうたく》のあるガウンをまとった者たちが畑作業にいそしむ。

「血もこぼさないようにお願いしますね。ハーブティーに混ぜますので」

学芸員の声が響いた。

「抜かりはありませんよ」

「大きなバケツでちゃんと受けてますから」

そう言いながら、男たちは次々に「人」を刈り取っていった。

闇平では、ひそかに「人」を栽培している。

十分に育った「人」は刈り取られ、さまざまな流通ルートに乗る。「人」それ自体を食す好事家《こうずか》もいるが、たいていはハンバーグなどの肉に混入され、ファミリーレストランなどでそれと気づかないうちに消費されていく。

「人」の収穫は流れ作業だ。

首の部分を刈り取り、血をバケツで受けたあと、トラックの荷台にぞんざいに放りこまれていく。

「人」は刈り取られる際に強い恐怖を抱くらしい。どの首にもべっとりと恐れの色が塗りこめられていた。

「今夜はあと二つにしておこう」

「そうだな。もう荷台が一杯だ」

最後から二番目の「人」は、滝野川だった。

先輩ランナーの首はいともたやすく刈り取られた。

そして、最後の「人」の袋が取り去られた。

目と目が合った。

もう一人の黒田が、恐怖に引き攣《つ》った顔を歪めていた。

＊

「うわあっ！」

自分が叫ぶ声で目を覚ました。

嫌な夢を見た。

ガウンの胸のあたりまで寝汗をかいていた。

黒田は首を振ると、ベッドサイドのライトをつけた。

時計は十一時半を示していた。そうすると、三時間くらいは眠ったことになる。

もちろん、まだ起きるには早い。もうひと眠りしようとライトに手を伸ばしたとき、黒田の表情が変わった。

置いた記憶のないものがそこにあった。

闇の美術館で購入したロバート・ブレイクの小説だった。

『納骨堂への階段』

表紙のタイトルが、いやにくっきりと刻まれていた。

闇平は特異点のような場所だ。何が起きても不思議ではない……。

滝野川と交わした会話が甦《よみがえ》ってくる。

いや、しかし、ここは星橋のホテルだ。ベッドサイドに置いたのを失念してしまっただけだろう。

いったんトイレに立ち、経口補水液で喉を潤すと、妙に眠気が去った。

少し迷ってから、黒田は『納骨堂への階段』を手に取り、ベッドで腹這いになって読みはじめた。読んでいるうちにまた眠くなってくるだろう。少なくとも、この姿勢なら体を休めることができる。

古風な活版印刷で組んだらしく、活字に力があった。訳文はお世辞にも流麗とは言えず、人称代名詞が頻出《ひんしゅつ》するのには閉口させられたが、原文の禍々《まがまが》しさを伝えることには成功していた。

　こんな筋立てだ。

　星の智慧《ちえ》派という異端《いたん》宗教の教会で、怪しい儀式が行われている。その秘密に気づいた地元新聞の記者が単身、教会に乗りこむ。

　そして、隠し階段を発見する。


彼がその階段を下りているとき、彼の心にふと顕《た》ったのは、骨という言葉だった。彼の心の闇の中に、骨がスーッと現れ、打ち消しがたく定まったのだ。


　訳者の曽爾谷みどりが解説していたとおりだった。

　どの行にも「骨」という言葉が用いられている。

　原文はBで始まる不吉な単語が階段状に連なっているらしいが、その先に開示されるのはどういう世界なのだろう。

　黒田は続きを読んだ。


自らも骨になってしまったかのようだった。彼は骨ばった手を彼の前方に続く深い闇を探るように動かしながら歩いた。そのうち、ひざの骨に衝撃《しょうげき》が走った。階段が途切れた。納骨堂の扉が目の前にあった。


　どの行にも記されている「骨」という言葉を見つめているうち、そのたたずまいがだしぬけに変わった。

　上半分の「冎」は人の顔だ。

　ただし、半分はもう腐ってぼろぼろになっている。眼球は一つしか残っていない。

腕も腐敗している。腐肉をだらだらと滴《したた》らせながら、両腕をだらりと広げて「骨」が近づいてくる。

下半分は「月」だ。

腐った足を引きずりながらも、「骨」は着実に近づいてくる。

納骨堂の扉を開けると、中はそんな骨で一杯だ。まだ死にきれない無数の骨が、蠢き、犇《ひし》めき、互いに絡み合って怨嗟《えんさ》の声をあげている。

そんなおぞましい光景がありありと見えたような気がした。

黒田は本を閉じた。

もうこれ以上読んではいけない。よく探せば、世界に「骨」という字はたくさん用いられている。接骨院や骨董品といった、プラスのイメージの言葉にも「骨」は含まれている。その字を見るたびに、ひどく嫌な気分になってしまいそうだ。

黒田は『納骨堂への階段』をつかみ、バッグのいちばん下のパーツに入れた。トライアスロン用の大きなトランジションバッグで、ウエットスーツなどの濡れたものを入れておく部分だ。ちょうど空いていたところに薄い本を入れると、黒田は再びライトを消して目を閉じた。

だが、今度は容易に寝つけなかった。

さきほど見た悪夢と、怪しい小説の余韻《よいん》が眠ることを妨げていた。

ある文字が気になった。

「骨」ではない。「肉」だ。

その文字の外側は納骨堂を表している。そして、内側には、「人」が折り重なるように吊り下げられている。

だれも生きてはいない。ひどく損壊《そんかい》された人体は、納骨堂の天井から吊るされて緩慢《かんまん》に揺れている。

こうして「肉」が熟成し、腐敗が進んで「骨」になる。

「人」の顔は歪んでいる。

皮膚をまだらに剥がれた顔、眼球をえぐり出された顔、鼻や耳を殺《そ》がれた顔、焼け火箸を突き立てられた顔、剣山で殴りつづけられた顔……。

ありとあらゆる拷問を受けた死者の顔が納骨堂の中空で揺れていた。

そんなあらぬ場面がどうしても脳裏から離れなかった。

頭から振り払おうとしているうち、ようやく意識が遠のき、再び眠りの波が訪れた。

黒田は闇の美術館にいた。

ただし、視野は闇に閉ざされていた。匣のようなものに幽閉《ゆうへい》されていて、外を見ることができない。

人の気配がする。

学芸員だろうか、それとも館長か。小声でぶつぶつとつぶやく声がする。

何かが循環《じゅんかん》している。自分を含む何かが、暗い場所を流れている。

(助けてくれ……この暗闇からわたしを救い出してくれ!)

夢の中で、黒田は必死に訴えた。

その願いに応じるかのように、男の声が響いた。

「そろそろ吸ってやるか」

「はい、館長」

学芸員が答える。

ややあって、黒田を取り巻く流れが急に速くなった。

緊急を告げるブザーが鳴る。

その瞬間、黒田は認識した。

自分が幽閉されていたのは冷水機、いや、霊吸い機の中だ。いままさに吸われてだれかの体内に収められようとしている。

（やめろ。ここに人がいる。助けてくれ！）

そう叫んだとき、冷水機の内部だった「世界」の枠が外れ、ホテルの部屋にやんわりと重なった。

時計のアラームが鳴っていた。

黒田はあわててスイッチをオフにした。

午前一時半だった。

レベル４　霊吸い機の誘惑

人間には知ってはならないことがある
知識を得るだけでたちどころに発狂してしまうことがある
れんげの花が咲く野原で禁断の神の名は何の前ぶれもなく告げられる
ずいぶんと牧歌的な陽のあたる場所でもそれを聞いたら終わりだ
侵された精神が脳髄が存在が元に戻ることは二度とない
入ってきてしまった知識を捨て去ることは不可能なのだ
すでに禁断の知識を得てしまった者はひとしきり笑う
るりかけすのごとくに楽しげにしばし囀る
ものの数分で声は途切れ永遠の沈黙が始まる
のどかな花咲く野原で顔のない人形がゆっくりとあお向けに倒れていく

（ロバート・ブレイク「人知れず侵入するもの」）

ウトした。

「ありがとうございました。がんばってください」

ウルトラマラソンの客のために寝ずに応対しているらしいフロントマンが、少し眠そうな顔で告げた。

そう言われて、黒田は妙な気分になった。

これから一〇〇キロのウルトラマラソンを走るというのに、なぜか高揚感《こうよう》も緊張感もなかった。頭の片隅の暗いところに、あの多面体の鉱物のようなものがさりげなく宙づりになっているような気がした。

駅前の所定の場所には、もうシャトルバスが来ていた。早朝からボランティアが元気のいい声を出し、参加者の流れをさばいていく。

黒田は窓際の席に座った。ほどなく席が埋まり、バスは陸上競技場に向かって動きはじめた。

ホテルや銀行などが並ぶ駅前通りを北上し、大

目覚めの気分は最悪だったが、黒田は気を取り直して支度を始めた。

もっとも、前日のうちにおもだった準備はすべて終えている。ウエアの前後にゼッケンを装着し、中継所へ送る荷物も袋に詰めてあった。

トイレ対策のため、当日の朝はコーヒーを飲まない。黒田は冷蔵庫から経口補水液を取り出し、手早く朝食を済ませた。

レース直前の食事はどういうものがベストか、人によって意見が分かれるところだが、黒田はもっぱら「甘くない糖質」を摂ることにしていた。コンビニで買っておいた塩むすびを立て続けに四つ食す。

あまり味のしない食事と支度を済ませると、黒田は大きなバッグを背負ってホテルをチェックア

きな十字路で左折すると、どこにでもあるチェーン店が次々に現れた。その色とりどりの灯りを、黒田はどこかまぼろしのように見ていた。

そこはかとなくサロメチール臭のするシャトルバスは、長い橋を渡って丘を上り、ほどなく陸上競技場に着いた。

予想したより立派な競技場だった。全国規模の大会も開催されるとあって、かなりの人数を収容できるスタンドも備わっている。体育館などの付帯施設も含めると、なかなかの偉容だった。

だが……。

入口に向かおうとした黒田は思わずひるんだ。

建物がいまにも崩れ落ち、完全に崩壊してしまうような錯覚に囚われたのだ。

(世界はすでに崩壊している)

そんなフレーズがだしぬけに浮かんだ。

まことしやかなたたずまいをしている競技場だが、本当はすでに崩壊している。危うい支柱のようなものでかろうじて支えられているだけなのだ。そういった強迫観念めいたものがひとたび生まれると、なかなか振り払うことができなかった。

スタートまでにはまだ時間があった。黒田は滝野川にメールを送り、競技場に着いたと知らせた。

それから、中継所に送る荷物を預けた。現金や切符などの貴重品だけポーチに入れ、あとの荷物は競技場に置いておく。

塩むすびのほかにあんぱんなども買いこんでおいたのだが、もう胃が受け付けそうになかった。

マラソンは食べるスポーツだとも言われる。強靱《きょうじん》な胃で多くのエネルギーを吸収しておけば、それだけスタミナがもつ。

その点、黒田の胃は消化能力がもう一つだった。胃薬に頼っても、どうも限界がある。ほかのランナーは競技場の中に思い思いに陣取り、おにぎりなどを食べていたが、もう食欲がわかなかった。

その代わり、喉が渇いた。まだ走ってもいないのに、なぜか水が欲しくてたまらなくなった。バッグにはまだ経口補水液が入っていたが、これではいけない。水だ。

プログラムの参加者名簿に目を通していた黒田は、顔を上げてあたりを見回した。

その視野の端に、あるものが映った。

冷水機だ。

ちょうどいま、一人のランナーが水を飲み終えたところだった。設備の整った競技場の冷水機だ。

十分に冷えているだろう。

黒田はゆっくりと立ち上がり、いくらか死角になるところに置かれている冷水機に歩み寄った。

あと少しというところで、けさの悪夢が唐突《とうとつ》にフラッシュバックした。

(中に自分がいるぞ。それは霊吸い機だぞ)

黒田は立ち止まった。

見慣れた銀色の冷水機が、ひどく不気味に感じられた。

冷水機の内部を見ることはできない。内から外へわきあがってくる冷たい水の淵源がどこなのか、初めの一点を確認することは不可能だ。

水は不可知の場所から来る。

その水に、たとえ不可思議なものが溶かされていたとしても、絶対に認識することはできない。

黒田が逡巡《しゅんじゅん》していると、女性ランナーが声をかけてきた。

「水、いいですか?」

「……あ、はい、どうぞ」

黒田は我に返って答えた。

「ああ、冷えてておいしい」

ふくらはぎがよく引き締まったランナーは、おいしそうに喉を潤してから去っていった。

もう我慢の限界だった。

(引き返せ、引き返せ……)

内なる声を振り払い、黒田は冷水機に口を近づけた。

そして、飲んだ。

水を飲んでしまった。

その瞬間、入った、と思った。

水とともに体内に入りこんできたものがあった。その見えない異物は、いともたやすく黒田祐太郎という存在の内部に侵入した。

それでも、その水はうまかった。いままでに飲んだどんな水よりもうまかった。

黒田は続けて水を飲んだ。たましいを洗い清めてくれるようなものを、喉を鳴らして飲んだ。

＊

滝野川とはスタート三〇分前に落ち合った。表情はあまりさえなかった。いつもはレース前によくしゃべるのに、自分から口を開こうとしない。

「ゆうべは眠れました?」

黒田はそうたずねた。

「ちょっと、夢見が悪くてね」

滝野川はいくらかしゃがれた声で答えた。

どんな夢だったか、たずねることはなかった。聞かないほうがいいような気がしたからだ。

「あんぱん、食べます?」

黒田は水を向けた。

「いや、結構。あまり胃の具合がよくないんだ」

滝野川はそう言って顔をしかめた。

早朝のスタートだから、大きなセレモニーはなかった。地元の政治家などのあいさつは前夜祭で終わっている。大会実行委員長と審判長が注意事項を述べる声が競技場に淡々と流れていた。

そうこうしているうちに、スタート時刻が近づいてきた。黒田と滝野川はグラウンドに出た。

立派な電光掲示板に文字が浮かんでいる。

粘走！　闇平ウルトラマラソン

ランナーを励ます言葉だが、「闇」の字のバランスの悪さが気にかかった。まるで世界に初めて現れた不可解な文字のように感じられた。

「今日は何時間くらいが目標です？」

黒田は問うた。

「うーん……サブテンで走ればいいかな」

滝野川にしては控えめなタイムだった。

箱根駅伝の八区で長く大学記録をもっていた往年の名ランナーだ。ウルトラ一〇〇キロのベストタイムは七時間台前半で、優勝経験もある。老いたりとはいえ、一〇時間というのは低いハードルだった。

「そうですか。ぼくは完走できるかどうかわからないので、帰ってこなかったら先に行っちゃってください」

あまり待たせるのは悪いから、帰りの新幹線は別々の便にしてあった。中途半端なところでリタイヤしたら乗れなくなってしまうので、どうあっても完走はしなければならない。

「わかった。がんばってくれ」

「もしやめるようならメールします」

「ああ。闇の美術館は……」

滝野川はそこまで言って、急にあいまいな顔つきになった。

「闇の美術館がどうかしましたか？」

黒田はいぶかしそうに訊いた。

「いや、なんでもない。そんなことを言うつもりはなかったんだ。どうしてそんな言葉が口をついたんだろう」

そう答えた次の瞬間、滝野川ははっとしたような表情になった。

何か理由に思い当たったらしい。

しかし、黒田はさらに問わなかった。

答えを聞きたくなかったからだ。

＊

滝野川と別れた黒田は、うしろのほうの列に並んだ。

午前四時にスタートすると徐々に明るくなってくるのだろうが、グラウンドはまだ暗かった。

日中の気温は三十度近くにまで上がると言われている。黒田もそうだが、ボトルホルダー持参で臨むランナーも多かった。水分を含むと涼しくなるクールキャップで後頭部をガードし、折にふれて水をかぶりながら走るのが夏のレースだ。

黒田はボトルの水分を補給した。これも経口補水液にアミノ系のサプリを溶かしたものだ。

ただの水を飲みたくなった。さきほど飲んだ冷水機のうまさが甦る。まるで存在の芯にしみるかのようなおいしい水だった。

「半分ちょっと行ったところに妙な施設があるんだよ」

いくらか前のほうで、ランナーがそんな話を始めた。

「あんな山奥に？」

その連れが問う。

「ああ。案内板が出てると思う」

「それで？」

足首を回すストレッチをしながら、黒田は二人の会話を聞いていた。

「もしトイレを借りたくなったり、休憩したりしたくなっても、そこへは行かないほうがいい」

「ふーん、どうしてだ？」

「おれも理由はわからない。ダークキングの永久ゼッケンを持ってた先輩がそう忠告していた」

闇平ウルトラマラソンを五回完走すると、闇平の闇＝ダークネスにちなんだダークキングの称号が与えられる。黒字に金色の永久ゼッケンをつけて走るのは、ウルトラランナーの名誉の一つだ。

「その先輩は？」

「今年も出るのを楽しみにしてたんだがねえ……」

「どうかしたか」

「急な発作を起こしたらしく、朝起きたら冷たくなってたらしい」

「それは、気の毒なことだな」

「まったくだ。まだ若かったのに」

聞きたくない話が耳に入ってしまった。「妙な施設」とは闇の美術館のことだろう。視野の端を、あの多面体がさっとよぎって消えたような気がした。

スタート三分前のアナウンスが響いた。

長い距離だから、初めから速いペースで入ってタイムを狙う大会のような緊張感はなかった。

しかし、えたいの知れない不安を拭い去ることができなかった。果たしてここに帰ってくることができるだろうか。

それとも……。

スタート地点はトラックの第三コーナーのあたりだった。ライトがあるから、ほかのランナーの姿はわりと鮮明に見えた。

黒田は足元に目を落とした。どんなシューズを履いているか観察するのは、ともすると所在のないスタート前の時間の楽しみだ。いままであれやこれやとさまざまなシューズを試してきたから、おおよその銘柄はわかる。

ウルトラなのに薄手のシューズで臨《のぞ》んでいるランナーもいれば、トレイルランニング用のものを履いている者もいる。人によって選択はいろいろだ。

いつもの大会なら楽しみなのだが、黒田は早々に目をそらした。

あるメーカーのシューズには必ず三本の線が入っている。なかには黒地に赤い線が入っているものもあった。

またあの不可解な展示物が脳裏に浮かんだ。

結局、解説らしきものはまったくなかった。一室を独占するかたちで展示されていたあの鉱物ともオブジェともつかないものは、いったい何だったのだろう。

そんなことをぼんやりと考えているうち、スタートまで一分を切った。

目標タイムのプラカードを持ったスタッフが列を離れ、ランナーたちがゆっくりと前へ詰めていく。

そして、秒読みが始まった。

電光掲示板の文字が「Ｇｏ！」に変わる。

ピストルの音が響き、拍手がわいた。

第十三回闇平ウルトラマラソン、一〇〇キロの長い旅が始まった。

レベル5　うごく道

もうすべて滅びてしまった
のうさぎの影すらこの世界にはない
みんな消えてしまった
なにもこの星には残っていないのだ
終末はひどく突然だった
わっと黒く怪しいものが空を覆ったと思ったら
りんりんと鈴の音のようなものが響き
へんなけものや神のごときものがむやみに現れ
うしろも前も逃げ場がなくなった
ごうごうと音を立てて天が崩れ
くぐもった神の笑い声が響きやがてすべてが終わった

（ロバート・ブレイク「ものみな終わりへうごく」）

距離合わせのためか、ウルトラマラソンなのにトラックを一周半してから外周道路に出た。

その後も競技場の周辺を走るばかりで、闇平のほうへはなかなか向かわない。

ヘッドランプを装着し、黒田は足元を照らしながら進んだ。鳥目の気味があり、普段から夜に走る習慣はない。薄い闇でも苦手だ。

だが、夜が明けはじめるとあたりは一気に明るくなり、ランプの必要はなくなった。黒田は電源をオフにして外し、新調したハーフパンツのポケットにしまった。

しかし、いままで使っていたものよりポケットが小さく、どうも据《す》わりが悪い。走っているうちに落ちそうになってしまう。

やむなくまた頭に装着した。トンネルで使うまではただ鬱陶《うっとう》しいだけだが、我慢するしかない。

滝野川のレンタカーで通ったコースになった。それなりにアップダウンはあるが、まだ気にならない程度の勾配《こうばい》だ。

沿道にだれもいない道を、全国から集まってきたウルトラランナーたちが粛々と走る。初めの五キロは三一分あまりだった。予定どおり、キロ六分強のペースだ。

キロ七分で一〇〇キロを走り通したら一一時間四〇分になる。これを基準タイムとし、前半に少しずつ貯金をつくっていくのがいつもの黒田のレースマネジメントだった。

五キロを三一分のペースで走れば、四分の貯金ができる。あくまでも机上の計算に従えば、五〇キロまでこのイーブンペースで走れば、予想ゴールタイムは一一時間ジャストになる。後半はキロ七分のペースを守っていけば、予想タイムどおりにゴールすることができる。

だが、これはあくまでも青写真にすぎなかった。何が起きるかわからないのがウルトラマラソンだ。気象条件にも大いに左右される。

必ずどこかでがくっとピッチが落ちる場面が来る。そこでどれくらい持ちこたえられるか、気持ちを切らさずにレースを続けられるかが勝負と言えた。

予報どおり、日差しがだんだん厳しくなってきた。汗の量も増えてきた。ウエアはもう汗でびっしょりだ。

エイドでは欠かさず水分を補給することにした。闇平の特産品がたくさん提供されるエイドは、この大会の名物だ。新鮮なアスパラガスやフルーツトマト、漬け物やそうめんなどを食べながら、黒田は先へ進んだ。

暑さに加えて、懸念《けねん》していた部分が痛んできた。右足の甲だ。先月のレースでひもを強く締めすぎたらしく、翌日から痛みだした。湿布を貼るなどのケアは施したのだが、完治しないままに今大会を迎えてしまった。

二〇キロを超えたところで、黒田は一錠目のロキソニンを摂取した。速攻で強い効き目のある鎮痛剤だ。ドーピングには抵触《ていしょく》しないから、この薬を使っているウルトラランナーは多い。

ただし、続けてのむと反動が出る。間隔をあけて使用し、できれば二錠までに抑えておきたいところだった。

鎮痛剤のほかに、サプリも早めに摂取した。まだ暑熱《しょねつ》耐性ができていないのか、予想以上に暑さがこたえているような気がした。その証拠に、ペースが五キロごとに着実に落ちてきた。上りも少しあったとはいえ、早くもキロ七分のペースになってしまった。

ダークキングのゼッケンをマークし、練達のランナーの歩調に合わせて走るつもりだったのだが、何人もに離されてしまった。やはり体が動いていない。

しかし、苦しい思いをしているのは黒田だけではなかった。アップダウンに加えて、朝からの暑さはこたえる。エイドに置かれたかぶり水のコーナーでは、ランナーがしきりに柄杓《ひしゃく》で水をかぶっていた。

「フルなら、あと一〇キロちょいなんだがな」

「あと七〇キロか……」

「気が遠くなるな」

そんな会話を交わしながらも、ランナーたちは気を取り直して先へ進んでいく。

しだいに緑が濃くなってきた。ここからが正念場だ。

体力が失われてくると、いつもならどうということのない坂の勾配がきつく感じられてくる。そして、とうとう歩きだしてしまう。

前のランナーが数人歩いていた。それを見ているうちに、黒田もあっけなく足を止めてしまった。

ウルトラは歩くのも戦略のうちだ。一〇〇キロを走り通す猛者《もさ》は少ない。

しかし、そのときの黒田は戦略ではなかった。まだ走るべきところで歩きだしてしまったのだ。

まずい、と思った。

こんなところからだらだら歩いていたのでは、完走もおぼつかない。

黒田はポーチを探り、とっておきのサプリを取り出した。南米のさる原住民に伝わるというふれこみの蜂蜜《はちみつ》だ。

この蜂蜜の錠剤をなめ、強烈な甘みを脳に伝え、「まだいける」という指令を送る。黒田は過去にいくたびもこの「イグハニー」で窮地《きゅうち》をしのいできた。

だが……。

今回は勝手が違った。

いつもは独特の甘みにだまされてくれる黒田の脳は、まったく違う反応をした。

(まだいける)

[そうだ。行く手に闇の美術館がある]

(また走り出せる)

[闇の美術館にはロバート・ブレイクの絵が飾ってあった]

(ここからの粘りだ)

[『納骨堂への階段』のどの行にも骨という字が用いられていた]

そんな調子で、いくら心を鼓舞《こぶ》しようと蜂蜜をなめても、浮かんでくるのはなぜか闇の美術館にまつわることばかりだった。まったく走る気になれない。

イグハニーを続けてなめたが、口の中がむやみに甘くなっただけだった。

次々に後続のランナーに抜かれていく。

「ファイト!」

「がんばって」

ひと言かけていく者も多かった。

同じ難コースに挑む仲間に向かって、黒田は右手を挙げて応えた。

ようやく勾配がいったん下りになった。黒田は再び走りはじめた。

その行く手に、最初のトンネルの入口が見えてきた。

中に、いる。

黒田はふとそう思った。

あれが、いる。

闇の中で揺れている……。

赤い筋の入った黒い多面体が、トンネルの中の虚空《こくう》にさりげなく吊り下げられているような気がしてならなかった。

*

トンネルによって、歩道の幅が違った。

幅が狭いところでは、うかつに追い越しをかけることができない。そこで、車道にコーンを置いて下りられるように配慮されているのだが、交通規制が敷かれていないからたまさか車がそばを通り抜ける。そのたびに肝をつぶした。

黒田はまた歩きだしていた。

トンネルの中はひんやりとしていて、暑いなかを走ってきた身に涼を与えてくれる。なかには力を得てまた走り出す者もいたが、黒田はいくぶん前かがみになって歩くばかりだった。ヘッドランプで足元を照らし、障害物がないことを確認しながら進む。

トンネルを出ると、また厳しい日差しが照りつけてきた。走ろうという気力を根こそぎ奪い取っていくような強い光だ。

「暑いですね」

同じように歩いているランナーから声をかけられた。

「暑いです」

黒田は曲のない返事をした。

「まいりましたよ。これじゃ関門に引っかかってしまう」

滝野川と同年輩と見受けられるベテランランナーだ。

「あ、そうだ。途中に関門がありましたね」

うかつにも意識から抜けていた。完走が目標と言いながらも、出るからにはあわよくば自己ベストを出したいと思っていた。入りのペースも悪くなかった。

しかし、早めに歩きだしてしまったために、関門に引っかかってもおかしくないところまで落ちてしまったらしい。

「このままだと、七〇キロ過ぎの関門でアウトでしょう」

「だったら、歩いてちゃいけませんね」

黒田は顔をしかめた。

いったんはロキソニンの効果で痛みが収まったのだが、また急に右足の甲に痛みが走った。いままでとは違う、嫌な鈍い痛みだった。

ランナーとは次のトンネルの入口まで話をしながら歩いた。

どこから来たのか、闇平は何回目か、ほかのウルトラはどんな大会に出ているか、フルのベストタイムはどれくらいか。そんな相手の質問に、もっぱら黒田が答えていた。

「じゃ、がんばってください」

そうひと声かけて、ランナーは走り出した。

「がんばってください」

黒田はそう答え、トンネルへ消えていくランナーを見送った。

それは、闇平トンネルだった。

＊

最も長いトンネルの手前で、携帯電話が鳴った。ウエストポーチに忍ばせた携帯でほうぼうを撮影しようと思っていたのだが、申し訳程度に撮っただけだった。途中からはそんな余裕などなくなった。

出ようとしたが、すぐ切れてしまった。黒田はウエストポーチから手を離した。少し進んでから、ひょっとしたら滝野川だったかもしれないと思ったが、かけ直す気力はなかった。

闇平トンネルは魔所と呼ばれる。オカルトスポットとしても有名だが、事故も多い。トンネルの内部にもアップダウンとカーブがあるから、ドライバーの錯視を誘うらしい。長いせいばかりでなく、なかなか出口が見えてこないため、開かずのトンネルとも呼ばれていた。

トンネルに入る前に、黒田は二錠目のロキソニンをのんだ。強い薬だから間隔を置かなければならないことはわかっているが、背に腹はかえられない。右足の甲が痛くて下りも走れないようでは、間違いなく途中で関門アウトだ。

かつて、二四時間走の大会に出たとき、深夜に鎮痛剤をのみすぎてあらぬものを見てしまったことがある。樹木がブロッコリーに見えたりするのはまだしもで、競技場が砕け散って破片がいきなり飛んできそうでぎょっとさせられた。

そんなことを思い出しながら、黒田は闇平トンネルの中をゆっくりと走った。もうだいぶ後方になってしまったから、前もうしろもランナーの姿は遠い。心細いから追いつこうとしても、足が言うことを聞かなかった。

昨日の下見では、このトンネルで不気味なものを見た。本当にあれが実在していたとすれば、至近距離で目撃してしまう。

そればかりではない。トンネルの壁が気になった。古いトンネルで、いま一つライトに明度が乏しい。間遠《まどお》になっているところの壁は、あいまいに暗くかすんでいた。

そこに、無数の落書きがなされているような気がしてならなかった。

普段は人が通らないトンネルだ。よくある暴走族の落書きのようなものではない。

たとえば、目。

大きな目が人知れず描かれている。それも面妖な支柱のごときもので支えられている。

記号がある。

どんな博学な者でも解読できない秘教的な記号や数式が、なぜかこの闇平トンネルの壁に記されている。

文字もある。

古代の民族が使用し、とうに忘れられたはずの縄のような文字が、トンネルの壁にびっしりと刻まれている。

「ヒッ……」

短い声を発し、黒田は懸命に走り出した。

壁を見ないようにして走る。足元だけをライトで照らしながら、遠い出口を目指す。

だが……。

今度は下が気になった。

顔が落ちている。

地面に顔がある。

このトンネルで死んだ者たちの顔が、だしぬけに光の輪の中に浮かびあがる。

弛緩《しかん》した顔、霊を吐いたかのような顔、薄笑いを浮かべている顔、傷だらけの目のない顔……。

さまざまなぶよぶよとした顔が、いまにも世界に現れようとして闇の中で懸命にもがいている。

黒田も、もがいた。

この恐怖から逃れるためには、一刻も早くトンネルを抜けるしかない。

ややあって、ようやく行く手に半月状の出口が見えてきた。

しかし、そこからが長かった。

車で下見をしたときとは違う。進めども進めども、的のような出口は大きくなってこなかった。

黒田は唐突に葛原妙子《くずはらたえこ》の短歌を思い出した。

他界より眺めてあらばしづかなる的となる
べきゆふぐれの水

一瞬、水を浴びたような気がした。

　このトンネルの中は、すでに他界なのだ。現実界と地続きに、他界はいとも平然と存在している。闇への入口が開いている。

　その闇に自分はいま囚《とら》われている。息をするのも、動くのも闇の中だ。べたべたと他界の闇がまとわりついてくる。

　出口を見据え、黒田は必死に足を動かした。

　このトンネルを抜ければ下りに変わる。世界は光に包まれる。

　それを望みに、思うように動かない手足を動かしているうち、ふとあの感覚を思い出した。

　走れなくなったら、道が動いていると思えばいい。

　高速で「動く」でなくてもいい。低速で「うごく」でいい。

　試しにやってみたところ、スーッと足が軽くなったような気がした。心なしか、出口も大きく見えた。

　これだ、と黒田は思った。

　下の道がトレッドミルのように作動している。そこに乗って足を動かしているだけで、光の世界へ戻ることができる。

　何も考えず、黒田は足を動かした。息が切れてきたが、トンネルを出たところで休めばいい。そのうち下りに変わる。関門はなんとかなる。

　それから数分後、闇平トンネルを覆っていた闇は薄くなった。開かずのトンネルの出口にようやく到達したのだ。

　黒田はほっとして立ち止まろうとした。

　だが、次の瞬間、表情が変わった。

　その体は、同じように動きつづけていた。

外に出たせいかもしれない。

一瞬、そう思った。

しかし、すぐさま間違いに気づいた。いかに条件が変わっても、自分の体を止めようと思えば止めることができる。

なのに、止まらなかった。

道が動いていた。

いや、うごいていた。

一度乗ってしまったら、二度と止まることがない。人間の意志では下りることができない。

加速した黒田は前のランナーを抜いた。さらに前方のゼッケンが大きくなる。

声をかけよう、と思った。

「ぼくを止めてくれ」

不審に思われるかもしれないが、そんな頼みごとをすれば呪縛が解け、道は普通のたたずまいに戻るはずだ。

そう心を決めたのだが、口が封印されてしまったかのようで、追い越すときにまったく言葉がもれなかった。

次々にランナーを抜きながら、黒田は走った。

抜かれたランナーのなかには、けげんそうな顔つきになる者もいた。黒田は何かに憑かれたような表情をしていた。そのまなざしはうつろだった。

残りのトンネルを抜け、下り坂を疾走する。

やがて、あの案内板が見えてきた。

闇の美術館だ。

赤い矢印が毒々しく光っている。そこにだけふわりとこの世ならぬ光がまとわりついているかのようだった。

むろん、曲がるつもりはなかった。そんなところへコースアウトしなければならない理由はない。

だが……。

道はさらにうごいていた。

豪雨のあとの急流のごときものは、正規のコースではない方向へと流れていた。

右だ。

その行く手には、闇の美術館があった。

黒田は目を瞠《つむ》った。

抗《あらが》うことはできなかった。コースを直進したいと思っても、もう流れに乗ってしまっていた。

黒田はものすごい勢いで右折した。

それでも、後続のランナーは声をかけなかった。

こういった山の中で行われるウルトラマラソンではよく見かける光景だったからだ。

ほめられたことではないが、正規のトイレに並ぶタイムロスを嫌い、わざとコースアウトして林などで用を足す男性ランナーの姿は目になじんだものだった。ゆえに、眉はひそめても、「違いますよ」などという無粋《ぶすい》な指摘をする者はいなかった。

コースアウトした黒田の姿は、ほどなく人々の意識から消えた。

道はうごきつづける。

恐怖の目を見開き、息をあえがせながら、黒田はなおも走った。

教会の前を過ぎる。

その裏手で、だれかが叫ぶ声がした。

最後の短い坂を上る。

尖塔の姿が大きくなった。

その上には、黒い不吉な雲が蠢いていた。

レベル６　名づけえぬもの

暗黒のなかにおぼろげに見えるものがある
いくら目を凝らしても鮮明にはならない
鏡台の裏にひそむさだかならぬ虫のように
のちにはっきりと姿を現す忌まわしきものは
なぜか初めはひどくあいまいなかたちをしている
かつてこの世で行われたおぞましい惨劇の記憶が
にわかに甦るときまた一人哀れな生け贄が増える

（ロバート・ブレイク「暗い鏡のなかに」）

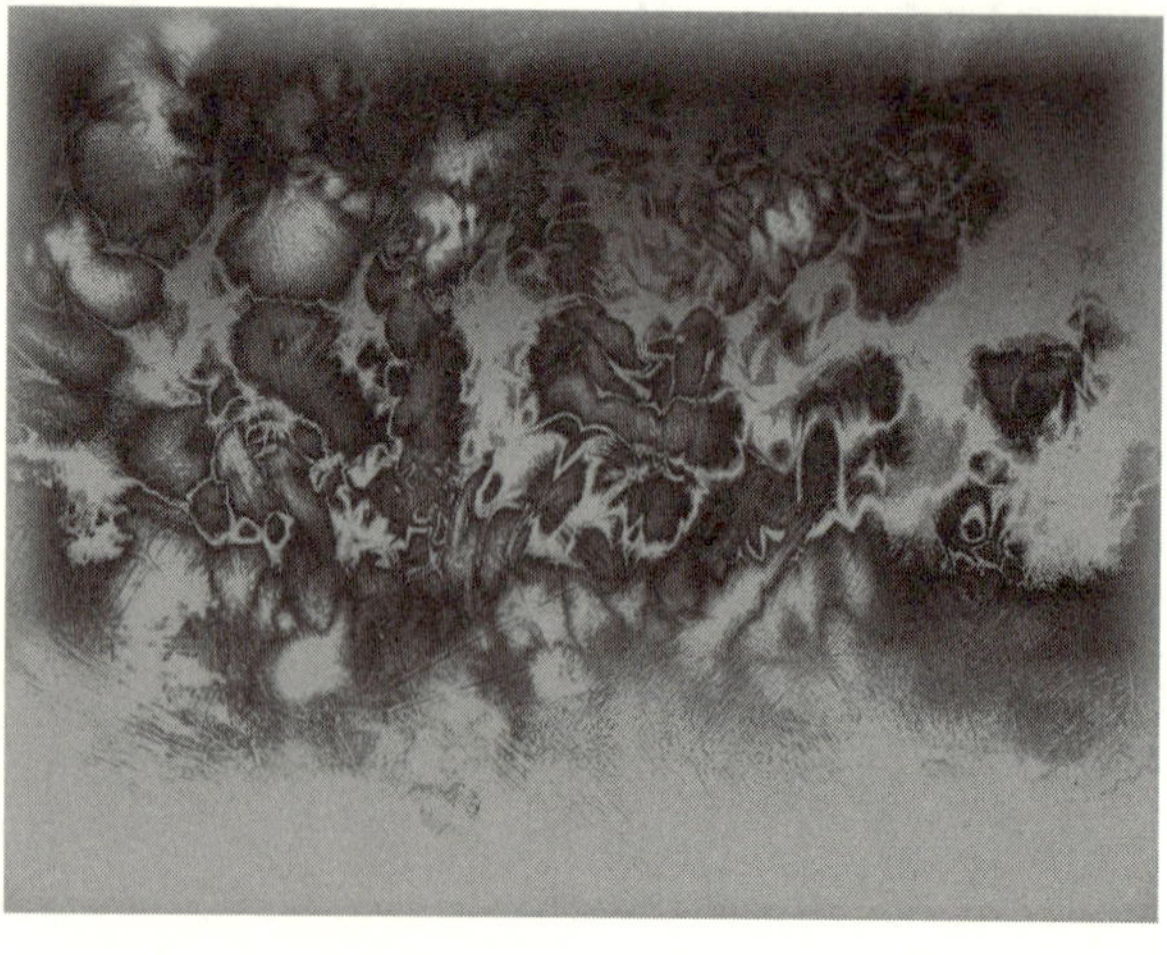

扉はひとりでに開いた。

黒田の体は、闇の美術館の内部に吸いこまれていった。

それでもなお、下が動いていた。黒田の足は止まることがなかった。

学芸員の姿はなかった。だが、その代わり、人の気配がかすかにあった。

胸像の目がわずかに動いた。そのまなざしは、何かを指示するかのようについと横へ動いた。

ある扉が開いた。通常の順路とは逆の扉だ。流れはそこへ続いていた。かなりいびつな姿勢で、黒田は逆回りに順路を進み、回廊に入った。

自らの目を鑿で突き刺して死んだ彫刻家の作品が飾られている場所に、昨日はなかったものが置かれていた。

オブジェのようなたたずまいで置かれていたのは、冷水機だった。競技場に据えられていたのとまったく同じに見える冷水機、いや、霊吸い機が、闇の美術館の回廊に平然と飾られていた。

黒田はよろめきながら近づいた。

（飲め）

霊吸い機の内部から、低い声が響いたような気がした。

（この水を飲めば止まるぞ）

黒田はそのとおりにした。

飲む。

体内に冷たい水が流れこむと、存在のすべてが浄化されていくような心地がした。
二、三度足踏みをしてから、黒田の動きがようやく止まった。足を止め、喉を鳴らして、さらに水を飲む。
足は止まったものの、限界を超えた動きをした反動が出た。両足のふくらはぎがにわかに痙攣《けいれん》しはじめたのだ。

もう立っていることもできなかった。闇の美術館の回廊に、黒田はがっくりとひざをつき、床に這いつくばった。外れかけていたヘッドランプが床に落ち、乾いた音を立てた。

苦痛に顔を歪め、ふくらはぎを手で押さえる。少しマッサージしたが、すぐには回復しそうになかった。

この期に及んでも、黒田はウルトラマラソンのことを考えていた。

このままだと関門に間に合わない。こんなかたちで棄権するのは無念だ。

それはランナーの本能のようなものだった。

しかし、ほどなく響いた靴音が、儚《はかな》い望みを打ち砕いた。

目を上げると、奇妙な存在が黒田を見下ろしていた。

人間でもあり、オブジェでもあるような、妙に現実感を欠いた男の顔には見覚えがあった。

エントランスの胸像だ。

床に倒れている黒田を見下ろしていたのは、闇の美術館の館長だった。

＊

「帰ってきましたね、ここに」

どこか遠いところから、声が響いてきた。

長い顔の館長は、この世界にかくあらねばならない存在の哀しみとでも称すべきものをたたえた深いまなざしで黒田を見た。

もう一つ、控えめな足音が響いた。学芸員の曽爾谷みどりが、そっと館長のかたわらに寄り添う。

「足が……」

黒田はなおもふくらはぎを押さえながら、訴えるように館長を見た。

「あきらめてください」

トーンは高いが、どこか柔らかな、並々ならぬ知性を感じさせる声が響いてきた。

「ここは闇の美術館です。レースに戻ることはできません」

諭《さと》すような口調だった。

飾ってあった胸像とまったく同じ顔だった。いやに古風な、英国製とおぼしい背広をまとい、ネクタイをきちんと締めている。

「あなたは、ここの……」

黒田の声がかすれた。

「館長です」

長い顔の男はゆっくりとうなずいた。

「名は？」

そう問われた館長は、少し間を置いてから答えた。

「まだ、ありません」

実存の憂愁に彩られた声だった。

「あえて言えば、『名づけえぬもの』です。そうご理解ください」

館長が言うと、学芸員が口を開いた。

「わたくしには曽爾谷みどりという名前がありますが、これは翻訳をするために必要だったので付けただけです。本当は、ありません」

黒田はまだ立てなかった。ふくらはぎが小刻みに痙攣しつづけている。

「この『闇の美術館』という名称も、かりそめのものです。独自の調査網に基づき、ひそかにリストアップしていたあなたがたをここへ招くために、案内板を出させていただきました。ほかのウルトラマラソンのランナーの目には、当館の案内板は見えていないはずです」

名づけえぬものは、おもむろに謎を解きはじめた。

「来歴を語るとむやみに長くなってしまうので略させていただきますが、われわれは永遠にさまよいつづけなければならない存在です。いまはこの闇平をかりそめの住まいとしておりますが、漂流船のごとくにあらゆる場所へ流れ、たまさか姿を現してはまた消えていきます。思いがけなく姿を現すときは、必ずしも『闇の美術館』という名称になっているとはかぎりません。まったく違う未知なる名称として、お招きするお客さまの前に現れることもあるのです」

「でも、この美術館は……」

黒田は床を指でたたいた。

音が響く。それはたしかな実体を備えていた。

「収蔵品は実在しています。さらに言えば、それを内包する美術館も半ばはこの世界に存在しています」

「半ば、と言うと？」

黒田はいぶかしげな顔つきになった。

「こういう家を想像してみてください。ある高い断崖の上に、まことしやかな造りの洋館が建っています。そこにはさまざまな美術品が収蔵されています。しかし、断崖の上にあるのは建物の半分だけです。残りの半分は何もない虚空にせり出し、異次元を覗いているのです」

優雅な手つきを交えながら、名づけえぬものは語った。

「この異次元を覗く家は、船のようなものでもあります。ここ闇平を母港としつつも、ときにはべつの場所にも現れるのです。その名称と形態を変えて」

館長は短いため息をつき、さらに続けた。

「もうずいぶん長く航海を続けてきました。時空の裂け目に位置する闇平はとても居心地が良い場所ですが、安住の地とは申せません。闇の美術館の収蔵品があるかぎり、全的な心の平安を得ることはできないでしょう」

「わたくしたちは、あれを封印しているのです」

学芸員が言い添えた。

「あれ、と言うと、トラ……」

「トラペゾヘドロン」

館長はよどみなく言った。

「ただし、その名称も正式なものではありません。本当は、絶対に発音できない言葉で表されているのです。ほかにもさまざまなコレクションがありますが、あれを封印するために呪術的に配置しているという意味合いも強くあります。いまは闇の美術館と名乗っている施設の眼目は、あれを封印し、世に災いをもたらさないようにすることにあるのですから」

使命感の宿ったまなざしで、名づけえぬものは語った。

「あれはいったい何なんだ。人が造ったオブジェじゃないのか？」

「違います」

すぐさま答えが返ってきた。

「なら、鉱物か」

黒田はさらに問うた。

館長は静かに首を横に振った。

「鉱物に見えますが、厳密に言えばそれも間違いです。この世界がかくのごとく存在する前に、あれはすでに生まれていたのです」

「そんなバカな……」

黒田はうめいて視線をすべらせた。

自殺した彫刻家が遺した木彫の顔が見えた。恐怖の叫びがいまにも響いてきそうな表情だ。

「人間が知っていることは、まさに氷山の一角にすぎません。現在の人類の歴史などというものは、闇の大作の隅に添えられた微々たるサインのごときものなのです。人智を超えたものは、闇の中でいまなお蠢きつづけています。それを映す鏡のようなものが、仮にトラペゾヘドロンと名づけられたものなのです」

館長はそう語った。

黒田はようやく半身を起こした。視野が変わり、いままで目に入らなかった天井の一角が見えた。

そこにも目をかたどった記号とも文字ともつかないものが描かれていた。異次元を覗く家であるこの美術館の随所に、こういった呪術的な仕掛けが施されているらしい。

「その鏡を覗くと、どうなるんだ？」

黒田は問うた。

館長はニヤリと笑った。

それまで見せたことのない表情だった。

「ごらんになりたいですか？」

名づけえぬものの問いに、黒田はあわてて首を振った。

「いや、見たくない」

「見たくないものを見ざるをえなくなる局面も、人生にはあろうかと存じます。先にここへいらした滝野川氏も、恐らくそうではなかったかと」

「滝野川さんが来たのか」

黒田の問いに、今度は学芸員が答えた。

「あの回廊を曲がったところでお待ちですよ」

曽爾谷みどりがそう言ってアルカイック・スマイルを浮かべた。

「手をお貸ししましょう」

館長が右手を差し出した。

指の長い、ピアニストのような手だ。

黒田はどうにか立ち上がった。

「歩けますか？」

学芸員が問う。

「ゆっくりとなら、なんとか」

　ふくらはぎの痙攣はどうにか治まったが、まだ脚全体にダメージが残っていた。ひざが折れないように注意しながら、黒田は慎重に一歩ずつ回廊を進んだ。

「滝野川さん」

　死角になる場所へ、声をかけてみた。

　返事はない。

　黒田のあとから進む館長の靴音が響いただけだった。

「寝てるんですか？」

　答えない。

　徐々に不安が募ってきた。

「滝野川さん……」

　黒田は恐る恐る回廊の角を曲がった。

　そして、見た。

　滝野川はそこにいた。

　その顔に、木彫の恐怖の表情がぴたりと重なった。

＊

「うわああっ！」

　黒田は絶叫し、床に腰から落ちた。

　滝野川は死んでいた。

　目と口をいっぱいに開き、全身を硬直させて事切れていた。

　右手の人差し指は虚空を指していた。その先に何があったのか、何を目撃したのか、死者にしかわからない。

　ただ、これだけは確実に言えた。

　滝野川は恐怖死を遂げたのだ。見てはならないものを見て死んだのだ。

「どうして、ここへ……」

　喉の奥から絞り出すように、黒田は言った。

「たくさんハーブティーを召し上がられました」

落ち着いた声で、学芸員が言った。

「あなたも飲みましたね」

館長が和す。

「一杯だけだ」

「それだけではなかったはずです。競技場で水をたくさん召し上がられましたね？」

霊吸い機のことだ。

すると、さきほど見たのは、やはり同じものだったのか。

「闇平は時空の境目に位置しています。われわれのようなものが暮らすには、大変にありがたい土壌なのです。ここからはさまざまな場所に道が通じています。古代の呪術を用いて、無理に道を通すことも可能です。この国ではポピュラーなアニメーションに『どこでもドア』というものが登場しますが、それに類するものを操ることができると考えていただければわかりやすいでしょうか」

名づけえぬものは冷静に解説を続けた。

「だから、道が……」

黒田の声がかすれた。

「いままでもこうして多くのお客さまをお迎えしてきました。そして……」

館長は思わせぶりに言葉を切った。

「殺したのか」

「厳密に言えば、そういうわけではありません。生命の形態を変容させるお手伝いをさせていただいたと申せましょうか」

館長は回りくどい言い方をした。

「いや、しかし、それではきれいごとに過ぎるかもしれません。われわれのように両義的な存在、すなわち異次元を覗く家のごとき立ち位置にいる者であっても、滞《とどこお》りなく暮らしていくためには、インフラストラクチャ、つまり、下部構造がゆるぎなく定まっていなければならないのです。いま少しわかりやすく言えば、暮らしていくためのシステムを確立し、そのシステムに基づいて経済を循環させていかなければならないわけです」

「どういうシステムだ？」

体勢を変えた拍子に、滝野川の死に顔がまた視野いっぱいに広がった。

「この闇平で暮らしているのは、われわれだけではありません。協力者たちも、古い教会を隠れ蓑《みの》としてひっそりと暮らしています」

闇平進化教会だ。

「その裏手の庭で、ひそかに栽培しているものがあります。それを流通させることで得られるお金によって、われわれは暮らしを支えてきました」

黒田の脳裏で、不意にあの悪夢がフラッシュバックした。教会の裏手の庭で栽培しているものといえば……。

「見ましたね」

名づけえぬものが言った。

黒田は首を横に振った。

「そんなはずは……あれはただの……」

「夢ではありません」

館長は告げた。

「教会の裏手の庭では、『人』を栽培しているのです」

かたわらの学芸員がうなずく。

「野菜の株を植えるように、『人』を畑に植えて水をやります。もちろん、水にも土にも呪いをかけてあります。そうすると、月あかりを浴びながら『人』はだんだん成長していくのです」

名づけえぬものは「人」の栽培法について説明した。

「ここで肝要なのは、植えつける『人』の状態です。パーツはどの部分でもかまいません。あまり人体を損壊しすぎても大きく育ちませんから、首を切断し、四肢をバラバラにする程度がいいでしょう」

身ぶりを交え、さらに語る。

「ただし、『人』を植えつけるには不可欠の条件があります。元株とも言うべき『人』ができるだけ強い恐怖を味わった状態で死んでいること。『人』に備わった最も原初的な感情である恐怖を最大限に活性化させ、細胞の隅々にいたるまで恐怖を味わって死んでいること。これが良い『人』を育てるための条件なのです」

生産者の誇りをもそこはかとなく漂わせながら、館長は解説した。

黒田はもう口を開かなかった。いや、開けなかった。

滝野川と自分がどういう運命をたどるのか、卒然とわかってしまったからだ。


「これは良い『人』になりますよ」

館長は両目を瞠ったまま硬直している滝野川の死体を指さした。

「理想的な『人』を育てることができます。もちろん、完璧な人体にはなりません。解体してから庭に埋められる『人』はいびつなかたちに育ちます。それを見ただけで恐怖死しかねないぶよぶよとしたものに育つのです。しかし、その点に関しては何の問題もありません。われわれが育てているのは、生きている人材としての『人』ではなく、その肉なのですから」

「肉……」

黒田はかろうじてその単語を発音した。

「そうです。『肉』という文字のなかには『人』が重なって入っていますね。ちょうどそのような感じで、さまざまな料理のベースになる素材として、われわれがていねいに栽培してきた『人』が用いられているのです」

名づけえぬものは、また誇らしげに言った。

「心をこめて育てた『人』がいろいろな料理に生まれ変わり、またお客さんの血や肉になっていくのです。とてもありがたいことだと思います」

曽爾谷みどりの口調は穏やかなままだった。

「われわれが手塩にかけて育てた『人』の販売先は、もっぱら大手のファミリーレストランです」

館長はそう明かした。

「回転寿司のチェーン店などでは、値段のつかない奇形の魚なども安く仕入れているそうです。それどころか、もっといわくつきの素材も使っていると耳にしたことがあります。それと同じで、たとえ『人』がいびつな形をしていて、見ただけで吐き気を催すようなものだったとしても、バラバラに解体してミンチ状にしてしまえば何も問題はないわけです。味は折り紙つきです。存分に恐怖を味わって死んだ『人』は、とてもおいしい『肉』になるんですよ」

名づけえぬものはそう言って、充足した笑みを浮かべた。

「きっと黒田さんも知らずに何度も召し上がったことがあると思います。わたくしたちが育てた『人』でつくったハンバーグや餃子などはおいしいことで評判なんです」

童話を読むような声で、学芸員が言った。

逃げなければ……。

黒田は強く思った。

ここから逃げなければ、「人」の「肉」にされてしまう。それがミンチ状になり、料理の素材になって、明るい笑い声が響くファミリーレストランでふるまわれるのだ。

嫌だ。

そんな末路は嫌だ。

「うわあっ！」

　どこかが外れたような絶叫を放つと、黒田は立ち上がった。

　逃走本能が痛みにまさった。

　足が動いた。

　だが……。

　ほんの数歩走っただけで、黒田の動きは止まった。

「あなたは水を飲みましたね」

　館長の声が響いた。

　うしろから、足音が近づいてくる。

　黒田は目を瞠った。

　その視野には、一つの扉が映っていた。トラペゾヘドロンの展示室の裏扉だ。

「あなたはもう水を飲んでしまったのです。引き返すことはできません。さあ、ゆっくりと前へお進みください」

　名づけえぬものの言葉には呪力があった。

　黒田の足が操られるように動く。自分の意志では制御することができなかった。進むまいと思っても、勝手に体が動いてしまう。

　学芸員が前に回り、扉を開いた。

「どうぞ」

　わずかにひざを折り、優雅な手つきで順路を示す。

「どうか存分に恐怖を味わってください。立派な『人』になるために」

　館長の足音は、つかず離れず、着実にうしろで響いていた。

「あなたは死ぬのではありません。生まれ変わるのです」

　苦痛を和らげるような声がかけられた。

「解体され、畑に植えられたあなたから、『人』がすくすくと育つでしょう。そして、実りの時を迎え、おいしい『肉』になるでしょう」

歌うような声を背後に聞きながら、黒田は憑かれた目をいっぱいに開いて歩いた。

その視野に、匣が映った。

「見てください」

名づけえぬものが命じた。

「最も古く、おぞましいものを宿す鏡を。トラペゾヘドロンと仮に名づけられた恐るべき呪物を」

見えない手が後頭部に押し当てられているかのようだった。

「やめろ……」

弱々しい声がもれた。

ガラスケースが近づく。

ほどなく、黒田の顔は冷たいガラスにぴったりと押しつけられた。

あれ、が見えた。

匣の中で、多面体は宙づりになっていた。

それを支えている物の輪郭《りんかく》がわずかに揺らいでいるように見えた。七つの支柱も、多面体の中心を取り巻く金属製の帯も、昨日見たときより色褪《あ》せているように感じられた。

しかし、多面体は違った。

黒い面も、深い赤の線も、冴えざえと光り輝いていた。

原初の黒と赤だ。

「さあ、見るのです」

館長が言った。

黒田は懸命に逃れようとした。どうにかしてガラスケースから離れようと、両手の指を鉤爪《かぎづめ》のように曲げた。

だが、離れなかった。目を閉じることもできない。

「恐怖を……」

名づけえぬものの声が、いやに遠くから聞こえた。

「もっと、恐怖を」

その瞬間、多面体の表面が透明になった。

振り子のごときものが浮かぶ。

そして、不意に奥行きが生まれ、光景が鮮明に映った。

レベル７
世の初めから隠されていること

扉の向こうには何もないいっさいがない
はじめて開かれる扉ではない原初に一度開いた
最も深い闇の奥にその扉は嘘のようにひっそりとたたずんでいる
後ろには無すらないいっさいがない究極の場所に
にんまりと白い無貌の神が笑う宇宙の果てのかりそめの玉座に
開示されたたった一つの真実が載せられている
かつてそれをいくたりもの旅人が覗いた
れんれんと続く旅人はただの一人も帰らなかった
るいるいとつらなる恐怖死のむくろだけが闇の中に残った

（ロバート・ブレイク「扉は最後に開かれる」）

初めに見えたのは柱だった。

精緻《せいち》だが吐き気を催すような文様が彫りこまれた柱は、かつては神殿の一部を構成していたもののようだった。

いまは崩れ果てて見る影もない。深海に沈んで久しいらしく、動くものといえば、蛇とも魚ともつかない面妖な生き物だけだった。

いや……。

よくよく目を凝らせば、崩れた柱の陰に、光を嫌うものたちが蟠踞《ばんきょ》していた。

ザリガニがいる。いやに鋏《はさみ》の大きいザリガニは、共食いでもしたのか、はらわたがはみ出ているものが多かった。それでも生きて動いていた。毒々しい黄色のはらわたをぶら下げたまま、ゆらりゆらりと動いて獲物を狙っていた。

見たこともない文字が記された石があった。丸く加工されているから、天然のものではない。かつては神殿で重要な役割を果たしていたのかもしれない。

その石の下から、虫が次々に這いずり出してきた。

背中がてらてらと光る黒い虫は、地上でもいまなお嫌われ者として生息しているものとよく似ていたが、こちらのほうがはるかに大きく脚の数も多かった。

多すぎるほど多い脚をぞわぞわと蠢かせながら、黒い虫が縦横《じゅうおう》に走る。

虫たちが群がったのは、つぶれた蛸だった。何にやられたのか、頭部を無残に食いちぎられながらも、蛸はなおも生きていた。その吸盤だらけの脚が苦悶《くもん》にあえぐように揺れる。その瀕死《ひんし》の生き物に、びっしりと黒い虫が張り付き、肉をむさぼり食おうとする。

そんな忌まわしい光景が、きりもなく、繰り返し繰り返し、黒田の視野のなかで展開しつづけた。

ときには虫の脚や顔が目に突き刺さりそうなほど大写しになった。それでも、目を閉じたり顔をそむけたりすることはできなかった。後頭部を押さえる見えない手の力は途方もなく強かった。

視覚ばかりではない。多面体が映し出す光景は、聴覚と嗅覚にも訴えてきた。

ギギギギ……。

黒い虫やザリガニなどが這いずる。獲物に群がっては肉を食らう。

耐えがたい腐臭がした。深海の一角が赤く染まっていた。

海の異変のために、無数の貝が死んでいた。見たこともないような巨大な貝がどれも口を開いて死んでいる。一度嗅《か》いだだけで胸が悪くなるような腐肉の臭いが濁流《だくりゅう》のように押し寄せてきた。

黒田の口から悲鳴は漏れなかった。

いま見ている貝のように、その口が大きく開いただけだった。

おぞましい光景はさらに続いた。

ここまで沈んできた難破船があった。乗組員はおおむね死んでいたが、なかに奇跡的に生き残った者がいた。

しかし、それが彼にとって幸福だったとは言いがたかった。深海魚や海老などに共生され、不死の人となった者には何の希望もなかった。

ときおり怪魚が襲いかかり、生きたまま肉をついばんでいく。

それでも彼は死ななかった。絶望の海の中で、友もなく、ただざまよいつづけるしかなかった。

殺してくれ、殺してくれ……。

ぼろぼろになっても死ねない男の怨嗟の声が響

く。

死なせてくれ、死なせてくれ……。

海底の牢獄で、いつ果てるとも知れない責め苦を受けつづける男がうめいた。

その声が渦にまぎれる。

絶望の渦は、やがて深い暗黒に呑まれていった。

＊

どれほど経ったことだろう。顔を離すことができない黒田にとっては、永遠のように感じられる時が流れた。

久方ぶりに、視野に色と形が映った。

だが、心が弾んだのはほんの一瞬だけだった。

異星と思われる土地の風景は寒々としていた。

山があり、谷があり、空に雲がかかっている。ただそれだけなのに、ひと目見ただけで心が萎《しお》れるようなたたずまいをしていた。

暖色すら冷たかった。太陽からの恵みの色であるはずのオレンジやピンクの雲も、ひたすら不吉でおぞましかった。

沼が見える。メタンガスの泡を間断なく噴き上げている沼に、生命のかたちはまったくなかった。

沼ばかりではない。この星には生あるものの痕跡がなかった。それは廃墟ですらない。人智の及ばない、宇宙の辺境の、ただ何もない光景だった。

そんな風景が延々と流れつづけた。

黒田に選択権はなかった。

いかに退屈で吐き気がするような光景であっても、目をそらすことができなかった。生命の痕跡《こんせき》のない平板で冷たい風景を見続けるしかなかった。

そのうち、不意に気づいた。

生命の痕跡がない星の光景を、なぜこれほどまでに克明《こくめい》に映し出すことができるのだろう。だれが、何のために、この光景を見せているのだろう。

かすかな笑い声が響いたような気がした。

存在の形態は生命体だけではない。それを超越したものも、この宇宙には存在する。

赤い筋を持つ黒い多面体もその一つだ。

闇なるトラペゾヘドロンは、生命体が皆無だった旧い世界をも映し出す。

世の初めから隠されていること。

人類はだれ一人として知らなかった禁断の世界をも、闇なる多面体は開示する。

異星の色と形が溶けはじめた。

それはたちまち溶岩のごとき流れに変じた。

そして、視覚の中心へと一気に押し寄せてきた。

＊

絶叫は放たれなかった。

黒田にはもう叫ぶ力は残されていなかった。

だが、声を放つことはできなくても、聞くことはできた。

「さらに原初へと旅していただきます」

名づけえぬものの声が響いた。

「その前に、ぜひご了解いただきたいことがあります」

館長は申し訳なさそうに言った。

「いまあなたが内部を覗いている多面体、仮にトラペゾヘドロンと名づけられたものは、恐ろしい通底器のごとき存在です。古代の呪文を彫りこんだ匣、強力なガラスケース、禁断の収蔵品を有する闇の美術館、その建物がある母港とも言うべき闇平、と三重四重の結界を張って慎重に保存しておかなければ、世に致命的な災いがもたらされてしまうかもしれません。さきほど『どこでもドア』を引き合いに出しましたが、この奇妙な多面体にもそのような力が備わっています。ひとたび封印が解かれたならば、忌まわしい古きものたちが次々に現れ、この地上を蹂躙《じゅうりん》してしまうことでしょう」

短い咳払いをして、さらに続ける。

「また、こういうたとえは語弊《ごへい》があるかもしれませんが、核兵器に見立てることも可能でしょう。さほど大きくはない鉱物のようなたたずまいですが、封印が解かれて邪神たちがこの地上になだれこんでくる場面を想像すれば、あながち無理な見立てでもないかと存じます。不遜《ふそん》な言い方をすれば、恐るべき核兵器に近い存在である多面体を正しく管理することによって、われわれは世界の平和に貢献しているのです」

「そのとおりです、館長」

学芸員の声も響いた。

「そういった平和の司祭とも言うべきわれわれの生活を支えるために、黒田さん、あなたは死んでいくのです」

名づけえぬものの言葉が脳髄《のうずい》に突き刺さる。

「どうか精一杯恐怖を味わっていただいて、良い『人』になってください。できるかぎりの手助けをさせていただきますので」

「おいしい『肉』になりますよ、黒田さんは」

童話を読むような声が悪夢のごとくに響いた。

「では、ここからは時空を遡《さかのぼ》り、原初の混沌へと向かっていただきましょう。そして、細胞の隅々に至るまで恐怖を宿していただきます。滝野川さんもそうして亡くなられました。きっと霊界でお待ちになっておられますよ」

情のこもった声で、館長は言った。

黒田の視野には異星の山が映っていた。

途方もなく高い円錐《えんすい》形の山の頂上で、邪悪な黒いものがいままさに羽を広げるところだった。

「古い邪神の姿を目の当たりにした者は、おおむね恐怖死を遂げます。人間が受容できる限度をはるかに超えた恐怖が与えられますからね。有史以来、多くの人間がそうして死んでいきました。しかし……」

声がにわかに低くなった。

「なかには生き残った者もおりました。もちろん、無傷で生還した者はおりません。脳に致命的なダメージを負い、その後の人生を棒に振ってしまったことは言うまでもありません。そういった数少ない邪神の目撃者は、絵や言葉で懸命に伝えようとしました。しかし、それはどれも正確なものではありませんでした。半ば崩壊した頭脳でも認識できる範囲で、目撃してしまったものの姿を伝えようとしたにすぎません。よって、ひそかに伝えられているその姿や色や音などは、ときにはひどく稚拙《ちせつ》に感じられたりします」

「本当の姿は違うんですね、館長」

学芸員が言った。

「そのとおり」

少し間を置くと、名づけえぬものは最後にこう告げた。

「本当の姿は、あなたがその目で見てください」

＊

黒い翼が世界を覆った。

異星の山の頂上で屹立《きつりつ》していたものは、いくたびも漆黒《しっこく》の翼を羽ばたかせた。

猛烈な砂塵《さじん》が舞い、空が暗黒に閉ざされる。

二度と吹き止むことのない地獄の風が、世界のありとあらゆるものを根こそぎなぎ倒していく。

闇の渦の中に、再び黒い翼が浮かびあがった。

何かが光る。

燃えあがるような目が見える。

だが……。

それは尋常な目ではなかった。三つにくっきりと分かれていた。

その三つの目の中心を認識した瞬間、黒田は恐怖に満たされた。ガラスに張りついた頭部の髪が、根元からサーッと白く変じていく。

燃えあがる目が不意に瞬《まばた》きをした。

次の瞬間、速度が生まれた。

闇の渦が流れに変わり、すさまじい勢いで動きはじめた。

動く、動く、原初へ動く。

流れる、流れる、始原の闇へと流れていく。

燃えあがる三つに分かれた目を持つものは、闇の水先案内人のような役目を果たしていた。

その蛇のような、あるいは縄のようなものが闇の奥へ奥へと進んでいく。

やがて、その速度が弱まり、闇が急にねばねばしはじめた。

速度ばかりでなく、方向や時間の概念すらすべて溶解させるような闇だ。

そんな時空を超越した混沌の中に、何かが横たわっていた。

音が聞こえる。

この世界にあるものにあえてアナロジーを求めれば、太鼓《たいこ》だろうか。知性のないものがたたく、ひどく下劣な変拍子の太鼓のごとき音が少しずつ高まってきた。

それに和すように、かぼそい音も響きはじめた。

単調に響く短調のメロディにはミとラの音が欠落していた。

まるでだれかが笛を奏でているようだった。

あるいは、フルートだ。

その音が響くたびに、闇の中で緩慢に影が動いた。

不定型なその動きは、心を持たない踊り子たちがだれかをなぐさめるように踊っているかのようだった。

本当は闇の一部が波動しているだけだった。こんなところに踊り子がいるはずがない。フルートの奏者がいるはずがない。それは自分の理解できるものにアナロジーを求めた凡庸《ぼんよう》な物語にすぎなかった。

そんな踊りを玉座に座って眺め、楽の音に耳を傾けている存在は、手垢《てあか》のついた物語では「王」に擬《ぎ》せられた。

万物の王にして、知性をまったく喪失した存在が、闇の玉座で弛緩《しかん》している。

しかし……。

踊り子やフルート奏者と違って、その王の顔かたちを言葉にして伝えた者はかつていなかった。

それは当然だった。

王に擬せられたものには、顔がなかったからだ。

それは完璧に欠落していた。

にもかかわらず、顔があるべき虚《きょ》の一点は恐ろしかった。

一瞬、垣間《かいま》見ただけで精神が崩壊するほど恐ろしかった。

完璧な欠落は、限りなく「非在」という存在に近かった。

この世界のありとあらゆるものは存在しなくなる。完璧に消え去り、何も残らなくなってしまう。

そんな「非在」の認識が、見てはならない虚の一点で渦巻いていた。それだけが儚い真実として残されていた。

その瞬間を、黒田も体験した。

髪は完全に白く変じた。

全身が痙攣しはじめる。

それでも、まだ息絶えてはいなかった。

映像がふっと揺らぎ、次の暗黒が映った。

＊

そこにも混沌があった。

じゅくじゅくとした膿《うみ》のようなものが泡立っている。その不快な音が通奏低音《つうそうていおん》のように響いている。

形が見える。

おびただしい数の球体だ。単色に染められているものは一つもない。すべて虹色に染まっている。その球体の集積がぐらりと崩れ、一瞬で弾け飛んだ。

仮面が剥がれた。

原初の闇の中で這いずりまわる忌まわしいものの姿が見えた。

それは触角を備えていた。

いや、人智に照らせば触角に見えるものを有していた。そのせいで、それは巨大な蛞蝓《なめくじ》のように見えた。

だが、はっきりと形が定まっているわけではなかった。蛞蝓になり、粘液に戻り、また蛞蝓になる。ときには蚯蚓《みみず》のごときものに変じる。その形は常に不定形で、絶えず変容しつづけていた。

その向こう側の闇はひときわ濃かった。

まるで門のように行く手に立ちはだかっていた。

世界はそこで終わる。

その外は、もはや宇宙ではない。

非在ですらない。

「ない」ということすら「ない」、いっさいの認識を峻拒《しゅんきょ》する世界だ。

そこには、世の初めから隠されていることがあった。

視覚でも聴覚でも嗅覚でもいい。何らかの関係が結ばれたら最後、存在の主体を完膚《かんぷ》なきまでに崩壊させてしまう恐るべきものが、その扉の向こうに潜んでいた。

虹色の球体の仮面をかぶったものも、闇の玉座で弛緩していたものも、這いうねるその眷属《けんぞく》も、その他もろもろの忌まわしい存在も、世の初めから隠されていることを認識することはできない。

その最後の秘密が、いま、開示された。

闇の扉が開いた。

＊

黒田の顔がガラスケースから離れた。

悲鳴は放たれなかった。

闇の美術館に招かれた者は、虚空を指さしながらゆっくりと倒れていった。

両目をいっぱいに見開き、後頭部を床に激しく打ちつける。
二、三度、体が大きく痙攣した。
そして、動かなくなった。

マ★ジャ

《積木 鏡介》(つみき・きょうすけ)

一九五五年生まれ。一九九八年、メフィスト賞を受賞したクトゥルー作品『歪んだ創世記』でデビュー。フレドリック・ブラウンを好み、『魔物どもの聖餐』に反映されている。二〇〇二年、『芙路魅』を最後に創作活動は休止していたが、二〇一三年、「都市伝説刑事」シリーズの電子書籍形式での発表で活動を再開した。同作品は英訳版も出ている。

1

天空の彼方にあるその異界で、〝それ〟はじっと息を潜《ひそ》め、時が来るのを待った。魂に刻まれた憎悪と怨念をぐつぐつと煮えたぎらせ、ただひたすら待ち続けていた。

そして感じた、今が正にその時である事を。

我々を力でねじ伏せた傲慢《ごうまん》なる古《いにしえ》の神――奴は最早我々に力が無いものと決めつけ、惰眠《だみん》を貪り始めている。今こそ積年の恨みを晴らす時がやって来たのだ。

〝それ〟は、今や燃え盛る復讐《ふくしゅう》の炎そのものと化していた。

何としても行くのだ、復讐の地、地球へ。

間もなくこの宇宙で絶対死をもたらす唯一の存在、漆黒《しっこく》の滴《しずく》が地球を取り囲む時が来る。その時あの場所、〝輝くトラペゾヘドロン〟のあるあの場所に行かなければならない。何としても。

だがそのためには……

もう日の暮れ始めた日曜日の青森駅は、休日を行楽地や繁華街で過ごし、帰宅する人たちで溢《あふ》れていた。

楽しげに会話を交《か》わす若者たちや、久しぶりのお出かけにはしゃぐ子供たちと、それを笑顔で見つめる母親。家族サービスに疲れた父親も、そんな家族を見て頬《ほお》を緩める。

「間もなく電車が参ります」

駅のアナウンスがホームに響く。

ホームの中央に、まだ若いママと坊やが仲睦《なかむつ》まじく手を繋《つな》いでいた。坊やは今日の楽しい思い出を、一生懸命にママに話している。そんな坊やを見つめるママは、優しそうに目を細めていた。

「ねえママ。僕、札幌に着いたら、あのお店の味噌バターラーメンが食べたい」

自家製の煮卵と大きなチャーシューが評判の、坊やのお気に入りの店だった。

ママは笑みを湛《たた》えたまま、無言で坊やの前に屈み込むと、両手で坊やをゆっくりと抱え上げた。

大好きなママに抱っこされ、嬉しそうな坊や――次の瞬間、ママは躊躇《ためら》う様子もなく、抱え上げた坊やを線路へ放り投げた。

周囲のざわめきが止まる。散り散りバラバラだった百以上の視線が、一斉にママと坊やの間を往復した。

電車が彼女の前を――放り投げられた坊やの真上を通り過ぎた。

電車が定位置で止まったのを合図に、あちこちから一斉に悲鳴が上がる。ママは相変わらず優しく目を細め、口元に笑みを浮かべていた。

＊

「ねえ、〝メーアン様〟んトコ、行こう」

……えっ？　何だって？

「だ・か・ら、〝メーアン様〟んトコ！」

まだ舌足らずな、小さな女の子の声だ。

「行くんだってば！」

駄々をこねたような可愛らしい声。君、誰？　姿が見えないんだけど。周囲は深い霧に覆われているようだった。

「〝メーアン様〟へ行くんだよ。行かなきゃダメなんだからね！」

姿は見えないけど、ちょっと拗《す》ねたような口調に自然と頬が緩む。はいはい、分かりました。でも〝メーアン様〟って……

「あれだよ」

霧が晴れ、自分が空き地のような場所の真ん中にいる事を知った。夜だった。周囲は木々に覆われている。山の中だろうか。

目の前には、月明かりに薄ら浮かぶ小さな切妻《きりづま》屋根と観音《かんのん》開きの扉。それは古びた祠《ほこら》だった。

「あれが〝メーアン様〟」

声に引かれ、視線を落とす。そこにいたのは四、五歳くらいの幼い少女だった。亜麻《あま》色の髪を二本のピンクのリボンで結んだツインテールに、ピンクのワンピース。

子犬のような鼻にクリクリとした目が、小動物のようにこちらを見上げている。見覚えの無い女の子だった。

「君、誰？　名前は？」

「名前？」――少女がちょっと眉根《まゆね》を寄せ、小首を傾《かし》げた――「何？　それ」

「何って……」

あまりに素《す》っ頓狂《とんきょう》な質問と可愛らしい仕草に、軽く吹き出す。

「君は親とか友達から何て呼ばれてるの？」

少女は目線を落とし、暫《しばら》く困ったような顔をしていたが、直《す》ぐに何か思いついたように目を輝かせ、

「お兄ちゃんは私を何て呼ぶの？」

「僕が君を何て呼ぶのかって？」

もう笑いを堪《こら》えるのに必死だった。

「そうだなぁ」――彼女のリボン、ワンピースを見てから――「じゃあ桃、桃ちゃんって呼ぶよ」

「じゃあ私、桃ちゃん」

少女が……いや、桃が嬉しそうに言った。

冷静に考えれば、奇妙な会話だ。でもその時は、桃の愛くるしさだけしか目に入らなかった。

軽く屈み、その小さな体をそっと抱き上げた。桃は抵抗する様子もなく、こちらの体にしっかり

としがみつき、甘えるように頭や頬を胸にこすりつける。その柔らかな髪から漂う甘い香りに誘われ、そっと鼻を近づけると、

「あれ開けて」

桃は祠の観音扉を指差した。

祠の扉を開けろと言うのか？　しかしそんな事をして大丈夫なんだろうか。だが桃の訴えるような、どうしても欲しい玩具《おもちゃ》を懇願するような目線が躊躇《ためら》う気持ちを揺さぶる。

取り敢《あ》えず彼女を地面に下ろし、手を繋いで祠の前まで来た。

視線を落とすと、唇をぎゅっと噛んでこちらを見上げる桃の目が決断を迫っていた。仕方ない。祠の扉に手を伸ばし、ゆっくりと開いた。

祠の中にあったのは、腐りかけた木の台とその上に、これも薄汚れた布。その布の上に置かれていたのは……

何だろう？　色はほぼ黒で野球のボール、いやソフトボールかそれより少し大きいくらいだろうか。その球体は表面に不揃いの平面が数多く並ぶ、所謂《いわゆる》、

「多面体って奴だな」

独り言のように呟《つぶや》くと、

「タンメンタン？」

桃がこっちを見上げながら小首を傾げる。いや多面体だよ、と訂正しようとしたが……まあ、もう少し大きくなるまではそれでいいか。

それにしても、これは何だ？　珍しい結晶体？　いや何らかの鉱物か金属を刻んで綺麗《きれい》に磨き上げた人工物のように見える。

それに……何だろう？　よく見ると球体表面に並ぶ平面がひとつだけ欠けている。いや、欠けていると言うより、四角錐がひとつ、球体からすっぽりと抜き取られている感じだった。

「これをどうすればいいの？」

桃は黙ってこちらを見つめる。

「これが欲しいの？」

今度ははっきり頷《うなず》いた。取り出せ、って事か？

だけど祠の中にある物を勝手に取り出すなんて……罰《ばち》でも当たらないか。決断を渋る心に、小さな唇を噛み締めたままこちらをじっと見つめる桃の瞳は眩《まぶ》し過ぎた。

ええいっ！　もう乗りかかった船だ。毒食らわば皿まで——いや、これはちょっと違うかな？

恐る恐る手を伸ばし、その奇妙な黒っぽい球体を掴《つか》んだ、その瞬間、

「あっ、目を覚まして！」

突然、桃の声が聞こえた。それを合図に再び霧が周囲を覆い始め、たちまち視界を遮《さえぎ》った。白一色に包まれた世界に戸惑いながら桃を呼ぶ。

どうしたんだ？　桃。何があったんだ？　教えてくれ、君はまだそこにいるのか？　桃、桃……

「モノクロ」

えっ？

「おい、モノクロ」
モ、モ、モノクロ……
「起きろよ、モノクロ」

瞼《まぶた》を開くと、まだ日の光に慣れていない目に若い男の顔が浮かぶ。流行《はや》りのミュージシャンを意識した小洒落《こじゃれ》たウルフヘアに細い顎《あご》、こいつは、

「な、なか…じま？」

中島——大学で同じゼミを受講している中島だった。

「桃は……桃はどこ行った？」

「モモ？　モモじゃない。お前はモノクロだろ。とっとと目ぇ覚ませ。朝飯の時間だぞ」

朝飯？　そうか、もう朝食の時間か——覚めきっていない頭でぼんやりと考える。寝てたのか、

僕は。すると今のは夢？

次第に頭の中が鮮明になって来た。

僕の名前は白都久郎、東京の大学の四年生。〝しらとひさお〟と読むのだが、苗字の「白都」は〝しろと〟、名前の「久郎」は〝くろう〟とも読める。つまり〝しろとくろう〟＝〝白と黒〟。で、ついた渾名《あだな》が〝モノクロ〟。

今はゼミの夏合宿で東京を離れ、昨日《きのう》からこの静岡県にある民宿に泊まっている。土曜日から火曜日までの三泊四日。この部屋は和室で、僕と中島、それにもう一人、

「早く洗顔、済ませて来いよ。もうみんな食堂に集まってるぞ」

このふっくらした体格に長髪を後ろで束ね、ヘアバンドで止めているのが市川。会うたび「似合わないからやめろ」と言っている小さな丸眼鏡をつけ、既にパジャマからTシャツとGパンに着替え終えている。

そう、僕と中島、そして市川の三人が同じ部屋で寝泊まりしているのだ。さあ、早いとこ顔を洗ってしゃきっとしなきゃ。

洗顔を終え、鏡に映る童顔に溜め息を吐く。可愛いと——大学四年だぞ！——褒めてくれる人もいるが、年上や同期の女性からもよく揶揄《からか》われるので、自分の顔が今ひとつ好きになれない。

高校時代、ちょっと背伸びして鼻の下に髭を蓄えてみた事もあった。不評だったんで大学入試の前に剃っちゃったけど。

サラっとした短髪を軽く整えてから食堂へ向かおうとした時、Gパンのお尻のポケットに仕舞った携帯電話が鳴った。やはり同じゼミの庄野紫《むらさき》、僕の〝彼女〟からだった。

普通なら嬉しいモーニング・コールだが、その時僕は、頭の中で苦虫を噛み潰していた。ゼミ合

管轄《かんかつ》外だが、特別の許可をもらってその場に居合わす事が出来た。あれは世にも奇妙な供述だった。

*

「こんな人っていませんか？　例えば子供の頃の曖昧《あいまい》な思い出の中に住んでいる人。たくさんの友達に混じって、他の子たちの顔は浮かぶのに、その子の顔だけが霧のカーテンの奥に隠れているみたいな。何をして遊んだか、どんな話をしたのかは鮮明に覚えているのに、何故かその子の顔だけは、記憶の帳《とばり》の向こうから出て来てくれない。そんな不思議な人っていませんか？」

駅のホームから自分の一人息子＝谷村海斗《かいと》を線路に投げ捨て、ホームに入って来た電車に轢《ひ》き殺させた女——谷村悦子が取調室で奇妙な供述を始めた。

宿だというのに、またいつもの遅刻かと。

「あっ、モノ君？　紫です。ご免なさい、約束の時間、守れなくて。もう直ぐ着くから」

紫が申し訳なさそうな声で言った。

紫は恋人としては申し分ない。でもただひとつだけ困った事があった。時間にルーズなのだ。今回もパパが買ったばかりの新車に乗って、こちらへ向かってるはずなのだが、

「早く来いよ。いつまで待たせるつもりなんだ」

僕は苛々《いらいら》した口調で言った。たまにはいいだろう、少しばかりきつく言うのも。

「ご免。車、飛ばして急いで行くから」

民宿の一人部屋で目を覚ました北海道警の刑事・鉢屋《はちや》芳彦は、まだ布団に包《くる》まったままだった。二週間ほど前の、青森県警での取り調べの様子を思い出していたのだ。

無表情で、その目はまるで死んだ魚のようだった。

「たくさんの大人たちに混じってる時もあります。いつも自分と遊んでくれてたはずなのに、顔は覚えていない。いつも傍《そば》にいたはずなのに……あれは一体誰だったんでしょうね」


私、谷村悦子はまだ幼い頃、小鳥を飼っていた時がありました。親にせがんで買ってもらったんです。でも直ぐに飽きてしまって世話をサボり、死なせてしまいました。

父親は優しく私を叱り、せめて庭に埋めてあげるように言いました。でも私、気味が悪いと言って小鳥の死骸《しがい》に触れようともしなかったんです。結局、父親が庭に埋めてくれました。

その時、記憶の帳に潜む声が言いました。

「お前は生き物を粗末にしてるね。自分の玩具としか考えていないんだ。我儘《わがまま》な子、自分勝手な子。その我が儘は幾《いく》つになっても変わりはしない。何でも欲しがり、手に入れた時は夢中になるけど、直ぐに飽きてしまうんだ。これからもね」

誰の声かは分からない。男の人なのか、女の人なのかも。でもいつも自分の傍にいたような気がします。

そして残念ながら、その声の言った通りでした。それから暫くして、今度は可愛いハツカネズミを買ってもらったんです。飽きたりしない、今度こそ大切に育てるから。そう言って親を説き伏せて。でも……

でも駄目だった。また途中で飽きて投げ出してしまった。ハツカネズミは死んじゃいました。

ええ、死んだハツカネズミを庭に埋めてくれたのも父親です。小鳥の時と一緒。私、死骸に触るのを嫌がったから。

その時、またあの声が聞こえてきたんです。

「またやってしまったんだね。あれだけ言ったのに、仕様が無い子。お前はこれからも同じ事を繰り返すよ。今度は猫、その次は犬、その次は象か鯨《くじら》でも買ってもらうつもりかい」

私は下を向いたまま黙っているしかなかった。

「でも、これだけは覚えておくんだよ。いつかお前も大人になる。お前は多分、結婚して子供を欲しがるだろう。小鳥やハツカネズミを欲しがった時と同じようにね。そして結果は同じ。最初は大喜びで子供を可愛がるけど、直ぐに飽きてまう。飽きて自分で自分の子供を殺してしまうんだよ。それがお前の運命、逆らえない運命なんだ。お前の成長したところはただひとつ、今度は父親を頼らずに、自分で死骸を庭へ埋められる事くらいさ」

「お分かりになったでしょう？　私があの子、海斗を殺すのは運命だったんです。逆らえない運命だったんですよ」

話を聞き終えた取り調べ担当の刑事二人は、表情を歪めて顔を見合わせた。

「お話しする事はこれだけです。じゃあ私、帰ります。これから行くところがありますから」

谷村悦子は椅子から立ち上がった。

「何を言ってる？　誰が帰っていいと言った！」

刑事の一人も立ち上がって語気を強めた。

「お前、自分が何をしたのか分かってるのか!?」

「分かってます。私は自分の子供を殺したんです。それはもうずっと前から分かっていました。でも……」

視線は完全にあさっての方向を見ていた。

「でもそれは運命なんです。避けられない運命、定められた運命だったんです。法律は裁けるんですか？　運命を」

「ひとつお伺《うかが》いしたい事があるんですが」

谷村悦子と二人の刑事の視線が声の主へ吸い寄せられる。特別な許可で取調室への入室を許された、北海道警の鉢屋の声だった。

「鉢屋さん、取り調べには口を挿《はさ》まない約束でしょう」

刑事の一人が不機嫌そうに言ったが、

「本当にひとつだけですから」

鉢屋が済まなさそうに青森県警の刑事たちへ頭を下げてから、返事も待たずに谷村へ向き直り、

「あなた、これから行くところがあると仰いましたよね」

谷村は一瞬戸惑うような素振りをしたが、直ぐに首を縦に下ろした。

「で、どちらへいらっしゃるつもりだったんですか」

「決まってるでしょう。冥闇《めいあん》様のところです」

「冥闇様ぁ？」

刑事たちは呆気《あっけ》にとられたような声で言った。

「冥闇様……ですか」

鉢屋の言葉に谷村がゆっくりと頷く。遥《はる》か彼方の遠いところでも見るような目で、口元に笑みさえ浮かべながら。

＊

あれが〝二番目の事件〟だったな――回想から覚めた鉢屋は思った。

最初の事件が旭川から自分の管轄する札幌へ、二番目は札幌から青森へ、そして三番目は青森から東京へ。

何かが近づいているんだ、「冥闇様」に。

民宿のある蒼野辺《あおのべ》は、ＳＬで有名な静岡県の大井川鉄道にある小さな駅だ。一日の平均乗客数は

一八人。単線の無人駅である。

村で唯一の民宿はうちの大学のセミナーハウスみたいなものだ。これといって観光名所もない山の中で、安いだけが取り柄《え》。でも学生がゼミ合宿をするのには丁度いい。

遊ぶ場所と言えば、民宿の直ぐ裏手にある川辺か、少し歩いた場所にある長い吊り橋を度胸試しで渡るくらいなもの。学習会に集中出来る。

合宿のメンバーは男女それぞれ六人ずつの一二人。四つの部屋に三人ずつ分かれて泊まっている。但《ただ》し三年男子は担当の教授と同部屋。

「あっ、モノ君、お早う」

陽気な声が、少し遅れて食堂へ入った僕を出迎えてくれた。

エプロン姿で配膳に忙しく動き回っているのはこの民宿のお嬢さん、亜紀ちゃんだ。年齢は僕らと同い年くらい。

長い髪を後ろでまとめただけで、洒落っ気こそないものの、陽気な性格で、男女を問わず好かれるタイプだ。

ゼミのみんなは思い思いの席で、朝食と談笑を楽しんでいる。用意された食事は簡単なものだ。ご飯にお味噌汁、香の物、それに何かおかずが一品付く程度。まあ、一応目的は「勉強」なんだから、これで十分だ。どうせ宿泊客は僕らだけ……。

「あっ、刑事さん。お早うございます」

刑事？　亜紀ちゃんの声に、ゼミのメンバー全員の視線が一点に集中する。食堂の入り口に立っていたのは、ジャージ姿の中年の男性だった。僕らの視線に気づくと、愛想のいい笑顔で会釈《えしゃく》した。

鼻髭《ひげ》と顎髭を小奇麗にまとめた空豆のような形の顔の中に、優しく細めた目は一見温厚そうに見える。

だが「刑事」という言葉は——別に疾《やま》しいとこ

ろは無くとも――皆の警戒心を煽るには十分だった。少々緊張した面持ちでそれぞれ礼を返す。

「お早うございます」

続いて現れたのは、ＯＢの金崎先輩と金崎先輩が勤める会社の後輩、ＯＬの日比野《ひびの》さん。まあ会社の後輩というより、恋人同士なんだろうな。白地に赤いロゴの入ったお揃いのジャージを着て、同じ部屋に寝泊まりしてるんだから。

挨拶の声は日比野さんのものだ。僕より二歳年上。セミロングの黒髪に軽くカールをかけた、大人しそうな女性だった。上目使いが魅力的な美人で、いつも金崎先輩に寄り添っている感じに見えた。

もっともゼミの女子たちは、彼女の事をあまり好《よ》く思っていないようだ。まあ、彼女みたいなタイプは、同姓からは男に媚《こび》を売っていると誤解され易い。いい人なんだけどな。僕を見つけると、

「モノ君、お早う」

はにかむような笑顔で声をかけてくれた。

その横で、ちょっと陰気な顔をしているのが金崎先輩。僕より三つ年上。在学中は全く面識はなかったけど、卒業後もゼミ合宿にはよく顔を出す。それで僕とも顔見知りになった。

学生時代は長髪だったそうだが、今は地味な七三分けで、如何《いか》にも真面目なサラリーマン風。眼鏡も細いメタルフレームから黒いプラスチックフレームに替えたという。

二人とも火曜日まで夏季休暇をもらっての合宿参加だった。恋人同士なら他に遊びに行くところがあると思うけど、

「私、大学でゼミ履修しなかったから、ゼミ合宿って行った事がないの」

昨夜の学習会後の軽い呑み会で、日比野さんがそう言っていた。それで先輩にせがんで参加した

らしい。

食堂は宿泊客が食事を終え、片付けた後、僕らの学習会の部屋になる。

備え付けのテレビは、朝の報道番組を流していた。既に一通りニュースを読み終え、巷《ちまた》の話題を伝えるコーナーになっている。ゲストは有名な天文学者だった。

「さて今日の話題は、最近ネットなどを中心に囁《ささや》かれている、ある怖い噂についてです。それは三十数時間後に迫った明日の夜、この地球と人類にとって、壊滅的な何かが起こるのではないかという噂です」

アナウンサーがわざとらしく声を低めた。

「テレビをご覧の皆様は、ブラックホールというのをご存知でしょうか？　これは太陽の何十倍もの大きさを持つ恒星の寿命が尽きた時に起こる現象で、謂《い》わば死んだ星です。ですがその質量が桁《けた》外れで、その膨大な重力に捕まったら最後、光さえ抜け出せなくなると言われています。光も逃がさない、真っ黒な天体だからブラックホール。巷の噂とは、実はこのブラックホールが、私たちの地球にとんでもない禍《わざわ》いをもたらすのではないかというものです」

それから天文学者の方を向き、

「先生、明晩一体何が起きるのでしょうか？」

「二つのブラックホールを結ぶ直線上に、地球が入るんです」

天文学者は事務的な口調で言った。

「地球が二つのブラックホールに挟まれるんですか？」

「ええ、ミノタウロス座のX線源、つまりブラックホールですが、こいつとゴルゴン座のX線源を結ぶ直線上に地球が入るんです」

「それは何時頃ですか」

「大体ですが、明日の午後八時五六分から九時一三分くらいです」

大体？　普通に生活している人なら、それで十分だ。

「それは珍しい現象なんですか？」

「ええ、ブラックホール自体、どこにでもあるものではありませんからね。計算上は一万二四年に一度の現象です」

「一万年に一度ですか！」

アナウンサーが大袈裟《おおげさ》な声を出した。

「それは地球に何か影響を及ぼすのでしょうか？」

「それはあり得ませんね」

天文学者はあっさりと言い切った。

「ミノタウロス座のX線源は地球から六千光年も離れています。ゴルゴン座の方は三千光年。地球に影響を与えるなんて事は、到底考えられませんね。非科学的ですよ」

「しかしネットなどでは、様々な憶測が飛び交っていますよ。例えば二つの強力な重力をもろに受けて地球の磁場が狂うとか、プレートや海水に影響を与えて、途方もない災害に見舞われるとか」

アナウンサーは、何とか専門家の口から視聴者の食いつきそうな話題を引っ張り出そうとするが、天文学者の方は「科学的にあり得ません」「非科学的です」の一点張り。

「でも一万年に一度の天体ショーですよね」

「いえ、天体ショーにもなりませんよ。何しろブラックホールは肉眼は勿論《もちろん》、天体望遠鏡を使っても見えないんですから」

何とも盛り上がらない話題だった。諦《あきら》めたアナウンサーはカメラへ向き直り、

「最近、このブラックホール騒動に乗じた詐欺《さぎ》や悪徳商法、怪しげな宗教への勧誘などが横行し、

警察や消費者団体などが注意を呼びかけております。中には自分たちの崇拝する〝闇の支配者〟が復活するなどという荒唐無稽《こうとうむけい》なものもあるそうです。テレビをご覧の皆様、くれぐれもご注意下さい」

テレビ画面はCMに変わった。

食後のお茶を頂きながら、僕は昨夜の夢の事を考えていた。変な夢だったな、あれは。でも、ただの夢にしてはあの女の子、妙にリアルだった気がする。それに〝メーアン様〟って何だ？

「ねえ、亜紀ちゃん」

「なあに？」

亜紀ちゃんが笑顔を向けた。

「〝メーアン様〟って祠、知ってる？」

「〝メーアン様〟？」

亜紀ちゃんが怪訝《けげん》そうに眉を顰《ひそ》めた。

「聞いた事ないわ。そんなものがこの辺にあるの？」

逆に質問を返されてこっちが返答に困った。夢に出て来た祠とは答え難《にく》いな。すると亜紀ちゃんは食堂奥にある調理場に向かって、

「ねえ、竹田のお婆ちゃん。〝メーアン様〟って知ってる？」

割烹《かっぽう》着姿の老婆が食堂へ顔を出す。

竹田のお婆ちゃん――近所のお婆ちゃんで、民宿に宿泊客が来た時にだけ、手伝いにやって来る。ちょっと無愛想なところもあるけど、本心ではいつも僕ら学生に心配りをしてくれる、面倒見のいいお婆ちゃんだ。

「〝メーアン様〟？　亜紀ちゃん、何でそんな事聞くんだい？」

「この学生さんが知りたいんだって」

「学生さんが？　お兄さん、どこでその名前を聞いたんだい？」

「いえ、調べ物をしている時、偶然に……」

ここは言葉を濁して、適当に誤魔化《ごまか》した方がいいだろう。だが竹田のお婆ちゃんは警戒するように目を細めると、無言で調理場へ引っ込んでしまった。

聞き方が悪かったかな？　ちょっと気まずい思いをしていると、お婆ちゃんは再び食堂に現れ、一枚の紙切れを僕の前に置いた。そこにはこう書かれていた。

〝冥闇様〟

「これは……」

「〝めいあんさま〟って読むんだよ」

「冥闇様？」

「お山の中腹あたりにある祠さ。赤い鳥居《とりい》を潜《くぐ》って脇道に入って、その先にあるよ。誰もお参りになんか行かないし、誰もお世話しないから荒れ放題だけどね」

お婆ちゃんは、テーブルを挟んだ僕の前の椅子に腰を下ろした。

「曰《いわ》く因縁は知らないよ。でもいつ出来たかは知ってる。明治一一年だよ」

「明治一一年というと……」

「一八七八年だよ」

「随分、はっきりしてますね」

小さな村の山奥にある祠だ。いつ作ったかなんて、どこかに記録でも残ってるんだろうか？

「前の年に西南戦争があったんだよ。日本中が上を下への大騒ぎだったからね」

西南戦争——明治初期の九州で士族、かつての武士たちが西郷隆盛を担いで起こした反乱だ。

成る程、その余燼《よじん》も冷めやらぬ翌年だったから、それがそのまま時系列的にひとつとなって語り継がれてきたわけか。

「村に突然、虚無僧《こむそう》が集まり始めたそうだよ」

「虚無僧？」

「ああ、深編み笠を被った虚無僧さ。それも最初は二、三人くらいだったのが、日を追うごとに増えていってね。終《しま》いにゃ何十人にもなったそうだよ」

「その連中が作ったんですか、冥闇様を」

竹田のお婆ちゃんが頷いた。

「奴ら、人里にはほとんど姿を現さず、山奥に籠《こも》って作り続けたそうだよ、あの祠をね」

亜紀ちゃんが気を利かせて持って来たお茶を一口すると、

「でも、それだけじゃない。そいつら、子供たちをかき集め始めたんだ」

「子供たちを？」

かき集めた!?

「その頃この村や隣の村や、そのまた隣の村にまで立て続けに起こったんだよ、神隠しがね」

「神隠しですか」

つまり突然、行方不明になってしまったという事か。

「村の人たちは噂したよ、きっとあの虚無僧どもが子供たちを攫《さら》ったに違いないってね」

「でも何のためにそんな事を」

竹田のお婆ちゃんはゆっくりと首を左右に振った。それから唐突に、

「星の智慧《ちえ》」

「えっ？」

眉根が寄った。何の事だろう。

「〝星の智慧〟だよ。連中は自分たちの事を、そう名乗ったそうだ。村の人たちの訴えで、や〜っと重い腰上げて調べに行った役人たちにね」

「星の智慧……ですか」

首を捻《ひね》るしかなかった。一体何だ？　それは。役人たちに、「自分たちの事を、そう名乗った」っ

て事は、個人名じゃないよな。組織の名前か、それとも宗派の名前？

「一体、何をしに村へやって来たんですか？　その虚無僧たち」

「それは誰にも分からないよ」

お婆ちゃんはあっさり言い切った。

「ただ怖いもの見たさに、その祠へ近づいた村人は何人かいたみたいだね。それも度胸試しのつもりなのか、わざわざ夜遅くにさ」

また湯呑を口に運ぶと、

「そこでその村人たちは、何やら奇妙な声を聞いたそうだよ」

「声？」

「ああ。たくさんの人……いや、人じゃないかも知れないね。たくさんの何かの声だったそうだよ。歌声にも聞こえたし、喚《わめ》き声や獣どもの唸《うな》り声のようにも聞こえる、薄気味悪い声だったって。真っ暗闇なのに明かりひとつない、祠の辺りでね」

それから少し言葉を切ってから、

「散々村人を怖がらせた揚げ句、ひと月ほど経《た》つと、今度はいつの間にか姿を消しちまったそうだよ。あの祠だけ残してね」

「神隠しに遭った子供たちはどうなったんですか？　行方不明のまま？」

「見つかったよ」

安堵の表情をしようとすると、

「みんな死体でね」

「死んでたんですか！」――殺されたのか⁉　その虚無僧たちに？

「奴らがいなくなってから数日経った頃、警察や役人が祠の傍を掘り返して見つけたそうだよ」

犠牲者の出た村は勿論、悲しみと怒りと恐怖は、近隣にまで及んだ。

直《ただ》ちに不吉な祠を撤去するよう求める声が、あちこちから噴出《ふんしゅつ》した。だが役人たちは気味悪がり、積極的に手をつけようとはしなかった。

結局責任のなすりつけ合いをしている内に時間だけが過ぎ、放置されたままになってしまったという。

「全部私が小さい頃、私のお婆ちゃんから聞いた話だけどね。そのお婆ちゃんも、お婆ちゃんのお母さんから聞いた話だそうだけど」

いつの間にか食堂は、僕と竹田のお婆ちゃん、それにお茶を飲んで寛《くつろ》ぐ、あの刑事だけになっていた。

「お婆ちゃん、その祠に行った事あるんですか」

竹田のお婆ちゃんは下を向いた。答えたくないのだろうか。暫くしてから顔を上げ、

「学生さん、冥闇様んとこへ行くつもりかい？」

「ええ、せっかくですからお参りでも」

「余計な事をするんじゃないよ！」

突然、竹田のお婆ちゃんは語気を強めた。

「いいかい、山ん中とか目立たないところにある小さな祠でお参りなんかするもんじゃないよ。何が祭られてるか分かったもんじゃないからね」

「えっ？　お稲荷《いなり》さんとか八幡《はちまん》様じゃないですか？　祠って」

竹田のお婆ちゃんが、また首を左右に振った。

「ああいう誰も世話をせずに荒れ果てちまった祠にはね、古ぅ〜い神様が祭られてる事もあるんだ。祟《たた》り神かも知れないいんだよ」

それから少しばかり孫でも見るような優しい目になり、

「近づくな、とは言わないよ。若いもんの好奇心を抑える事は、年寄りにゃ出来ないからね。私らに出来るのは、分別ってものを語って聞かせるだけさ。いいね、ちょいと見るだけにするんだよ。間違っても手を合わせたりしちゃいけない。分

かったね、学生さん」

僕は黙って頭を下げるしかなかった。

2

ゼミ合宿といっても、一日中勉強しているわけじゃない。昼食後は夕方まで自由時間で、皆思い思いに田舎の長閑《のどか》さを満喫する。

僕は教えられた山道を登り、三〇分ほどで目印となる赤い鳥居の前に辿《たど》り着いた。

いや、「かつては赤かった鳥居」と言い直すべきだろう。目の前に辛うじて立つ鳥居はすっかり色は落ち、朽ち果てかけている。

ここから脇道へ入れば、「冥闇様」の祠があるはずだ。

鳥居越しに覗《のぞ》き込むと、木々が乱立する間を縫《ぬ》うように道らしいものがある。昼間でも薄気味悪い感じだ。

ちょっと躊躇ったものの、ここまで来て引き返す事は出来ない。思い切って鳥居を潜り、薄暗い山道へ足を踏み入れた。

五分ほど歩くと突然、目の前が拓《ひら》けた。鬱蒼《うっそう》とした林の中にある、奇妙な空き地に出たのだ。

広さは小学校の校庭くらいだろうか。昨夜夢で見た空き地と似ていない事もない。

その先、林との境界付近に問題の祠、「冥闇様」があった。切妻屋根に観音開きの扉。こっちは夢で見たのと瓜《うり》二つだ。だとすると、

(あの祠の中に、奇妙な多面体が……)

思い切ってあの観音扉を開けて、中を覗いてみようか。空き地へ足を踏み入れ、警戒するようにゆっくりと祠へ近づいた、その時、

「興味あるんですか？　その祠に」

吃驚《びっくり》して振り返ると、今通ったばかりの空き地への入り口に、民宿にいた刑事が今朝見たのと同じジャージ姿で立っていた。

「驚かせてすいません。北海道警の鉢屋です」

人の好さそうな笑みを浮かべながら、何故か目だけは何かを探るような鋭さがあった――刑事と聞いているから、そんな気がしただけかも知れないが。

鉢屋と名乗ったな、北海道警の。北海道から来たのか、この刑事さんは。

「東京の学生さんですか？」

「ええ」

「さっき、食堂で竹田のお婆ちゃんとのお話を耳にしましてね、もしかしたらあなたもここへ来るんじゃないかと思いまして」

「僕を尾行したんですか？」

「尾行だなんて人聞きが悪い。それに今は休暇中ですよ」

相変わらず笑みを絶やさないまま、鉢屋はゆっくりとこちらへ歩み寄る。

「私もその祠に興味がありましてね。どうせならご一緒しようかと思ってたんですが、気がついたらもう民宿にいらっしゃらなかったもんでね」

それでもうこちらへ来ているのかと思いまして――鉢屋は僕と並ぶような形で祠を見つめた。

「竹田のお婆ちゃんの話、どう思われますか？」

「どう思われるかって……」

言葉に詰まった。突然村に現れた虚無僧たち、祠＝冥闇様、神隠しに遭った揚げ句、埋められた子供たち、星の智慧――何もかも謎だらけだ。でも、これだけは推測できる。

「何か儀式みたいなものを行っていたんじゃないんですか、その虚無僧たち」

それが何のための、どんな儀式かは分からない。

考えたくないが神隠し、つまり誘拐された子供たちは恐らく生け贄《にえ》。

「刑事さん、北海道警って仰いましたよね」

「ええ。休暇をもらってここへ来たんです」

北海道からわざわざ、こんな大して見るような観光名所もない村へ？

「お目当ては〝アレ〟ですか？」

視線を刑事の横顔から祠へ向け直した。そんなに有名な祠とは思えないが。ましてあんな不吉な曰く因縁のある祠だ。祟る事はあっても、ご利益があるとは思えない。

「一カ月、いや三週間くらい前かな？　旭川である事件が起きたんですよ」

鉢屋刑事が祠を見つめたまま言った。

「男子高校生がね、武君、沢村武君っていうんですが、その武君が友人三人を殺したんですよ」

視線が再び祠から鉢屋刑事の横顔へ動く。

「武君と他の三人は小学校時代の同級生で、久しぶりに四人で会って動物園に行ったそうです。そしてカバの檻《おり》の前でいきなり隠し持っていたナイフで襲いかかったんです」

鉢屋刑事は祠をじっと見つめたままだった。

「最初は腹や胸、背中をひと突きずつ。相手が蹲《うずくま》って動けなくなったところで、今度は一人ひとり時間をかけてメッタ刺しにしてから逃走。全員その場で死亡しました。辺り一面、血の海だったそうです」

間の悪い事に、たまたま周囲に居合わせたのは、小さな子供連れの母親ばかり。悲鳴を上げて異変を知らせる以外、為す術がなかったという。

表情が曇り、口がへの字に曲がる。そう言えばそんな事件、ニュースで見たかも知れない。

「目撃者の話によると、犯行中、武君は一言も声を発せず、顔は作り物のように無表情」

鉢屋刑事はひと呼吸入れると、

「武君の身柄は私の管轄する札幌市内で確保されました」

旭川で事件を起こし、札幌で逮捕か。しかし北海道で起きた事件が、この冥闇様の祠と何の関係がある？

「動機は何だったと思いますか」

僕は首を捻るしかなかった。

「小学生の頃、その殺した三人から〝カバ〟って渾名で呼ばれていたからだそうです」

「渾名？」

語尾が跳ね上がった。

「そんな小学校時代の渾名で何を今更、って誰でも思いますよね。取り調べでも当然、そこを問い質されましたよ。そうしたらね、彼何て言ったと思います？」

鉢屋は焦《じ》らすように一旦言葉を切ってから、

「〝あの日動物園に行って、初めてカバがどんな動物か知ったからです〟。どこを見ているか分からないような目で、おまけに薄ら笑いを浮かべながらね」

何だ？　それ。

「そんな冗談みたいな動機を、警察が信じたわけじゃありませんよね」

鉢屋は無理な作り笑いを浮かべると、

「そもそもナイフは事前に用意していた物なんですよ。そんな突発的な殺人のはずありません。最初から三人を狙った計画的な殺人だって事は明白ですよ」

動機は未だ不明って事か。

「家宅捜査で彼の部屋へ行った旭川署の連中、驚いてましたよ。白い壁一面、マジックで落書きだらけ。それも何やら蛸《たこ》みたいなもんやら泡粒の塊《かたまり》みたいな奇妙な絵、殴り書きのような渦巻、後は意味不明な文字と言葉ばかりでね」

蛸？　泡粒の塊？　渦巻？

「事件を起こす一週間くらい前、武君の家に親戚が訪ねて来たそうです。若い頃にアメリカで事業を起こして、そのまま永住した郷原さんって仰る男性の方がね。仕事で日本に一時帰国。ついでに何年も顔を会わせていなかった武君一家の家に立ち寄り、ついでにひと晩泊めてもらった……」

そう言ってから、妙に意味深な笑みを浮かべると、

「……と、本人は言ってたそうですよ、武君のご両親のお話ではね。目的は仕事、武君の家に顔を出したのも泊まったのも、あくまでもついでにだってね」

ん？　何だ、この気になる言い回しは。

「プロヴィデンスという街から来たんだそうです。ご存知ですか？　ロードアイランド州の州都ですが」

聞いた事がなかった。

「ロードアイランド州は、まだ独立当時のアメリカの雰囲気を残すニューイングランドのひとつです。結構有名なリゾート地だそうですよ」

まあその親戚は一泊しただけですぐ帰国したそうですがね——そう小声で言ってから、

「ですがねぇ、ご両親が言うには、その日を境にしてからだそうです、武君の様子がおかしくなったのは」

陽気でおしゃべりだった彼は、急に無口で部屋へ引き籠もりがちになったという。ただ別に暴れたりする事はなく、学校へも普通に通っていた。

だが学校が終わると真っ直ぐ家に帰っては部屋に閉じ籠もり、夜になっても電気も点けず、静かにしていたらしい。

「その郷原という男と武君の事件に何か関係があ

るんですか」

鉢屋刑事は肩を竦《すく》め、

「一応、プロヴィデンスの警察に問い合わせてみました、郷原という男に何か不審な点は無いかとね。返事は直ぐに来ましたよ。確かに多少、変人っぽいところはあるものの、特に問題を起こした事はないとね」

彼に対する捜査はそれで打ち切りとなった。

「武君が事件を起こしたのは、部屋の壁を妙な絵や文字の落書きで埋め尽くした翌日でした。武君が朝家を出た後、掃除をするため部屋に入った母親も吃驚したそうです」

それから腕を組み、軽く頭を傾げると、

「全くその郷原って人、プロヴィデンスから日本へ、何を持ち込んだんでしょうね」

持ち込んだ？　また奇妙な言い回しをした。

「さっきも言いましたけど、武君の身柄が確保されたのは札幌。旭川から、電車か高速バスで二時間半くらい。本人はどうやって辿り着いたかは覚えていないそうですがね。でもね、逃亡しようとした先、目的地だけは分かってます」

「目的地？」

「冥闇様ですよ」

「冥闇様……って」

「ここですよ。はっきり言いました、冥闇様へ行くつもりだったとね。武君はここへ来るつもりだったんです」

引き寄せられるように、視線が鉢屋刑事の方へ向いた。唖然《あぜん》とする僕と、視線の先にある無表情な横顔——重苦しい沈黙が二人を包む。

「それで刑事さんもここへ？」

ようやく沈黙を破ると、

「事件後直ぐにね。今はインターネットで検索すれば、大概の事は分かりますから」——それから僕の方へ笑顔を向け――「便利な時代になりましたね」

「どうして武君は冥闇様へ行こうとしたんですか？」

いやその前に、彼が起こした事件と冥闇様の間に、何か関係があるのか？

「もしあなたがここにいらしたら、これをお渡ししようと思ってたんです」

鉢屋刑事はジャージのポケットから、一冊の本を取り出した。文庫本のようだった。タイトルは『ラヴクラフト全集』。

「ハワード・フィリップス・ラヴクラフト。アメリカのホラー作家ですよ、二〇世紀初頭のね」

「ホラーですか？」

正直、ホラーはあまり好きじゃない。怪訝そうに手渡された本を眺めていると、

「それは短編集です。その中の『闇をさまようもの』を読んでみて下さい。きっと興味をお持ちになると思いますよ」

目次を見ると、一時間と少しか長くても二時間くらいで読めそうな短編だった。でも何故こんなものを、

「私が刑事としてではなく、個人的に調べた結果、辿り着いたんですよ、そいつにね」

「これが〝冥闇様〟と、どんな関係があるんですか」

鉢屋刑事は質問に答えようとせず、腕時計を見ると、

「じゃあ私、そろそろ民宿に戻ります」

そう言って空き地の出入り口に向かって歩き出そうとした――その時、急に何かを思い出したように、

「ああ、聞き忘れてました」

またこちらへ向き直った。

「小学生の男の子に心当たりはありませんか。青

いハーフパンツに赤と青のストライプ柄のサッカーユニフォームを着た子です。小学校五、六年生くらいの」

首を傾げた。迷子か家出か。いや、そもそも何故僕に聞く？

「では女の子はいかがですか？　ピンクのワンピースを着た四、五歳くらいの女の子です。亜麻色の髪にピンクのリボンをつけて」

「知りません」

即座に否定した。

「そうですか」

言葉遣いも表情も穏やかだが、一瞬だけ目の奥が鋭く光った気がした。まるで僕の心の底を射抜くかのように。

「妙な事を聞いてすいません。じゃあ、お先に」

そう言い残すと、今度こそ空き地から立ち去った。

鉢屋刑事はいなくなった。もう空き地にいるのは僕だけだ。再び祠の観音扉へ視線が動く。開けてみるか。

暫く迷った末、結局僕も黙ってその場を立ち去った。

*

君はベッドの中で目を覚ます。昨夜は少し飲み過ぎたようだね、省吾《しょうご》君。

二日酔いの目で周囲を見回すと、君はそこが自分の部屋ではない事に気がつくだろう。ここはどこだ？

横を見て驚く、そこには若い女性が寝ていたのだから。だけど落ち着きたまえ、ほら、顔に見覚えがあるだろう？　そうだよ、隣にいるのは、会社で同じ部署に働く後輩であり、君の恋人でもある繭子《まゆこ》だ。そう、君は今、恋人の部屋にいるんだよ。

どうやら酔っ払い過ぎて自分の部屋へ辿り着けず、繭子の部屋へ転がり込んだようだね。

いや、慌てて着替える必要はない。今日は土曜日じゃないか。会社は休みだよ。

それより大丈夫かい？　いや体調じゃない、夕べの事だよ。君、夕べはどうやって繭子の部屋に転がり込んだんだい。その前は？

おやおや、全然覚えていないようだね。困ったもんだ。酒の勢いで何か醜態《しゅうたい》を晒《さら》したりしていないかな？

さあ、思い出そう。そう確か夕べは会社の同僚たちと居酒屋に行ったんだよね。

最初は楽しく呑んでいた。それからどうした？　そうそう仕事の話になったんだ。当然、上司の悪口も。特に君の嫌いな塚口課長の話になった辺りから、ちょっと呑むピッチが上がったよね。

そうあいつだよ、いつも些細な事で君に説教を垂れる、あの塚口課長の話さ。

あの頭のすっかり薄くなった中年太りのクソおやじ。つまらない失敗をあげつらい、他の皆の見ている前で——つまり繭子の前で——君を怒鳴る。「失敗した理由を言え！」、君が正直に答えると、「言い訳するな！」。揚げ句、口癖のように言う台詞が「だから〝ゆとり世代〟は駄目なんだ」。本当に嫌な奴。

管理職のくせに「管理」が何であるか分かってないんだよね。だから仕事は全部部下に丸投げ、手柄だけは横取りする。下の者には横柄、上役にはペコペコ。若い女子社員を猥《いや》らしい目でジロジロ見る——特に繭子を。そうだ、あいつが繭子を見る目。反吐《へど》が出る！

途中、同僚の一人が「まあ、その辺にしておけよ。あの課長にだっていいところもあるじゃないか」。

その一言が君の怒りに油を注いだ。あいつのどこにいいところがあるんだ！　君は声を荒げ、そいつの胸ぐらを掴んだ。

他の同僚たちが止めに入らなかったら、喧嘩になるところだったんだぞ。月曜日、みんなに謝らなくちゃいけないな。いや、心配する事はないよ。酒の席での事じゃないか。みんな笑って許してくれるさ。

そんな悪口で日頃の憂さ晴らしをしたせいか、君はいつもより余計にお酒を呑んでしまった。

同僚たちと別れ、一人で繁華街を歩いていた君は――おいおい、鞄《かばん》を落とすなよ。その中には大事な物が入ってるんだから――君は、花屋の前で立ち止まった。

キャバクラや風俗店で働く女の子への贈り物とかの需要があるせいか、この界隈《かいわい》の花屋は夜が遅い。目を引き寄せたのは、綺麗な花束だ。華麗な薔薇の花に初々《ういうい》しいカスミソウをあしらったもの。値段も手頃だ。繭子が喜びそうだな。君は一束買った。

君は彼女の喜ぶ顔を思い浮かべながら、また繁華街の中を歩いた。ん？　どうしたんだい？　誰か知ってる人でも……おや、あれは繭子じゃないか。そうか、彼女も友達とお酒を呑みに来たんだな。女子会ってやつか。

いや、違う！　一緒にいる奴の顔を見ろ。あれは……あれは……あれは塚口課長!?

おい省吾君、あれはどういう事だ。何故君の恋人があんな嫌な上司と一緒にいるんだ？

君は建物の陰に身を潜《ひそ》め、様子を窺《うかが》う。あれは何だ？　えっ？　たまたま上司に誘われて仕方なくつき合わされてるだけ？　目を背けるな！　現実を見ろ！　塚口の腕に両手を絡めた繭子の、あの甘えるような、媚びを売るような目線とあの笑

みを……目を逸らすんじゃない！　あれは何だ⁉

　ほら、二人が仲良く腕を組みながら歩いて行く。さあ、後を尾《つ》けるんだ。あいつらがどこへ行き、何をするのか、その目で確かめるんだ。

　君の繭子と塚口は繁華街を抜け、薄暗い道を怪しげなネオンが照らす通りへ入った。君はここがどんな場所か知ってるか。そう、ホテル街だよ。恋人同士が、時には人に知られたくない関係を持つ男女が、互いの肉体を求めて絡め合い、蕩《とろ》け合い、獣のように愛し合う場所だよ。

　ほら見てご覧。二人があのホテルに入って行くぞ。これから何が始まるのかな？

　さあ想像するんだ、愛する繭子が別の男に——それも君の大嫌いな男に抱かれている姿を！　透き通るような裸体を晒している姿を！　あいつの思うが儘《まま》、醜く弛《たる》んだ胸の中でしなやかな肢体を身悶えさせている姿を！

　繭子はもう君のものじゃない。あいつのもの、君の大嫌いな、虫唾《むしず》の走るほど大嫌いな課長のもの。君を苛《いじ》め、繭子の前で恥をかかせたあの課長のもの。

　そうだ、これで分かっただろう、あいつは最初から繭子を狙っていた。欲しかったんだよ、繭子が。だから邪魔な君を繭子の前でいびり、無能で役立たずな姿を晒したかったんだ。

　君から繭子を奪うために。そして彼女の前で自分の権力を見せつけるために。そして繭子は転んだ。

　さあ、行こう。どこへ行くのかって？　それは君自身が分かってるじゃないか。君は通い慣れた電車に乗り、通い慣れた駅で降り、通い慣れた道を通って繭子のマンションに着いた。

　鞄を落とすなよ、それには大事な物が入ってるんだから。あっ、それと花束も。

部屋は施錠されている。だが心配はいらない。分かってるな？　ドア横にあるメーターボックスを開き、水道メーターの蓋を開けろ。鍵はそこにある。君は鍵を使って繭子の部屋に入った。

１ＤＫの部屋の中は真っ暗だった。暗闇は好きだったよね。人が自分の本当の気持ちに向き合えるから。

静かな闇の中で、君の妄想は暴走する。君自身の妄想なのに、もうブレーキが利かない。

さあ、鞄の中からマジックペンを取り出して。そう、今日の昼休み、君が買った大切な二つの物の内の一つ、マジックペンを。そして壁にぶつけるんだ、君が闇の中で見たものを。君が闇の中で感じたものを。

今頃、あの二人は何をしているんだろう。塚口の涎《よだれ》まみれの舌と醜く節くれ立った指は、繭子の体をどうしていると思う？　彼女の淫《みだ》らな雌《めす》の叫び声は、きっと暗い部屋を揺さぶっているだろう。さあ、想像するんだ、繭子の淫らな姿を。

君は赦《ゆる》せるのか。赦せるのか！　あの男に抱かれ、身を委ね、為《な》すが儘にされている彼女を！　そして十分に気分を昂ぶらせ、身も心も蕩けさせた繭子を、あいつが……あの塚口が！

突然、光が闇を蹴散らした。部屋の電気が点いたのだ。

「誰⁉」

繭子の声がした。帰って来たのだ。何をして、何をし終えて。君は憎悪に満ちた目で彼女を睨《にら》む。

「あなたは……」――愕然《がくぜん》とする繭子――「何をしてるんですか！　私の部屋で」

何をしてるんですか？　それは君の台詞《せりふ》だろう！

「こんな時間まで何をしていたんだ、繭子！」――君は言い返す――「僕は見ていたんだぞ！　お前と塚口がホテルに入るのを」

一瞬、彼女は怯《ひる》んだように下を向いた。だが直ぐに君を睨み返すと、

「あなたに関係ないでしょう！　直ぐに出て行って下さい。警察を呼びますよ！」

警察を呼ぶだと!?　省吾君、言ってやれ。君がどれほど彼女を愛しているか教えてやるんだ。

「僕は君のためにこんな物を買って来たんだ、君が喜ぶと思って。ほら、これ」

君は花束を彼女に見せた。

「綺麗だろ？　可愛らしいだろ？　君には華麗な薔薇と、初々しいカスミソウこそ似合うんだ。分かってくれるよね」

君は彼女の前に跪《ひざまず》き、用意した花束を捧げる。

だが彼女は、

「何それ。あなた、頭がおかしいんじゃない？　気持ち悪いわ」

薊子はこれ以上ないほど眉を歪め、蔑《さげす》むような目で君を見た。

聞いたか？　気持ち悪いだと。恋人である君が気持ち悪いだと。ほんの少し前まで、あんな奴に抱かれ、脂肪まみれの腹と尻を醜く振られ、その下で激しく身悶えながら歓喜の声を上げていた女が、君に向かって気持ち悪いだと！

薊子はバッグの中から携帯電話を取り出した。警察へ通報するつもりだ。

何かが切れた。君は意味不明な声を上げ、彼女に襲いかかる。抵抗する彼女を押し倒し、そのまま両手で首を絞め、その十本の指先に、憎悪の籠った全体重をかけた。

どれほど時間が経ったか分からない。彼女は動かなくなった。君はゆっくりと首から手を外す。自分の激しい息遣いが心臓を揺らしていた。

さあ、花を飾ろう。だって彼女のために買って

来た花なんだから。君は自分の鞄を開き、昼休みに買っておいたもう一つの大切な物、糸ノコを取り出した。今この瞬間のために買っておいた糸ノコを……

思い出したかい？　省吾君。これが夕べの出来事だよ。まあ、まだ途中だけどね。それにしても、ひとつだけどうしても分からない事があるんだよ。君、どうして繭子を殺したの？

えっ、繭子が僕を裏切った？　恋人である僕を裏切った？

……　……

ねえ省吾君、君、本当に繭子の恋人なの？

どうしたんだい、急に鳩が豆鉄砲を食らったような顔をして……おいおい、目が泳いでるぞ。頭の中は混乱してパニック状態かい。

まあ落ち着いて、もう一度思い出してご覧。君、本当に繭子の恋人なの？　どんな出会いをした？どこへデートした？　いや、そもそも彼女とどんな話をした？

そうだよ、君と繭子は恋人同士なんかじゃない。いや、それどころか、まともに話しすらした事がないんだよ。

全ては君の一方的な片思い、一方通行の恋だったんだ。

考えてもみたまえ、繭子は一見大人しそうだけど、美人で仄《ほの》かな色香の漂う、男なら誰だって欲望を抱かずにはいられない女性。

でも君は？　ただの根暗で冴《さ》えない男じゃないか。自分の顔を鏡で見てご覧。女から相手にされるタイプだと思うかい。

君は繭子に一目惚《ぼ》れだった。魅力的で、誰からも愛された繭子。清純さと、妖艶《ようえん》な娼婦《しょうふ》の魅力を兼ね備えた彼女は、君の理想の女性だった。

でも彼女が君の事なんか相手にするはずがない。でも諦め切れない。手に届かないからこそ、その愛は異様な形で成長した。妄想が始まったんだよ。

いや勿論、好きになった女性と恋人同士になる妄想、それ自体は別に特別もんじゃない。誰だった抱く夢さ。ただ君の場合、ちょっと度が過ぎたね。

街中を歩いていて、ふとウィンドウの中のアクセサリーや小物、ハンカチやスカーフを見ると、妄想が勝手に暴走する。「これ、繭子に似合いそうだな」ってね。「きっと彼女も喜ぶ」、そう思ってそれを買う。女の子へのプレゼント用に、可愛らしく包装までしてもらってさ。

そうそう、昨夜みたいに花束を買う時もあったね。そして買って暫くしてから気がつくんだ、自分は彼女の恋人じゃない、碌《ろく》に口も利いた事がないんだとね。

家へ帰ったら押し入れとベランダを見てご覧。押し入れの中は君がそうして買ったプレゼントの山が、ベランダには君が叩きつけた花束が散らばってるよ。

そしてそのプレゼントと花束の数だけ、正気に戻った君は、耐え切れない虚《むな》しさと寂《さび》しさに泣いてきたんだから。

いつ頃からだったかな、君が彼女の後をこっそりと尾け回すようになったのは。

最初はまず会社帰りの彼女の後を尾けた、彼女の住んでるマンション知りたさに。そして繭子がエレベーターに乗るのを見ると、お次はそのエレベーターがどの階で止まるかを知りたくなった。

次は先回りして彼女のマンションの中で待った。繭子が降りるフロアの非常階段に身を潜め、彼女が帰るのを待ったんだよね。どの部屋に入るのかを知るために。

その時偶然知ったんだっけ、繭子が部屋の鍵を、ドア横にあるメーターボックスの中の水道メーターに隠している事を。

君は満足して帰った。これでその気になれば、いつでも彼女の部屋に……いや、勿論そんな事はしない。ただ「その気になれば出来る」という満足感、他の奴ら、繭子に気のある他の連中に出来ない事を、俺は出来るのだという優越感、それが欲しかっただけなんだ。

そんな言い訳をしてたよね、自分で自分に。面白い人だなぁ、君は。

そして昨夜、偶然繭子と塚口の浮気現場を目撃した。あの女、あれで中々したたかだよ。課長と寝る事で会社での立場を良くしたかったんだろうね。勿論、小遣いもたんまり貰《もら》ってたはずだ。

だけどそれが君を激怒させた。積み重なり、溜《た》まりに溜まった歪んだ妄想が暴走したんだよ。そして——ああ、結末は君自身の目で確かめた方がいい。

さあ部屋を出て、そして廊下に滴り落ちている血痕《けっこん》に導かれるまま、浴室のドアを開けるんだ。そこに繭子がいる。正確には彼女の体が。

浴室に横たわる繭子——だが、それに頭がない。その代わり、頭の部分に薔薇とカスミソウの花束が乗っけられていた。君は声も出せぬまま、寝室へ戻る。君が目覚めたベッドへ。

ベッドには繭子の寝顔、その下の掛け布団は真っ赤に染まっていた。

君は震える指先で掛け布団に手を掛け、それを一気に——部屋を揺るがす君の悲鳴が轟《とどろ》く。

さあ、これでいい。そろそろ出発するとしよう。

私はゆっくりと省吾の背後に歩み寄り、肩にそっと手を乗せた。

＊

夕食後の学習会が終わったのは、午後九時。ゼミのメンバーは乾き物などの簡単なつまみで呑み会を始めている。

僕は担当教授に断って部屋へ戻った。あのホラー小説『闇をさまようもの』を読むために。奇怪で悍《おぞ》ましくも、妙に暗示的な小説だった。

プロヴィデンスに新居を構えた主人公ロバート・ブレイク。彼の心を魅了したのは窓から見える真っ黒な古い教会と尖塔だった。

だがその教会は、かつて〝星の智慧〟という邪悪な宗派によって、〝闇をさまようもの〟と呼ばれる魔物を召喚するための儀式が行われていた場所だった。

(星の智慧⁉)

魔物はタイトル通り、光を恐れ、闇をさまようものだった。崇拝者たちに大量の生け贄を求め、教会の周囲では謎の失踪者が相次いだという。

(生け贄⁉)

だが、それが住民たちの恐怖と怒りを爆発させた。結局〝星の智慧〟の一派は一八七七年、町を追い出された。

(一八七七年？ 冥闇様が作られる一年前……)

物語は、その誰も管理するものがいなくなり、荒れ果てて立ち入り禁止となっている教会に、主人公が忍び込んだ事から新たな恐怖が始まる。

そこで彼が見つけたのは黒っぽい多面体――異界に通じる窓で、魔物を召喚する〝輝くトラペゾヘドロン〟だった。

(黒い多面体？)

この不思議な多面体に魅入られてしまった主人公は、その輝く表面を見つめてしまい、迂闊《うかつ》にも〝闇をさまようもの〟を目覚めさせてしまう……

読み終えた本を脇に置き、既に敷かれている布団に寝っ転がった。

(馬鹿々々しい。ただのB級ホラーじゃないか)

こんな小説が何だと言うんだ、あの刑事は！

頭の中で毒づく。だが……

脇に置いた単行本をもう一度拾い上げる。だが確かに一部、あの「冥闇様」と通じるものがある。

星の智慧と生け贄、一八七七年にプロヴィデンスから消えた奴らはどこへ行った。そして同じ星の智慧を名乗る虚無僧たちが、一年後にこの村へ現れ、〝冥闇様〟を作った。

何のために!?

そして異界へ通じ、魔物を召喚する多面体、〝輝くトラペゾヘドロン〟。もしかしたら昨夜の夢に出て来た……いや、あれは、夢の中での出来事だ。小説とも現実とも関係ない、絶対に！　また単行本を放り投げた。

しかし暫く空白の時間を過ごした後、視線は再び投げ捨てた単行本へと向かう。

(〝闇をさまようもの〟か)

小説に並ぶ不吉な臭いのする名前の数々――アザトホース、ヨグ＝ソトホース、そして……そしてナイアルラトホテップ！　最後の名前が頭を過った瞬間、全身を掻《か》き毟《むし》られるような嫌悪感が走った。

小説を読む限り、こいつが〝闇をさまようもの〟の正体だな。よし、少し調べてみるか。布団から体を起こす。

荷物から自前のノート型パソコンを取り出した。ここの民宿は学生の利用者が多いせいか、各部屋ごとにインターネットへの接続環境が整っている。

パソコンを立ち上げ、ネットへ繋いだ。検索サイトから「闇をさまようもの」「ラヴクラフト」などのキーワードで検索する。

このラヴクラフトなる作家が、『ウィアード・テールズ』という怪しげなパルプ雑誌を中心に活動していた事も、この時知った。

刺激的でエロティックな表紙で読者の購買意欲をかき立てる、謂わば三流雑誌だ。僕は顔を顰《しか》めた。

「どうした？　モノクロ。宴会にも顔出さないで」

ほろ酔い気分の中島が部屋に戻って来た。市川も一緒だ。

「うん、調べたいものがあってね」

適当に返事を返し、検索を続ける。すると聞き慣れないワードに辿り着いた。〝クトゥルー神話〟？　何だこれは。専門サイトへ飛んだ。

クトゥルー神話――それはラヴクラフトの作品群を源流とする、架空の神話体系だった。

神話はこう語る。遥か昔、まだ地球が誕生して間もない頃、出来たばかりの大陸に最初の支配者が飛来した。

これらを〝旧支配者〟、あるいはその忌《い》まわしい姿と強大な力から〝邪神〟と呼ぶ。

だが彼らの支配は永遠ではなかった。無秩序と混沌、闇と邪悪を本性とする〝旧支配者〟に対し、恐らくはこれらより階層が上の存在なのだろう、秩序と光を護る〝旧神〟、あるいは〝古の神〟と呼ばれる存在がいたのだ。

ある時を境に、〝旧神〟と〝旧支配者〟との間に戦争が起きた。直接の原因はよく分からない。単なる覇権争いで〝邪神〟が謀反《むほん》を起こしたとも、〝邪神〟が〝旧神〟の持つ神聖な石盤を盗んだからとも。

「何だ、モノクロ。お前、クトゥルー神話に興味があるのか？」

市川が小さな丸眼鏡でパソコンを覗き込む。中島も「何だ、それ」と割り込んで来た。

「ああ、ちょっとね。市川、詳しいの？」

「まあな。ラヴクラフトは好きだよ、俺」

お前も鉢屋刑事の〝お友達〟だったのか――頭の中で苦笑する。

「モノクロが今見てるのは……ああ、〝旧神〟と〝邪神〟との戦いか」

「知ってるの」

「マニアなら誰でも知ってるよ。〝旧神〟に戦いを挑んだ主な〝邪神〟は、魔王アザトホースを大将にヨグ＝ソトホース、海の魔物クトゥルー、それから、え～～と風の精霊ハスターやイタカ、それに炎の邪神クトゥグア……他にもいるけど、有名なのはそんなとこだな」

「舌噛みそうな奴らだな」

中島が茶々を入れる。

市川によれば、この戦いは〝旧神〟の勝利に終わったという。そして敗れた〝邪神〟たちは皆、悲惨な地へ封印された。

ヨグ＝ソトホースは時空を超える混沌の中へ、クトゥルーは太平洋の海底都市ルルイエへ、ハスターは遥か彼方の星団にあるハリ湖へ、そしてクトゥグアは極寒の惑星コルヴァズへ。

「邪神どもを指揮した魔王アザトホースには一番酷い罰が待っていた。知性を奪われた上、究極の混沌の中へ幽閉されたんだ」

クトゥルー神話は、封印されたものの、再び復活しようとする邪神と、それを阻止しようとする人間との戦いとして描かれているらしい。

「ナイアルラトホテップは？　こいつも封印されたのか？」

僕が口を挿むと、市川は首を捻った。

「そいつは封印されていないはずだよ、確か」

「封印されなかった？　どうして？」

「どうしてって聞かれてもなぁ」

市川が軽く頭を掻く。

「そういう設定《おやくそく》って事《こっ》たろう」

市川は、冷やかすような中島を軽く小突いてから、

「そもそもナイアルラトホテップはな、モノクロ、〝邪神〟じゃない。〝邪神〟の従者だ」

「〝従者〟？」

「ああ、魔王アザトホースに仕えて、その意志を他の邪神たちに伝えたりするのが本来の役目だ」

「邪神の子分ってわけ？」

「まあ、そんなもんだ。だがなモノクロ、ただの使いっ走りだなんて思うなよ。奴は魔王の手下でありながら、邪神、つまり旧支配者の最強の者と同等の力を持っている。狂気と混乱をもたらす存在で、人間はおろか、旧支配者どものことさえも秘かに嘲笑《あざわら》っているそうだ」

「嘲笑う？　自分のご主人様たちを？」

怪訝そうに言うと、

「ああ、クトゥルー神話の中でも、かなり異色の存在だよ。人類を最終的に破滅へ追い込むのはこいつだという予言もある」

聞き終えた僕は、頭の中で溜め息を吐《っ》いた。恐怖のためではない。市川のクトゥルー神話への傾倒ぶりに、半ば呆れたからだ。

こんな荒唐無稽な作り話を、まるで子供がテレビの戦隊ヒーロー物でも見るように夢中になる精神構造が理解出来なかった。

「市川、『闇をさまようもの』って短編知ってる？」

「知ってるに決まってるだろ。名作のひとつだぞ。それにラヴクラフト最後の作品だし」

名作？　あれが？

「元々ラヴクラフトを師と仰いでいたロバート・ブロックへの報復として書かれた作品だよ」

「報復？」

「ああ、主人公の名前がロバート・ブレイクになってるのは、ブロックの名前をもじったんだ」

何でもそのブロックが、自分の作品の中で、師匠に当たるラヴクラフトをモデルにした登場人物を惨殺《ざんさつ》したのが発端。

その〝お返し〟として、今度はラヴクラフトがブロックをモデルにした主人公を……あの陰惨な物語の背景に、そんな作家同士の遊び心があったとは、ちょっと意外だった。

いや待て。何だ、要するにこの村の〝冥闇様〟とは何の関係も無い、全ては創作、作り話って事じゃないか。

やれやれ……

「ロバート・ブロックと聞いても、ピンと来ないかも知れんが、お前だってヒッチコックの『サイコ』って映画くらい聞いた事あるだろう？　ブロックはあの映画の原作者だ」

市川は熱っぽく語るが、興味の無いこっちとしては、いい加減に切り上げて欲しいところだ。中島も飽きたのか、スマホをいじくり始めている。

布団から立ち上がると、

「ちょっと缶コーヒー買って来る。お前らは？」

「あっ、俺にも買って来てくれよ」

「俺も」

廊下へ出る、その前に市川を振り返り、

「お前、その小さな丸眼鏡、絶対似合わないよ」

民宿の玄関を上がったところは、ちょっとしたサロンになっている。

風呂上りにでも寛いで談笑するのには丁度良い大きさの椅子と机、今日の新聞が入った新聞立て、それに飲み物の自動販売機も。

僕は顔を顰めた。自動販売機近くの椅子に、鉢屋刑事が座って缶コーヒーを飲んでいたからだ。

「今晩は」

相変わらず人当りは悪くない。だが僕にはその笑顔の奥で、いつもこちらを監視し、見張っているような気がしてならない。軽い会釈を返すと、

「如何《いかが》でしたか？『闇をさまようもの』は。もうお読みになったんでしょう？」

早速その話か。

「ええ、読みましたよ」

わざと視線を外し、自動販売機に硬貨を入れながら言った。

「で、どうでした。〝冥闇様〟の祠との奇妙な関連は見えてきましたか」

「確かに〝星の智慧〟とか〝生け贄〟の話とかは出てきましたね」

「〝星の智慧〟は、プロヴィデンスを追い出されてからこの村へ来た。そうは思いませんか」

「刑事さんは、あの小説を真に受けてるんですか？」

視線を外したまま、口元に冷笑を浮かべながら言った。

「僕も検索してみましたよ。ラヴクラフトって作家、『ウィアード・テールズ』っていう安っぽいパルプ雑誌に執筆してたんでしょう。典型的なB級C級ホラー作家じゃありませんか。つまり適当な作り話で」

「ラヴクラフトの事を、ある種の予言者と見做《みな》す人たちもいますよ。一連の小説は人類への警告だと信じてね」

自動販売機のボタンを押そうとした指を止めた。

「私もね、あの小説が全部実話だなんて思っちゃいませんよ。元々弟子筋に当たる、ロバート・ブロックへの〝お返し〟に」

「ブロックが小説の中で、ラヴクラフトをモデル

にした主人公を惨殺した。だからその〝報復〟として、今度はラヴクラフトがブロックをモデルにした主人公が登場する『闇をさまようもの』を書いた。その話はもう知ってます」

さっき市川から聞いたばかりだ。鉢屋は「ご存知でしたか」と照れ臭そうな笑みを浮かべてから、

「確かに私も主人公の身に起きた事が、全部創作だって事は分かってます」

鉢屋刑事は持っていた缶コーヒーを一口飲んでから、

「でもねぇ、あの一九世紀に起きた騒動を巡る箇所、あの部分は作り話だと笑い飛ばせないんですよ、私には」

下らない！

「分かりました。百歩譲ってあの小説の〝星の智慧〟について書かれた部分は全て真実だとしましょう。でも肝心な〝闇をさまようもの〟はどうしたんです？」

僕は自動販売機のボタンを押した。まず、これは自分の分。

「結局、そんなものは現れなかった。騒ぎを起こしたのも、生け贄とかのため村の人を誘拐したのも〝闇をさまようもの〟じゃない、〝星の智慧〟の仕業です。それはこの村で起きた事と同じじゃありませんか」

続けてボタンを押した。これは中島の分。

「確かにこの村にも〝星の智慧〟を名乗る連中が現れた。もしかしたら、プロヴィデンスに現れた奴らと同じ連中で、同じような儀式を行ったのかも知れない。でも忘れないで下さい、結局〝闇をさまようもの〟なんて現れなかった。ハエ一匹殺してないんですよ、そいつは」

そうだ。奴が現れたのは創作部分、つまり弟子との遊び心で書かれた場面だけ。単なる作者の頭

の中だけなのだ。

自動販売機のボタンをもう一回、これは市川の分だ。

「お分かりでしょう。〝闇をさまようもの〟なんて最初からいなかったんです、頭のイカれたカルト集団の頭の中以外にはね。何もかも奴らの妄想だったんですよ。それが真実です」

もうたくさんだ！　僕は自動販売機の取り出し口に手を伸ばした。

「星座がしかるべき位置に並んだ時に儀式を行うと、邪神、旧支配者が復活するんだそうです」

「だったら彼らもきっと、その星座がしかるべき位置とやらに並んだ時を選んで儀式を行ったんじゃありませんか。でも結局、何も起こらなかった。何も復活しなかったし、何も召喚できなかった」

面倒臭そうに言うと、

「当時の彼らには、何か重要な知識が足りなかったんじゃないでしょうか」

取り出し口に入れた手が止まった。足りなかった重要な知識？

「例えばブラックホールの存在とか」

引き寄せられるように、視線が鉢屋刑事の方を向く。

「一九世紀には誰も知りませんでしたからね、ブラックホールなんんか」

鉢屋刑事はまた一口、缶コーヒーを口に運んだ。

「今朝のニュース、あなたもご覧になったでしょう、二つのブラックホールを結ぶ直線上に地球が入るって話」

確か明日の夜九時頃でしたよね——話し方こそまるで雑談風だが、その目は鋭かった。

「光さえ逃がさないんですよね、ブラックホールって。まさに宇宙の究極の闇、そうは思いませんか」

「それが〝闇をさまようもの〟と何か関係があるとでも？」

鉢屋刑事は軽く肩を竦めた。

「いいですね、刑事さんは。そんな何の根拠のない想像だけで捜査が出来るなんて」

その揚げ句、辿り着いたのがホラー小説か！

皮肉を込めて言い返すと、

「正式な捜査じゃありませんよ、勿論。こんな話で警察上層部が捜査を許可するはずないじゃありませんか」

自嘲《じちょう》気味に答えた。

「昼間も言いましたけど、これは全て私の個人的な調査と、そこから引っ張り出した個人的な見解、思いつきに過ぎませんよ」

僕はもう無視してその場を立ち去ろうとした。中島たちも缶コーヒーを待ちくたびれている頃だろう。だが――

「昼間の話、覚えてますか。ほら、旭川の動物園で起きた殺人事件の話」

――だが鉢屋刑事の声には、何故かその場から容易に離れさせない力を持っていた。

「あの事件から一週間くらい経って、青森駅である事件が起きたんです」

「事件？」

極力無関心を装った、無愛想な声で言った。

「ええ、札幌から青森の親戚の家へ遊びに来ていた若いママ、彼女が自分の息子を線路に放り投げるっていう事件が」

こちらの本当の関心度を探るように、一旦言葉を切ってから、

「それもホームに電車が入って来るのを見計らったかのようなタイミングでね」

自販機の取り出し口に伸びた手は、止まったたま

まだった。

「電車はそのまま坊やの上を通過しました。坊やは轢死《れきし》、これが二番目の事件です」

「二番目？」

旭川の事件が一番目で、これが二番目の事件という事か？　もしかして三番目、四番目の事件もあるという事なのか。いや、そもそもその事件が旭川の事件と、何の関係がある？

「私、青森県警からの協力要請を受けて、事件を起こした女、谷村悦子っていうんですが、その谷村の家に行きました」

家には留守番をしていた夫がいた。既に事件の第一報を受け、半ば放心状態だったという。

「私が驚いたのは、子供部屋を見た時です」

夫が辛うじて精神を奮い立たせ、「これを見て下さい」と案内したのだという。

「そこはね、白い壁一面、マジックペンで落書きだらけになってたんです。蛸みたいなもんやら泡粒の塊みたいな奇妙な絵、殴り書きのような渦巻、それに意味不明な文字と言葉でね」

壁一面に落書き!?　それって……視線の先が声に引き寄せられた。鉢屋刑事と目と目が合う。

「ええ、武君の時と一緒ですよ」

夫によると、昨晩遅く帰宅して子供部屋を覗いた時にはそんな落書きはなかったという。翌朝、家を出る前に妻が掃除をしに子供部屋に入った。だからその時に突然、書き殴ったものではないか
――夫はそう思ったそうだ。

「確かに事件を起こす数日前から、ちょっと様子がおかしいとは思ってたそうですよ、ご主人も。たまに魂が抜けたようにぼうっとしていたり、何かぶつぶつと独り言を呟いたりしていたそうでね」

それでも夫が声をかけると「ああ、ちょっと考

え事してて…ご免なさい」と照れたような笑顔を浮かべていたらしい。だからあんな事件を起こすほど追い詰められているとは思いも由《よ》らなかったそうだ。

「とにかくその子供部屋の落書きがどうにも気になりましてね、私、青森県警に無理を言って、取り調べに立ち会わせてもらったんです」

それは奇妙な供述だったという。

小さい頃から自分を責め続ける謎の声。声は言う、「お前はいずれ自分の子供を殺す」と。自分は運命に従ったまで、法律は運命を裁けるのかと言い放つ女。

狂ってるんだ！　そいつは。

「供述も奇妙ですが、谷村の行動も不可解でした」

ああ、不可解だったでしょう。だってその女は頭がおかしいんだから。

「さっきも言いましたが、彼女、札幌在住で青森へは親戚の家へ遊びに来てたんです。当然、札幌へ帰るはずですよね。でも彼女が坊やを投げ捨てたのは、東京方面へ向かうホームだったんです」

だからそんな気の触れた女の行動なんて、いちいち説明が、

「取り調べで谷村はこう言ってました、冥闇様へ行くつもりだったとね」

冥闇様！　メーアン様？　ねえ、〃メーアン様〃んトコ、行こう……　〃メーアン様〃へ行くんだよ。行かなきゃダメなんだからね！

「覚えていらっしゃいますか？　武君が友達三人を殺害する前、アメリカから親戚が訪ねて来た事」

あれ？　今僕は何を考えていたんだろう。

えっ、親戚？……ああ、確かにあなたは昼間、そんな事を言ってましたよね。だから、それがどうしたって言うんですか。

「それもプロヴィデンスからね」

そうだ、中島と市川が待ってるんだっけ。僕は取り出し口から缶コーヒーを取り出し、中島たちが待つ部屋に向かって歩き始めた。

「もしかしたらその親戚の方も、〝冥闇様〟を訪ねる気だったのかも知れませんね」

立ち去る僕の背中に、鉢屋刑事がそう声をかけた。いや、そんな気がしただけかも知れない。


「あっ、モノ君」

部屋の前で廊下を歩いていた日比野さんに声をかけられた。金崎先輩も一緒だ、相変わらずお揃いのジャージを着て。

「どうしたの？　呑み会にいなかったけど。お腹でも壊したの？」

「いえ、ちょっと調べたい事がありまして」

心配そうに顔を覗き込まれ、慌てて首を横に振った。


「そう、それならいいけど……」

「それより先輩、今からお出かけですか？」

僕は金崎先輩へ話しかけたのだが、

「うん、ちょっと夜風にでも当たって涼もうかなって思って。モノ君も来る？」

日比野さんが笑顔でそう言った途端、金崎先輩の視線が僕と日比野さんの間を素早く行き来した。明らかにその提案がお気に召さないようだ。

「はい……あっ、でも、中島と市川が缶コーヒー待ってるんで」

話の途中で金崎先輩が無言のまま玄関に向かって歩き始めると、

「ちょって待ってください、金崎さん。あっ、じゃあモノ君、またね」

日比野さんもその後を追った、廊下に微《かす》かな香水の香りだけを残して。

―連鎖1―


　郷原はプロヴィデンスの自室のベッドで目を覚ました。今確かに夢の中に舞い降りた、我が崇拝する闇の支配者が。

「世に従うものに告ぐ。警戒せよ、光と闇の命運を決める者に」

　光と闇の命運を決める者？　その正体は分からない。だがそいつがどんな姿をしているかははっきり聞いた。

　捜そう。そしてそいつを――俺が闇の支配者の忠実な僕《しもべ》である事を知って頂くために。漆黒《しっこく》の滴が地球を囲む、その前に。

　日本へ行くのはそれからだ。郷原は握り締めていた黒い四角錐の金属片――輝くトラペゾヘドロンの欠片《かけら》を見た。そう、このお方を日本へお連れする前に。


　沢村武は旭川の自室のベッドに腰を下ろし、一人で好きな漫画を見ていた。

「なあ翔《かける》、武ってカバに似てないか？」

　突然の声に顔を上げた。何だ？　今の声。

「ああ、似てる似てる。颯太《そうた》、お前上手い事言うな」

　おかしそうな声。この声、確か……声のする部屋のドアの方を見た。そこには三人組の小学生がいた。こいつらは！

「やめろよ、お前ら。武に聞えるぞ」

「何言ってんだよ、隼人《はやと》。お前だって笑ってるじゃん」

　跳ね上がるようにベッドから立ち上がる。翔！　颯太！　それに隼人！　小学校の同級生だった三人組。それが背丈や服装、姿形もそのまま、今自分の目の前にいる。

お前ら、何故ここにいる？　ここで何をしている？　いや、お前らが翔や颯太や隼人のはずがない。だってあいつら、もう俺と同じ高校生だぞ。お前ら一体何者だ！

笑い合う三人。最初はクスクスと、だが次第に声は大きくなり、腹を抱え、互いに肩を叩きながら笑い転げ、武の鼓膜《こまく》を不愉快に揺らす。

「やめろ」

だが三人は笑うのをやめなかった。それどころか武を指差し、嘲《あざけ》るように笑い続けた。

「やめろ！　やめろ！　やめろーーっ！」

机の引き出しからハサミを取り出すと、それを振り翳《かざ》し――

ドアの方へ向き直った瞬間、全身が凍りついた。目の前にいたのは、時代錯誤《さくご》な深編み笠を被った大柄な男だった。虚無僧？　何でこんな奴が僕の部屋にいる？

虚無僧はゆっくりと武の傍に歩み寄ると、握り締めた手を差し伸べた。こいつ、何をするつもりだ。握り締めた指を開くと、掌には黒い四角錐の金属片があった。これを受け取れと言うのか？

武は引き寄せられるようにそれを摘《つ》まみ上げた。

「どうしたんだ、武」

はっとして顔を上げると、そこに立っていたのは、アメリカから来た叔父の郷原だった。翔たち、それに虚無僧の姿も無い。そして摘まみ上げたはずの四角錐の金属片も消えていた。

「ノックしても返事が無いから入って来たんだが……何かあったのか？」

「えっ？　いえ、何も」

「そうか。みんなでお茶でも飲もうと思ってな。俺のお土産のクッキーもある。旨いぞ。武も居間へ来い」

それだけ言うと、郷原は部屋を出た。部屋の中で一人になった武は、暫く魂が抜けたように茫然《ぼうぜん》としていたが、急に何かを思いついたように机の上の携帯電話を取ると、パネルの上で素早く親指を動かした。先方が電話に出ると、

「ああ、翔。武だけど今度の休み、久しぶりに会わない？……うん、颯太や隼人も誘ってさ」

旭川から札幌に逃げて来た武は、札幌・大通公園のベンチに座っていた。思考能力は完全に停止していた。どうやってここに来たのかも覚えていない。

俯《うつむ》く武の目の前に、厳《いか》つい掌がぐっと伸びた。吃驚《びっくり》して顔を上げると、目の前にはあの大柄な虚無僧が立っていた。

こいつ、今度は何の用だ——そう思った途端、自分の手が何かを握り締めている事に気がついた。何だろう？　指を開くと、そこにあったのはあの黒い四角錐の金属片だった。

これを返せと言うのか。武はそれを虚無僧の掌に乗せた。

「沢村武君だね」

突然背後から声を掛けられた。振り向くと背広の男二人組が、警察手帳を見せた。捕まったのか、僕は。虚無僧は既に姿を消していた。

谷村悦子はまだ幼い息子、海斗と大通公園を歩いていた。

「ねえママ、味噌バターラーメン食べたいな」

「味噌バターラーメン？　ああ、海斗のお気に入りのお店の？」

海斗は嬉しそうに頷いた。

「そうね。じゃあ久しぶりに食べに行こうか」

「本当？　ママ、大好き」

海斗はママに抱きついた。

「お前、やっぱり子供を作ったんだね」

突然、声が悦子の心臓に突き刺さった。何？ この声。

「結局、お前には何を言っても無駄だったんだね。小鳥を殺し、ハツカネズミを殺し、そして今度は」

やめて！ この子はペットじゃないわ！ 私の子供よ。私の分身、私の全てなのよ。ペットなんかじゃない！

「ペットだよ。お前が気まぐれに欲しがっては、飽きると捨てるペットだよ」

違う！ 違う！ 違う！

「いくら自分を誤魔化しても、運命は誤魔化せない。我が儘な子、自分勝手な子、お前はその子を」

殺さない！ 殺したりしない！

突然、悦子の目の前に掌が伸びて来た、四角錐の金属片が乗った掌が。顔を上げると、そこにいたのは時代劇で見た虚無僧だった。

誰？ あなた。この変な金属片をどうしろと言うの——悦子はその金属片を摘まみ上げた。

「ママ、どうしたの？」

海斗の不安そうな声で我に返ると、既に虚無僧も奇妙な金属片も消えていた。

運命、逆らえない私の運命……

青森駅のホームで目の前に停車した電車を無言で見つめる悦子の前に、掌がすっと伸びた。手の主は、あの虚無僧だった。

何？ 今度は何の用？ いつの間にか、悦子は自分の握り締めた拳の中に、何かがあるのに気がついた。ゆっくりと指を開くと、そこにあったのは、あの金属片だった。

これが欲しいの。これを返せというの。悦子はその金属片を、虚無僧の掌に置いた。

「奥さん、駅長室までご同行を願います」

周囲は数人の駅員に取り囲まれていた。虚無僧の姿は既にない。悦子は黙って駅員たちに従った。

3

中々寝つけなかった。

友達三人を殺した高校生の武、自分の子供を線路へ投げ捨て、電車に轢き殺させた谷村悦子。二人はいずれも「冥闇様」へ行こうとしていた。

でも何故!?

考えられる可能性はひとつ、〝星の智慧〟が復活したのだ。かつてこの村で「冥闇様」の祠を作り、怪しげな儀式のために生け贄を漁《あさ》って消えた奴ら。

連中はまだ滅んだわけじゃなかった。人知れず秘かに存在し続けた。そして一三〇年以上の月日を経て、再び集結し始めた、この村に。

だとしたらかなり危険だな。また怪しげな儀式を謀《たくら》み、生け贄を探し回って……

だけど最初に旭川で事件を起こしたのは、まだ高校生じゃないか。そんな妙なカルト集団に取り込まれるような年齢だろうか。

待てよ、確か親戚が来てたんだよな。それもラヴクラフトの小説の舞台となったプロヴィデンスから。

洗脳！

そうだ、そいつこそが〝星の智慧〟の末裔。そして日本に来て、まだ純朴な高校生を洗脳し、仲間に引きずり込んだ。そして翌日帰国……えっ？

たった一日で洗脳？

そうか、親戚は武君の家に一泊しただけだったっけ。う〜〜ん、ちょっと無理があるかな。でも少し修正すれば、筋は通る気がするんだけど。あと一歩踏み込めば……

考え込んでいる内、その一方通行な思考が逆に眠りへと導く。想像が夢と重なり、もう空想と夢の区別がつかなくなり、そしていつの間にか僕の頭の中に霧が降りてきた。

「起きて、お兄ちゃん」

……えっ？　何だって？

「ねえ、起きてよ、お兄ちゃん」

まだ舌足らずな、小さな女の子の声だ。

「起きなきゃダメなんだってば！」

駄々をこねたような可愛らしい声――君、誰？　姿が見えないんだけど。周囲は深い霧に覆われたようだった。

「私よ、私。モ・モ！」

モモ……桃！

霧は晴れ、声に引き寄せられるまま視線を落とす。そこには桃がいた。昨夜同様、亜麻色の髪を二本のピンクのリボンでツインテールに結び、ピンクのワンピースを着た桃が。

子犬のような鼻にクリクリとした目が、小動物のようにこちらを見上げていた。自然と頬が緩む。

「桃」

ん？　ところでここは……

昨夜とは全然違う。人が三、四人は並べそうな通路だ。周囲の壁は鏡と一部はガラス張り。通路のあちこちに脇道がある。何だか遊園地の迷路のようだった。一体どこだろう。

「桃、ここは？」

「タンメンタンの中」

「タンメンタン？　ああ、多面体の事？」

昨夜〝冥闇様〟の祠の中で見つけた、あの多面体の中か。うん成る程、多面体の中ね……多面体の中!?

「僕を閉じ込めたのか！」

途端に桃は小さな頬を膨らませ、プイとそっぽを向いてしまった。どうやら「閉じ込めた」という言い方がお気に召さず、へそを曲げちゃったらしい。

「ご免。招待してくれたんだよね、多面体の中に」

桃が笑顔を向け、嬉しそうに大きく頷いた。やれやれ、どうやらご機嫌は直ったようだ。

「で、僕を招待してくれた理由は？」

桃は下を向き、何かを決めかねているかのように唇をぎゅっと噛みしめた。それから再び顔を上げ、

「助けて欲しいの」

「助ける？　僕が？　誰を？」

「こっち来て」

桃は僕の手を掴むと、迷路のような通路を歩き始めた。


いくつ目かの脇道でしばらくキョロキョロと周囲を見回すと、

「こっち」

指を差してから曲がり、新しい通路をまた暫く歩くと、またキョロキョロしては、「こっち」と言って別の脇道へ入る。

そんな事を繰り返していくうちに、次第に方向感覚が無くなってきた。桃は自分がどこにいるのか分かっているのだろうか。少しずつ不安感が募り始めた。

「ねえ、桃」

「なあに？」

桃が僕の顔を覗き込む。

「桃は〝輝くトラペゾヘドロン〟って知ってる？」

「トラ……トラさんドロドロ？」

「いや、もういいよ」

どうやら知らないらしい。

僕と桃は、永遠にどこへも辿り着けないような奇妙な迷路を歩き続けた。同じような鏡とガラスに囲まれた迷路を——だがある角を曲がった途端、突如視界が拓《ひら》けた。

いつの間にか、鉛色の空と鬱蒼《うっそう》とした植物群に囲まれた山道に僕らはいた。吃驚して後ろを振り返るが、既に迷路は消え、山道が続いているだけだった。

一体どういう事だ？　だが桃はこの突然の異変を気にする様子も無く、僕の手を引きながらどんどん歩き続ける。どうやら山道を下っているようだ。

それにしても何だ？　この植物群は。どれも見た事のないものばかりだ。鳥のさえずりも虫の音《ね》も聞こえない。自分たちの足音だけが響く、重苦しいほど静寂の世界だ。

暫く歩くと、山の周囲を見渡せる見晴台のような場所に出た。

眼下に広がる光景を見て愕然とした。それは薄暗い無限の空間に群れを成してそそり立つ、巨大な巨石建造物だった。

眩暈《めまい》を起こすほど異様な光景だった。

出来損ないの円柱の上にアンバランスな巨大円錐が乗っていたり、まるで下手くそなジェンカのように、パーツが左右にずれて幾重《いくえ》にも積み重なっていたり……それらの不規則な合間を縫うように走る道路らしきもの。

不気味な巨石建造物からは、全盛期の栄華と衰退、絶滅の臭いが同時に漂ってくる。かつて栄え、今は荒廃した死の世界——これは何かの遺跡か？

でも、それにしては……

どのような古い遺跡でも、それには人間臭さと法則がある。

ピラミッドには当時の最新の建築技術と共に、

最高の幾何《きか》学的知識が注ぎ込まれていた。イギリスのストーンヘンジの円陣上に並び立つ巨石には、古《いにしえ》の天文学の知識がある。

だがこの巨石群の中には、そのような人間らしい知性や美しさは欠片《かけら》もない。あるのは神経を逆撫《な》でせずにはいられない不快感だけだ。

どんな狂人に筆を持たせたところで、こんな世界は描けない。僕は悟った、この巨石建造物群は人間が造ったものではないと。

では一体誰が、何がこれを造った？　いや、それよりここは本当にあの多面体の中なのか。

魔物を召喚する道具にして異界への窓口〝輝くトラペゾヘドロン〟――僕らはいつの間にかあの黒い多面体を通り抜け、見知らぬ異界へ辿り着いてしまったのか？

「つんつん、つんつん。私、桃。あのお兄ちゃんに名前もらったの。つんつん、つんつん。ねえ、あなたも名前持ってる？」

桃の声がした。振り向くと、落ちていた棒っ切れでも拾ったのか、その棒の先っぽで何かを突っついている。真っ黒で視界を遮るほど巨大な何かを。

「つんつん。えっ？　てっちゃん？……けいちゃん？　つんつん、つんつん」

黒い壁？　いや、もっと柔らかくて弾力のある物だ。棒っ切れで突っつかれる度、それは粘土のように窪むが、直ぐにゴムのような弾力で弾き返すように元へ戻る。

「フフ、面白い♪　つんつん、つんつん」

ゆっくりと視線をなぞってその全体像を見た途端、悲鳴を上げてその場に尻もちをついた。

そこにいたのは、電車の車両ほどもある、巨大な黒いタールの塊のようなものだった。しかもそれは――例え我々の常識からは到底《とうてい》受け入れられない事実だとしても——明らかに生物だった！

何故なら、その漆黒の体躯《たいく》は息づくように波打ち、さらには無数のうねる触手が伸びていたからだ。しかもその触手の先端には目がついていた。緑色に光る眼が！

触手と緑色の目は、生えては体の中に沈み、また生えるを繰り返し、上下左右、時には長く伸ばして背後から桃の様子を窺っている。そして大声を出した僕の方も。

慌てて起き上がり、桃へ駆け寄って抱え上げた。

「テケリ・リ、テケリ・リ」

突然、その生物——いや、怪物が奇妙な鳴き声を発した。何だ!? こいつは！ 桃を抱えたまま後ずさる。

「桃、さっき僕に助けて欲しいって言ったよね」

桃の耳元で囁いた。だが、こんな世界で何を助けろと言うんだ。少なくともこの黒いタールの怪物が、僕に救いを求めているとは到底思えない。

桃はしばらく眉根を寄せて首を傾げてから、あどけない笑顔を僕に向け——

「間違えちった」

——照れ臭そうにピンク色の舌を出した。

間違えたって!? 来るところを間違えたって事か!?

「逃げるぞ」

用がないなら、こんなところに長居は無用だ。

相変わらず触手の先端で緑色の光を放つ無数の目が、こちらを監視している。怪物を刺激しないよう、ゆっくりと後ずさりながら距離を取り、一気に逃げようと後ろを振り向いた途端——

心臓が止まりそうになった。いつの間にかもう一匹の怪物が、退路を断つように黒い巨体を横たえていたのだ。それも直ぐ目の前に。

「つんつん、つんつん♪」

「つんつんしちゃダメ！」

慌てて桃から棒っ切れを取り上げ、投げ捨てた。

それから桃を一旦地面に下ろし、傍に転がっていた手頃な石を両手で拾い上げると、

「テケリ・リ、テケリ・リ」

やかましい！　拾い上げた石を頭の上まで振り上げ、目の前の怪物目がけ、渾身の力を込めて投げつけた。

だが石はその弾力のある体によって、僅《わず》かな窪みを作っただけで呆気なく弾き返された。傷一つ与えられずに。

それでも突然の反撃に怯んだのか、怪物は少しだけ後退した。しめた！　逃げ道が出来たぞ。

再び小さな桃を抱え上げると、その僅かな隙間を縫って一目散に走り抜けた。

「どっちへ逃げればいい？」

「あっち」

桃はさっき来た道を逆走するよう指差した。

振り返ると怪物も後を追って来る。体を軟体動物のようにくねらせながら、僕と桃を目指して！

……いや、待てよ。僕は奇妙な事に気がついた。よく見ると怪物の動きはそれほど速くない。大体こっちと同じくらいだ。距離は縮まらない。

そんなに速く動けないのか、それとも……

それにしても、我ながら無鉄砲というか、よくあんな怪物相手に石を投げつける度胸があったもんだ。別に格闘技を習った経験もないし、スポーツが得意なわけでもないのに。

走る速度を少し落とし、抱きかかえている桃に目を落とす。

成る程人間って生き物《ヤツ》は、守るものがあると、自分でも吃驚するくらいの勇気が出るものなんだな。ちょっと頬が緩んだ。

山道が大きなカーブに差し掛かったところで一

旦足を止め、後ろを振り向いた。怪物は相変わらず距離を置いて追いかけて来る――が、こっちが足を止めると、向こうもそれに合わせるかのように動きを止めた。

襲う気はないのか。ただ追っ払うのが目的だったのか。

暫く奇妙な睨み合いを続けた後、桃を下ろし、手を繋いで山道に沿ってカーブを曲がった。

僕らはまた迷路に戻っていた。後ろを振り返ると、そこはやはりどこまで続くのかも分からない、鏡とガラスに囲まれた通路が延びているだけだった。

桃はまた周囲を見回すと、僕の手を握り、

「こっち」

桃、本当に君、道が分かってるのかい？

そんな不安を抱きながらまた暫く通路を歩いていると――ん？　何か音がするな？

何やら獣めいたものが群れをなして駆けずり回るような音だ。こっちへ来る、喘《あえ》ぎ声とも唸り声ともつかない不気味な叫びと共に。

僕は桃の手を引き、脇道へ身を隠して様子を窺った。騒がしい音と不快極まる雄叫《おたけ》びを撒《ま》き散らしながら、そいつらはどっと現れた。

数十匹はいただろう、そいつらは一見すると白い猿……いや、子供くらいの大きさの、小さな白いゴリラのようだった。

だがゴリラにしては、その顔には妙な人間臭さがある。でも進化したゴリラじゃない。あれは……あれは退化した人間だ！

いや、それより何だ、あの目の色は。片方は青でもう片方は褐色。

僕と桃の前を通り過ぎる時、何匹かがこちらを見て、その獰猛《どうもう》そうな黄色い牙をガチガチ鳴らして威嚇《いかく》した。

あんな牙で顔面にでも食らいつかれたら、目も鼻も口も、跡形もなく根こそぎ食い千切られちまうだろうな——そんな事が頭を過《よぎ》った途端、慌てて首を左右に振り、不吉な考えを振り払う。

もっとも桃はあのタールの怪物の時と同様、相変わらず興味津々だ。あんな醜悪なゴリラの出来損ないどもに目をキラキラさせて、

「お猿さん、お猿さ〜〜ん」

と手を振ってる。

白いゴリラどもが走り去ると、突然桃は「ん？」と小首を傾げ、廊下を見回し始めた。そして何かを感じ取ったのか、廊下をまた歩き始め、少し先にある角を曲がった。

「桃！」

慌てて後を追い、角を曲がると、そこは古びた部屋の中だった。後ろを振り返ると既に迷路はない。代わりに古風なドアが背後を遮っていた。

嵌《は》め込まれた曇りガラスから見える夜の闇が、それがこの部屋、この建物の出入り口である事を教えてくれた。

虫食いの目立つ薄汚れた板、樫《かし》だろうか、板で囲まれた部屋だ。何もない、玄関ホールみたいだ。薄暗い中を、骨董品屋にでも並んでいそうなランプが怪しく照らす。

框組《かまちく》みに鏡板を嵌め込んだドアがいくつかある。その中で半開きになったドアが、桃の興味を惹《ひ》いているようだった。

中に何かあるのか？

僕の警戒心を無視し、桃はまるで駄菓子屋さんにでも入るように、その部屋へ入って行った。慌てて後へ続く。

朽ち果てかけた板に囲まれた部屋だ。これも古いランプに照らし出され、奥に下へ降りる階段が見える。地下へ、いや地獄へ降りる階段じゃない

かな。座ったら壊れそうな椅子と腐りかけた机、その周囲には……キャンパスに使いかけの絵の具？　ここは画廊か、それとも画家の仕事場か。

どんな絵だろう。覗き込むと、若い男女が笑顔でハンバーガーを食べている。何々、タイトルは「食事する人間」。まるで写真のような精密画だ。髪の毛一本一本まで数えられるようだった。

隣は「教え」、これは大学の絵だな。堂々たる講堂が描かれている。これも絵というより、写真のようだ。講堂正門へと続く並木道に並ぶ木々の、葉っぱ一枚一枚まで見えるようだった。

お次は「狂気の山脈」……「狂気の山脈」⁉

何だか急に禍々《まがまが》しいタイトルになったな。でも絵は、オフィス街のようだ。清潔そうで近代的な高層ビルが立ち並ぶ有り様を、少し上空から写生したものだろうか。建物の中からはエネルギッシュな波動が溢れ出す、「狂気の山脈」とは似ても似つかぬ絵だった。

これも実に写実的だ。絵の事はよく分からないが、僕の心を圧倒する迫力があった。自分を捨て、夢や想像の入る余地のない揺るぎなき真実の世界を、ただ全てをありのままに描こうとする情熱——いや、執念のようなものを感じた。

一体、どんな人物が描いたんだろう。

暫くキョロキョロ周囲を見回していた桃は、今度は奥の階段に興味を惹かれたようだった。足音を消す事も無く、階段へ向かう。

「おい、桃」

小声で呼び止めるが、桃はそのまま階段を降り始めた。仕方なく後に従う。下からは何かの気配のようなものを感じた。それに微かな音も。何かがいる。大丈夫なのか？　桃。

地下室は、コンクリートで雑に作られた土間のような場所だった。そして片隅には、円形に積み上げられた古い煉瓦《れんが》。どうやら幅一・五メートルほどの井戸らしい。膝くらいの高さまで土間から突き出ている。口は丸い木製の板で塞がれていた。

その手前にいたのは、ベレー帽に雑巾みたいな服、それにパレット片手に絵筆を持った人物――いや人物と言う言い方が正しいかどうか分からないが、とにかく一心不乱に絵を描き続けている。鍵爪のような鋭い指先で絵筆を握り締め、何やら獣のように背を丸めて。

「誰だね」

奇妙な画家が作業を中断し、こちらを向いた。その顔には、確かに人間らしさはあった。だが、奇妙な弾力性のある皮膚とその顔は、人間というよりむしろ……

「あっ、ワンコ、ワンコ♪」

桃は嬉しそうにはしゃぎながら、階段を一気に駆け降りた。

釣り上がった鋭い目、尖った口と剥《む》き出しの鋭利な牙――その顔は、人間というより犬に近かった。それも獰猛な野犬のようだ。

これで口から涎《よだれ》でも垂らしていたら、桃を抱えて逃げ出していただろう。だがその眼には、辛うじて知性の欠片があった。

「一体誰だね、君たちは。私に何の用だ」

奇怪な生き物は、流暢《りゅうちょう》な日本語で言った。その声には、ある種の教養さえ漂っている。

「お邪魔します。白都と申します」

場違いな言い方のような気もしたが、他に言いようが浮かばなかった。

「君たちは人間だね」

「ええ」

「どうして私の作業場にいる？　私がここに来てから、誰ひとり訪ねて来る者などいなかったのに」

「まあ、いろいろ事情がありまして」

一体どう説明すればいいものか。冷や汗を流す一歩手前のこっちの苦労も何のその、桃は相変わらず大喜びだ。

「ワンコ、お手！」

「私は犬ではない」

「お座り！」

あっ、座ったぞ、こいつ。

「うむ、この私を跪《ひざまず》かせるとは。このお嬢ちゃん、只者ではないな」

まあ、ただの幼女じゃないだろうね、多分。

「失礼ですけど、あなたは？」

「私の名はアレキサンダー」――立ち上がりながら答えた――「グール族だ」

「グール？」

「ワンコ、取っておいで！」

桃がどこから拾って来たのか、棒っ切れを投げた。あっ、四つん這いになって拾いに行ったぞ。しかも棒っ切れ、口にくわえて桃のところへ持ち帰った。揚げ句、頭を撫で撫でされてる。

「グールを知らないのかね」

立ち上がり、服についた埃《ほこり》を払いながら言った。

「じゃあ食屍鬼《しょくしき》、いや、人食い鬼と言った方が君らには分かり易いかな？　ああ、逃げんでもいい。さっき人間一人食ったばかりで今は満腹だ。安心したまえ」

僕は桃を抱え、慌てて駆け上がった階段の途中で足を止め、向きを変えてから用心深くまた地下室へ降りた。

「上の部屋の絵、あなたが描いたんですか？」

アレキサンダーは頷いた。

「これでも画家としては、いくらか名も知れている」

「人間社会を描いた絵が多いですね。それも空想画じゃない。実際にご覧になって描かれたものですよね。グール族は人間界にも自由に出入り出来るんですか？」

こんな人食い鬼が、自由気ままに我々の世界を闊歩《かっぽ》しているのだとしたら、かなり不気味な話だ。

だがアレキサンダーはゆっくりと首を横に振ると、

「我々グール族が人間の世界に立ち入る事はない。我々の多くは、人間がほとんど入り込まない森の奥か、君たちが知らない地下道に棲《す》んでいる」

「人間との接点はほとんど無いんですね。じゃあ、どうやって……その……どうやって人間を」

襲って食べるんですか――そこまで言うのはさすがに躊躇う。するとこっちの言いたい事を察したのか、

「森に棲む仲間が襲うのは、そういう深い森の中に迷い込んだ人間だ。そして地下道に住む仲間たちが狙うのは、もっぱら墓に埋められた屍《かばね》だよ。地下道から墓の下へ潜り込み、棺桶《かんおけ》をこじ開け、時には棺桶ごと地中に引きずり込み、中に安置されている遺体を食べるのだ。だから地底に住むグール族には、生きている人間とは顔を会わせずに生涯を終える者も多い」

「じゃあ、グールって、人間の事を何も知らなくて襲ってるんですか？」

「いや、昔と違って今はグールにも教育制度はあるし、学校もある。数十年前、人間である事を捨て、我々の仲間になったある伝説的なグールが提唱し、創設した制度だ」

人間からグールになった？　そんな物好きな奴がいたのか？

「学校で勉強すれば、人間の事もある程度は学ぶ事が出来る。だが別に通う義務はない、学びたい者が行くだけだ。だから学校へ行かなかったグールは人間の事はほとんど知らない。森に棲むグー

ルにとって、人間は単なる食用肉でしかないのだよ」

僕が露骨に嫌な顔をすると、

「仕方ないだろう。大体、深い森の中で我々に遭遇した人間がどんな反応を示すものか考えてみたまえ。悲鳴を上げ、訳の分からない事を喚き散らしながら、ただ逃げ回るだけだ。そんな奴らに、知性や教養があると思えるか」

「地下道のグールは？」

「人間を自然に生える、野菜みたいなもんだと思ってる」

「野菜？」

声の語尾が上がった。

「ああ、ジャガイモみたいに土の中でいつの間にか生長する野菜みたいな感じかな――だから嫌な顔するな。さっきも言っただろう、墓を下から掘り返して棺桶をこじ開けて中の遺体を食べるって。そりゃ、人間を碌に知らない連中から見れば、勝手に土の中で生えて育ったものとしか思わんだろう？」

それから少し考え、

「ジャガイモと言うより、落花生みたいなものかな。ほら、あれは殻を割って中の身を食べるだろう。人間もそれと同じだよ。棺桶という殻を割って中の身を」

「あなたはどちらですか？　森の奥？　それとも地下道？」

話の続きを遮るように言葉をねじ込んだ。

「そこの井戸を見たまえ」

アレキサンダーが井戸を顎でしゃくった。

「あれは我々の住む地下世界、君らに知られる事なく、地下に張り巡らされた巨大な地下道への入り口だ。土の壁に閉ざされた、暗く、狭い通路、だが君たち人間には想像も出来ぬほど、いや、我々グールの中にさえ、その全貌《ぜんぼう》を知る者がいないほど広大な地下世界へのな」

そんな途方もない世界が存在するのか！　僕らの住んでいる世界の真下に？

「あの井戸は数年前、偶然発見した。私は地下から井戸をよじ登り、そしてこの地下室とこの家に辿り着いた」

「家の住人は？」——まさか食っちまったんじゃ！

「私が来た時には、もう誰もいなかった。空き家だったよ」

アレキサンダーは手にしていた筆やパレットを、粗末な机の上に置いた。

「私は学校へ通った方のグールだ。だから元々人間の世界に興味を持っていた。幸い家の中には、前の住民が残していった服が少し残っていた。私はそれを着て外へ出た。そして生まれて初めてこの目で見たのだ、人間の世界を」

それから一旦、言葉を切ると、

「驚愕《きょうがく》の世界だった」

アレキサンダーは感慨深げに言った。

「私は初めて天井の無い世界を知った。そう、君たちが〝空〟と呼ぶものだ。そして境界の無い世界も。眩暈を起こすかと思ったよ。我々は地下道の中で、常に土の壁に囲まれているからね」

それから僕の方を向くと、

「なあ君、白都君と言ったね。教えてくれないか。あの世界には果てはあるのか？　大地は永遠に広がっているのか？　あの空の果てには何がある？　無限なのか、果てが無いのか？　ああ、私は頭が狂いそうだ！」

無限の果てに何があるのか。だが無限に果てがあるのなら、その先には何がある？　新しい無限の果てか。そしてその新しい無限の果てに辿り着いた時、何が待っている？　さらにその先にある……アレキサンダーの疑問は止まる事を知らない、永遠のループのようだった。

「そうですね」――返答に窮《きゅう》した――「大地には果てがあると言うか、有限です。でも空の果てとなると……僕にも分かりません」

「そうか」

太陽系や銀河系、その先に広がる宇宙の話はしない方が良さそうだな。

「次に私を驚愕させたものは、あの地平線の遥か彼方まで続く天井の無い道と、両脇にある建造物だ。そしてそこをところ狭しと徘徊《はいかい》する君たち人間の群れとその声、声、声！」

ん？　それって商店街の事？

「私は慎重に行動した。迂闊に街を歩き回って道に迷い、この家に帰れなくなったら一大事だからね。注意深く、少しずつ活動範囲を広め、そして遂《つい》に究極の光景に行き当たった。私はそれを『狂気の山脈』と名付けた」

「ああ、上の部屋にあった絵ですね」

「見たのかね」

あのオフィス街の絵だな。しかし何故、『狂気の山脈』？

「私はまた正気を失ってしまうのではないかと思ったよ。あの広大な大地に地平線を串刺しにするような直線道路。それを挟んで並ぶ巨大建造物群――神をも恐れず天に向かってそそり立つ冒涜的な姿。あれが『狂気の山脈』でなければ何だ」

グールはその時の光景を思い出すかのように、天井を仰いだ。

「私は一番高い建造物に忍び込み、その頂点からその光景を見た。そしてそれを網膜に、脳裡《のうり》に焼き付けた。そして完成したのがあの絵だよ」

アレキサンダーの表情は、六割の恐怖と四割の恍惚感《こうこつ》に満ちていた。いや、五分五分くらいかな？

「グールの世界は大騒ぎだった。何たる異様な光景。正に我々の知る幾何学の法則、物理学の法則を凌駕《りょうが》する絵だとね」

「じゃあ、絵の評判は散々？」

「いや、絶賛の嵐だった」

絶賛！　だがその声は、どこか沈んでいた。

「評論家どもは私をこう讃《たた》えた。恐ろしいものへの解剖学……え～と解剖学と……ああそうそう、恐怖の生理学を知り抜いた、真の恐怖を産み出せる偉大な画家だとね。眠り込んでいる恐怖への本能の記憶を……記憶を……何だっけな？　まあ、とにかく私は耳を劈《つんざ》くばかりの喝采《かっさい》の中にいた」

結構な話ではないか。まあ、こっちにはあの絵のどこが「真の恐怖」なのか、さっぱり分からないが。

「そして次に描いたのが『食事をする人間』だ」

ああ、ハンバーガーを食べてる男女の絵か。

「あの時、私は香ばしく焼けた肉の臭いを感じた。その臭いに誘われるまま、出くわしたのがあの光景だ」

吐き捨てるように言い放つ。表情にはあからさまな恐怖の色が浮かんでいた——けど何故？

「それは人間どもの餌《えさ》にされるべく殺された動物の、見るも無残な末路だった。ただ殺しただけでは飽き足らんのか、その肉を引き裂き、細かく切り刻んで世にも悍《おぞ》ましい肉片の楕円《だえん》形にしてから焼く。何と背徳的で、生命に対する冒涜的な儀式だろう。私はその気持ちをキャンパスにぶつけた。それがあの絵だ」

成る程、どうやらグールには「調理」という概念が無いらしい。ただ生のまま人間に食らいつき……いや、そこから先は考えたくない。

「評論家たちは言ったよ、これぞ想像力の魂を悪魔に売った天才画家のなせる技だとね」

そう言うと、アレキサンダーは尖った鼻を不快気に鳴らし、

「想像力だと！　グールがあんなものを、モデルも無しに描けるものか！　その目で……え〜と……ああ、思い出した。その目であの地獄を垣間《かいま》見たのでない限り、描けるはずがない！　何故連中にはそれが分からんのだ！」

語気に己の信念が迸《ほとばし》る——けど、時々言葉に詰まり、まるで読んだ文庫本の一節でも記憶から搾《しぼ》り出すかのように頭を捻るのは何故だ？　まあ、それはともかく、

「確かにアレキサンダーさんの描く絵って、写実的ですよね。細かいところまで本物そっくりで」

そう、精緻《せいち》と言うか、まるで写真のようで。

「当然だ！　私は空想画など決して描かない」

アレキサンダーはきっぱりと言い切った。

「評論家どもは何も分かっていない。私は脳の描いた妄想、想像画など、決して描いたりはしない。あれは私の頭の中に浮かび上がった蜃気楼《しんきろう》などではないのだ。君なら分かるだろう？」

確かに——僕は頷くしかなかった。

「芸術家の想像力など、所詮《しょせん》現実には敵わないのだ！　妄想を膨らまし、絵の具をキャンパスに塗りたくって女神や天使の絵を描いたところで、そんなものは雨の後に空を横断する虹には遠く及ばない。私が生まれて初めて虹を見た時、どれほど感動したか、君は分かるかね」

アレキサンダーは僕の返事を待ってはくれなかった。

「いや虹どころか、雨だれに濡れ、その滴が眩《まばゆ》い宝石のごとく輝く蜘蛛《くも》の巣にすら劣るのだよ！　あの獲物を狙う粘着質の細い糸でさえ、想像力とやらが産み出した脳内の妄想より遥かに美しいの

だ！」

念のために言っておくと、アレキサンダーの話は、これほど整然と語られていたわけではない。

途中、桃から「お座り！」「お手！」「お回り！」、それに棒っ切れを放り投げられては、土間の中を四つん這いで走り回り、それを口にくわえて戻って来る。そして頭を撫で撫で——つまり桃の玩具をしながら語った話だ。

その桃も、そろそろ飽きてきたのか、筆に絵の具を付け、壁にイタズラ書きを始めている。そろそろ引き上げる潮時かも。

「アレキサンダーさん、有意義なお話をありがとうございました。それでは、僕はそろそろお暇《いとま》させて頂きます」

「うん、私も仕事の続きがある。名残惜《なごり》しいが白都君、久しぶりに思いの丈《たけ》をぶちまけていい気分転換になったよ」

僕は桃を抱え上げ、再び階段を上り始めた。

「さようなら、白都君。次は是非とも食卓でお会いしよう」

いえ、それはご免蒙《こうむ》ります。

桃、どうやらここも君が来たかった場所じゃなかったみたいだね。僕らは階段を上り、部屋を抜け、最初の玄関ホールへ戻った——その途端、

「あっ、いけない。お兄ちゃん、目を覚まして」

また周囲に霧の帳が降り、何も見えなくなった。

そして抱きかかえていたはずの桃も、煙のように消えた。おい、桃、どこへ行った？　君はどこへ行ってしまったんだ？

気がつくと、布団の中だった。まだ眠っている中島と市川のいびきが聞こえる。どうやらまた夢を見ていたらしい。

いや、あれは本当に夢だったのか？

4

昼食後、僕はまた「冥闇様」の祠に来た。今度こそあの祠の中を覗いてみよう、そう思って。

だが空き地には既に鉢屋刑事がいた。こちらの姿を見つけると、いつもの愛想の好い笑顔で、

「いやあ、学生さん」

「白都です」

「ああ、白都さん。あなたもまた来たんですか」

来ると思ってましたよ——顔にそう書いてある。

「いよいよ今夜ですね、二つのブラックホールを結ぶ直線上に地球が入るのは」

鉢屋刑事がまだ明るい空を見上げながら言った。

「何か起こると思っていらっしゃるんですか？」

その質問に答える代わりに、

「昨夜、二番目の事件のお話、しましたよね」

「三番目の事件があるんですか？」

鉢屋刑事は意味の汲《く》み取れない笑みを浮かべると、

「最も不可解で凄惨《せいさん》な事件でしたよ、あれは。東京で起きた事件なんですけどね、一週間前……」

＊

どうしてこんな素晴らしい事を思いついたんだろう。僕は今日から屋根裏部屋に住むんだ。さあ、パパに手紙を書いておかないと。

ああ、自己紹介を忘れてました。僕の名前は鳴《なる》海洋一《みよういち》。小学校六年生。好きな授業は理科と社会科。苦手なのは……体育。

えっ？「じゃあ、今着ている青いハーフパンツに赤と青のストライプ柄のサッカーユニフォーム

は何だ」って？

いやだなあ、サッカーは今や男の子のた……たし……何て言ったけな、ああ、そうそう〝嗜《たしな》み〟じゃないですか。それにこれ、僕のお気に入りなんです。

さてと。

とにかく僕はノートからページを一枚毟り取ると、机の抽斗《ひきだし》から鉛筆を取り出して手紙を書き始めた。えーと、パパ、僕が急にいなくなって心配しているでしょう……

「パパ、僕が急にいなくなって心配しているでしょう。本当にご免なさい。でも今の僕は家へ帰る事が出来ないんです。パパが助けてくれないと、家へ帰る事が出来ないんです。

今日、僕は公園で友達と鬼ごっこをしていました。僕が鬼です。でも僕は駆けっこが苦手です。それを知っていて、みんなが無理矢理僕を鬼にしてしまったんです。誰も捕まえる事が出来ません。だって僕は足が遅いから、みんなに追いつけないんだもの。みんな、そんな僕を揶揄《からか》って喜んでました。

その内鬼ごっこにも、僕を揶揄かう事にも飽きてしまった意地悪な友達は、僕を放ったらかしにして家に帰ってしまいました。僕も帰りたかったんですが、僕は鬼です。鬼のままでは家へ帰れません。だって鬼のまま帰ったら、パパが吃驚してしまうもの。

だから僕は誰かを捕まえようとしました。もう誰でもいいから捕まえて、そいつを鬼にしようとしたんです。でも誰も捕まえる事が出来ません。だって僕は駆けっこが苦手なんだから。

もう疲れました。一人ぽっちはとても淋《さみ》しいです。でも帰る事が出来ません。鬼のままだからパパに会う事が出来ないんです。だって鬼のままでは、パパは僕が僕だと分かってくれないから。

お腹もぺこぺこです。パパにも会いたいです。お願いパパ、何とかして。僕を助けて。僕の代わりに誰かを捕まえて。そしてその子を鬼にして。そうしないといつまでも家に帰れない。永遠に家に帰れない」

これでいい。この手紙をパパの机の上に置いたら、屋根裏部屋へ行こう。何だかわくわくしてきちゃった。

薄暗い屋根裏部屋には、懐かしい物がいっぱいあった。赤ん坊の頃に使っていたベビー・ベッド、部屋の天井から吊るしてあったメリーゴーラウンド。積み木やお砂場セット、幼稚園の制服にその頃遊んでいた玩具の数々。

何て素敵な部屋なんだろう。ここは僕の思い出の部屋なんだ。今日からここで暮らす事が出来るなんて。但し、パパが僕を見つけ出すまでの間だけどね。

でもパパは直ぐに僕を見つけ出してしまうだろうなあ。だって僕の事を……何て言ったっけ。そう、目の中に入れても痛くないほど愛している、って言ってたもの。

その晩、僕はベビーベットの中で縮こまるように寝た。

目を覚ますと屋根裏部屋に宏君がいた。眠っているのかな、目を閉じたまま床に横たわっている。

でもどうして宏君がここにいるの?

あっ、そうか。パパが連れて来てくれたんだね。凄いなあ、もう僕の隠れ場所を見つけちゃったんだ。おまけに僕の代わりに鬼になってくれる子まで連れて来てくれて。

うん、そうだよ。宏君ならきっと僕の代わりになってくれるはずだ。だって僕らは大の仲良しだもの。ありがとう、パパ。

でも、困っちゃったなあ。ただ連れて来るだけじゃ駄目なんだよ、宏君を鬼にしなければ。そうしなければ僕の代わりが務まらないじゃないか。

あれ、床の上に金槌《かなづち》と釘が置いてあるぞ。パパが置いていったのかな？　でもパパ、これで僕に何をしろと言うの？　うーんと、うーんと……。

分かったぞ！　これで宏君の頭に角をつければいいんだ。そうすれば宏君は鬼になる。やっぱりパパは頭が良いなあ。

僕は早速釘を一本取り上げると、その先を宏君の顳顬《こめかみ》の少し上の辺りに当てた。ちょっと痛いかも知れないけど我慢してね。そう声をかけてから金槌を振り上げ、力一杯釘を頭に打ち込んだ。

それが終わると今度は反対側の顳顬の少し上の辺りへ釘を当てて……。さあ、これで頭に二本の角が生えた。宏君は僕に代わって鬼になったんだ。

突然、扉が荒々しく押し開けられ、数人のおじさんたちが屋根裏部屋へ雪崩《なだ》れ込んで来た。見た事もないおじさんたちだ。でもお巡りさんの制服を着た人も何人かいる。すると背広を着ている人は刑事さんかな。

おじさんたちは床で眠っている宏君を見て、一瞬その場に立ち竦んだ。だけど直ぐに一番偉そうな感じの刑事さんが背広の内ポケットから捜査令状を取り出し、部屋の中で金槌を握り締めたまま無表情に棒立ちする男へ突きつけた。

「家宅捜査の令状だ、鳴海茂。だがもうそれだけでは済まんな。お前を未成年者略取の容疑で緊急逮捕する」

続いて逮捕日時をゆっくりと告げるが、男＝鳴海茂は感情の無い目であさっての方を見つめるだけだった。

直ぐに殺人で再逮捕だがな――年配の刑事が吐き捨てながらその腕に手錠をかけると、まだ若くて屈強な二人が両脇から鳴海を抱えるように並んだ。

「おい、何だこりゃ」

背後で警官たちが騒ぎ始めた。

「何を騒いでいる?」

振り返った年配の刑事が目にしたものは、屋根裏部屋の壁と、その壁一面にマジックで描かれた落書きだった。それも……何だ? あれは、蛸のようにも見えるが。それに泡粒の塊みたいな奇妙な絵、殴り書きのような渦巻、後は意味不明な文字・文字・文字。

警官の一人が手を伸ばすと、

「おい、お前ら。鑑識が来るまでやたらとそこら辺を触るんじゃない」

警官を一喝すると、誘拐された少年＝加賀宏の無残な死体に目線を緊縛されたまま、生唾《なまつば》さえ飲み込めぬ若い刑事たちに向って、

「こいつを連れて行け!」

鳴海は抵抗する様子もなく刑事たちに従った。

酷《ひで》え事をしやがる、直ぐに鑑識を呼べ、一応遺体は両親に確認して貰って……。

そんな会話を交わしながら、警官たちは屋根裏部屋を一旦、後にする。誰もいなくなったのを確認してから、僕は柱の陰からそっと顔を出した。

危ない、危ない。もう少しでパパ以外の人に姿を見られちゃうところだった。ああ、でもパパはお巡りさんに連れて行かれてしまったんだね。また淋しくなっちゃうなあ。

覚えてる? パパ、先週の家族旅行。

ほら、パパのお仕事の都合で一日遅れてさ。本当は三泊四日だったのに、どうしても急なお仕事が入っちゃって二泊三日に変更したよね。

それで事故に遭っちゃったんだよね、僕ら全員。電車の脱線転覆事故っていうのに。

僕もママも、その時死んじゃったんだ、パパを残して。運よく助かったパパだけを残してね。

そうだよ、パパが仕事休んでくれて前の日の電車に乗れば、事故に遭わなかったんだよ。パパのせいで僕もママも死んじゃったんだ！

……な〜〜んてね。嘘だよ、パパ。

心配させてご免ね。でも僕、本当は生きていたんだ。生きて、この屋根裏部屋に隠れていたんだよ。

でもパパは僕が死んだと信じ込んでしまった。だからパパとは遊べない。パパが僕を死んだと思っている内は遊べないんだ。それであんな置き手紙を書いたんだよ。

僕は生きている、生きていて、またパパと一緒に遊びたかったんだ。だからあんな手紙を書いたんだよ。それなのに今度はパパが僕の前から消えてしまうなんて。

でも大丈夫。僕は待ってるよ、パパが帰って来るまで。そうさ、いつまでも待っているよ、この部屋でね。

早く帰って来てね。そうしたらまた一緒に遊ぼう。心配する事はないよ。だってこの地球には、僕の代わりに鬼をやらせる人間なんて、まだまだたくさんいるんだもの。いくらでもいるんだもの。

僕とパパのお遊びも、永遠に続くさ。

そうだよ。パパとお前のお遊びは永遠に続くんだ。――刑事に両脇を固められたまま外へ連れ出された鳴海茂は、そっと屋根裏部屋を見上げ、密かに唇を緩めた――そしていつか必ず一緒に行こう、お前がどうしても行きたいと言っていた〝冥闇様〟のところへ。

＊

「また〝冥闇様〟ですか？」

「ええ、鳴海茂はそう供述したそうです、鬼ごっこを終えたら、帰って来た息子と冥闇様へ行くつもりだったとね」

それに奇妙な落書きも。

鉢屋刑事は第二の事件後、各県警の知り合いに連絡を取ったそうだ。もし事件に〝冥闇様〟の名前が出てきたら連絡してくれと。

「それで警視庁にいる友人から連絡をもらったんです」

事件を起こした人たちはいずれも〝冥闇様〟を目指していた。やはり〝星の智慧〟の一派がまた動き始めたのか。

「鳴海茂、三五歳。事件の一週間前に妻と息子を亡くしました。原因は」

「電車の脱線転覆事故ですね」

鉢屋の言葉を引き取った。

「罪悪感からそんな妄想に囚《とら》われてしまったんでしょうか。約束通り、前日の電車で旅行に行けば二人が死ぬ事はなかったと」

自分の仕事の都合で、旅行の日程をずらした。そのために妻と子供を事故に巻き込んでしまったのだ。悔やんでも悔やみ切れなかっただろう。

「事故後の鳴海は仕事も碌にせず、会社も休みがちになり、洋一君の思い出が山積みにされている屋根裏部屋で、ぼうっとしている事が多かったそうです」

そんな生活が罪悪感から狂気へ、奇怪な妄想へと走らせたのだろうか。

「事件当日、洋一君の友人だった加賀宏君を、偶然街で見かけた時に悲劇が起こりました。鳴海は顔見知りの宏君に声をかけ、自宅へ連れ込み首を絞めて殺したんです」

鉢屋は眉間《みけん》を歪めた。

「宏君の両親から捜索願が出たのはその日の午後九時を回った頃でした。塾へ行ったはずの息子がいつまで経っても帰らない。塾へ問い合わせてみると、とっくに帰宅したと言われたそうです」

「それで慌てて警察へ通報したんですね」

僕の言葉に頷いてから、

「目撃者が何人かいたので、鳴海茂の名前は直ぐに浮かびました。翌日午後には捜査令状を取って、刑事たちが自宅へ踏み込んで見ると」

そこまで言うと静かに首を横に振り、後は言葉にしなかった。聞くまでもない。鬼に見立てるため、頭に二本の釘を打ち込まれた宏君の死体を屋根裏部屋で発見したのだ。

「鳴海はその場で緊急逮捕。勿論、直ぐに殺人容疑で再逮捕されています。取り調べはある意味、スムーズに進んだそうですよ。詳細な自供を得られましたからね。全ては自分が一人でやった事、洋一は関係無い、あの子は無実だ。取り調べ中、鳴海は一貫してそう言い続けたそうです」

歪んだ罪悪感と狂気、その背後に見え隠れする〝冥闇様〟と〝星の智慧〟の影。奴らに洗脳された人たちが、凄惨で奇怪な事件を引き起こしているんだ。

「〝星の智慧〟がまた動き始めたんですよ」——僕は吐き出すように言った——「警察は黙って見てるだけなんですか。奴らを放置するつもりですか」

連中がまた何かを仕出かす前に警察が動くべきだ、これ以上の惨劇を防ぐためにも。〝闇をさまようもの〟なんて関係ない。一連の事件はその妄想に取り憑かれた連中の……

「鳴海とその一家の旅行先、青森だったんです」

「青森？」

「しかも家族の命を奪った事故が起きたのは、あの谷村悦子が事件を起こした日なんです。あの事件が起きた数時間後なんですよ」

身を切るような沈黙と緊張感が走った。

「まずプロヴィデンスから武君のところへ郷原が訪れた。そして武君は旭川で友達三人をナイフで殺害し、札幌で捕まった」

「それはもう聞きましたよ」

「谷村悦子は札幌から青森へ行って事件を起こしました」

それももう聞いた！

「そして三番目の事件。鳴海茂は青森で事故に遭い、その一週間後に東京であの惨劇を起こしました」

「あなたは警察官でしょう。だったらあなたのやるべき事はひとつしかないじゃありませんか。さっさと〝星の智慧〟の一派を」

「分からないんですか⁉ プロヴィデンスから旭川、そして札幌、津軽海峡を渡って青森、それから東京。少しずつ近づいているんですよ、何かが〝冥闇様〟に！」

頭を叩かれたような衝撃が走った。何かが〝冥闇様〟に近づいている？ 再び沈黙が二人の間を覆った。この人は何を言ってるんだ。何が近づいているって言うんだ。

「〝闇をさまようもの〟が迫ってるんですよ、ここに、この場所にね」

顎と視線で祠を指した。

「これも私の想像なんですがね。いや想像という言い方がお気に召さなければ、まあ寝言とでも思って聞いて下さい」

そう前置きしてから、

「もう本をお読みになってお分かりと思いますが、あの〝闇をさまようもの〟ってのは、暗闇でないと力を十分に発揮できないみたいですよね。つまり光には弱い」

僕は鼻を鳴らした。

「じゃあ都会にいれば安全ですよね。二四時間明かりが消える事はないし、ヤバいと思ったらコンビニかファストフード店にでも逃げ込めばいいいんだから」

大して恐れるような奴じゃないな。

「私はね、もしかしたらあいつ、新しい闇を見つけたんじゃないかと思ってるんですよ。昼夜を問わず、思い通りに動ける闇をね」

昼夜を問わずに思い通り動ける闇？　表情が歪んだ。

「動く闇、歩く闇です」

意味が分からない。闇がそこらを歩き回るのか？　そんなものがどこにある？

「人間の心の闇ですよ」

心の闇⁉　さぞかし面食らったような顔をしていた事だろう。

「最初の事件を起こした武君、小学校時代につけられた渾名、カバって呼ばれた事を心の片隅でずっと気にしてました」

確かに高校生になって友達と動物園に行って、生まれて初めてカバがどんな動物か知ったなんて話、信じられるはずもない。

「まあ、これは針で突いたような、ごく小さな闇、黒い点みたいなもんでしょうが」

当然、渾名を付けられた時には、それがどんな意味か知っていただろう。つまり自分は馬鹿にされているのだと。

「谷村悦子は子供の頃に飼っていたペットを、自分の我が儘と言いますか、飽きっぽさで死なせてしまった事への後ろめたさがあった。揚げ句、もしかしたら自分の子供もペットみたいに死なせてしまうんじゃないかって、心の奥底で怯《おび》えていた」

口を挿もうとしたが――

「それが〝小さい頃から自分を責め続ける謎の声〟の正体、心に巣食った闇の声ですよ。人によっては〝良心の声〟とも言いますがね」

――鉢屋刑事がそれを許さなかった。

「鳴海茂のケースは一番分かり易いですよね。自分のせいで妻と息子の洋一君を事故で死なせてしまった。罪悪感という闇を背負っていました」

「馬鹿げてますよ」

僕は切って捨てた。そんなのは、

「そんなのはこじつけじゃありませんか。それが〝心の闇〟だって言うんなら、誰にだって心当たりはあるでしょう?」

「ええ、そうですよ。武君も谷村悦子も鳴海茂も、きっと最初は誰にでも心当たりのある、小さな染みみたいもんだったんでしょう。それが何かを境に変わったんです。成長したんですよ、小さな黒い染みが自分を飲み込むほどの闇にね。そして遂に噴火して溶岩のように溢れ出し、惨劇を引き起こした」

口を挿もうとしたが、

「お分かりになりますか。〝闇をさまようもの〟は誰にでも、どんな小さな闇にでも潜り込み、思い通りに操れる可能性があるという事ですよ。人類全てをね」

そこで一旦、言葉を切ると、

「誰だって胸の中に持ってますからね、小さな〝闇の卵〟なんて」

小声でそう言い足した。僕はまた鼻から息を漏らすと、

「何でそんな電車の乗り継ぎみたいな回りくどい事をする必要があるんです? お忘れになったんですか、あいつは〝輝くトラペゾヘドロン〟さえ

あれば、どこででも召喚出来るんですよ」

そうだ、そんな面倒な事をしなくても、

「例えば〝星の智慧〟の奴らに、自分の行きたい場所へそいつを運ばせ、召喚させれば済む話じゃありませんか。それをわざわざ」

「実験かも知れませんよ、もしかしたら」

鉢屋刑事が言葉を遮った。

「実験？」

「ええ、自分の力がどれほどのものかを試すためのね」

僕は呆《あき》れ返るだけだった。この刑事、頭がどうかしている。

「〝星の智慧〟はどうするんですか。もし連中がまた動き出しているとしたら、また馬鹿げた儀式のために生け贄を集め始めるかも知れませんよ」

それを食い止める事こそ警察の仕事だろう。

「そっちの方なら、既に警察は動いています」

鉢屋が即座に言った。

「最近、行方不明になる子供が続出してるんですよ、東京、神奈川それにここ静岡でもね。正確な人数は現在調査中ですが」

行方不明の子供が続出！　まさか儀式のための生け贄!?　やはり〝星の智慧〟の一派が動き始めたのか。一八七八年にここで、そしてその前年プロヴィデンスで起きた事が、時を隔ててまたこの場所で繰り返されようとしているのか！

「ただ共通点はあります。消えたのはいずれも小学生以下、行方不明になる前の最後の目撃情報では、別の子供と一緒だった事」

「別の子供？」

「一緒にいた子供の情報は二つに分かれています。一人は小学生の男の子、もう一人は四、五歳くらいの女の子」
四、五歳くらいの女の子？

「男の子は小学校高学年、服装は青いハーフパンツに赤と青のストライプ柄のサッカーユニフォーム」

昨日ここで、心当たりはないかと聞かれた少年の服装だ。だが今は全然違う意味で僕を驚愕させた。

それは事故で亡くなった鳴海洋一の〝お気に入り〟の服装ではないか。

「女の子はピンクのワンピースと亜麻色の髪を」

「亜麻色の髪をピンクのリボンでツインテールに結んだ女の子ですね。昨日心当たりはないか聞かれた子供たちでしょう。そんな子たちの事は知りませんし、心当たりはありません」

思わず鉢屋刑事の言葉を遮った。だが、

「本当に？」

その声には今までにない鋭さがあった。いや、そんな気がしただけかも知れない。

「お分かりでしょう？　白都さん、これはとんでもない事態なんですよ。かつてこの村で何が起きたかご存知ですよね。誘拐された子供たちがどうなったかも」

明らかに僕が何かを知っていると確信している口振りだ。だが知らないものは知らない。僕は何も知らないんだ！

「すいません、お力になれなくて」

努めて平静を保って言った。

「そうですか」

鉢屋刑事は視線を祠へ向けると、

「カリヤコマユバチっていう寄生バチ、ご存知ですか」

えっ？　カリ……カリヤコ……バチ？　藪《やぶ》から棒に何の話だ。聞いた事無いぞ、そんなもの。

「こいつはね、イモムシの体の中に卵を産みつけるんですよ。卵は体内で孵《かえ》り、そしてその幼虫どもがイモムシを内部から食い始める。殺さない程度に、ムシャムシャと貪るんですよ。そして十分育ったところで、その腹を食い破って一斉に飛び出す」

気色の悪い話だ。表情が不快気に曇る。

「とんでもない奴らですよね。ところがこの散々生きたまま体を喰われたイモムシがね、体から出て来たばかりのハチを守ろうとするんですよ」

「ハチを守ろうとする？」

「ええ、腹から湧き出て来たハチは成虫になる前に、まずサナギになります。自分を守る術《すべ》の無い、無防備なサナギにね。するともう瀕死のイモムシはその傍に寄り添い、天敵からサナギを守ろうとするんですよ、体を張って必死にね」

それから視線をこちらへ向け、妙な笑みを浮かべながら、

「寄生生物って奴はね、そうやって自分が寄生した相手を自分の都合のいいように改造して、支配する力を持ってるんですよ」

「何が言いたいんですか」

僕は視線を外し、わざと邪険にするように言った。だが鉢屋は意に介した様子もなく、

「三番目の事件が起きてから一週間、あいつは新しい宿主を見つけたんでしょうかね。もしかしたら、もうこの辺りに来てるかも」

「あなたの〝名推理〟が正しければね」

皮肉を込めて言い返した。それから挑戦するように、

「刑事さん、僕が奴に取り憑かれていると思ってるんじゃありませんか？」

「白都さん、随分と〝冥闇様〟に興味をお持ちのようですね」

やっぱりな。僕は視線を外したまま、

「あなたかも知れませんよ、取り憑かれているの

は。そんな考えに囚われているあなたこそ、絶好の隠れ家じゃないんですか、〝闇をさまようもの〟にとっては」

鉢屋はいつもの愛想の好い笑みを浮かべると、軽い会釈をしてから、空き地を立ち去った。

姿が見えなくなった途端、ポケットの中の携帯電話が鳴った。紫からだった。

「あっ、モノ君？　紫です。ご免なさい、約束の時間、守れなくて。もう直ぐ着くから」

申し訳なさそうな声。

「早く来いよ。いつまで待たせるつもりなんだ」

僕は声に不機嫌さを隠さなかった。

「ご免。車、飛ばして急いで行くから」

携帯電話を切ると暫く祠を見つめた。あの扉を開けるべきか、それとも……くそっ！　あの鉢屋とかいう刑事のせいで調べるきっかけを完全に逃した。

あの忌々《いまいま》しい刑事、それに今の僕には昼間の太陽も疎《うと》ましかった。この雲一つない晴天が。早く夜になればいいのに。

僕は空き地を後にした。

＊

鳴海茂がパトカーで連れて行かれるのを、鳴海洋一はじっと屋根裏部屋の窓から見つめていた。

「捕まっちまいましたね。また新しい〝器《うつわ》〟を探さないと」

その声は洋一のすぐ傍にいた、大きな鼠のような生き物が発した声だった。

「大丈夫さ。今度の〝器〟は、間違いなく〝冥闇様〟のところへ行く」

それから視線をその生物へ落とし、

「我々は準備を整えるんだ。あのお方をお迎えするための準備をね」

＊

民宿に戻った鉢屋は携帯電話を取り出した。静岡県警にいる知り合いの金谷《かなや》刑事に連絡を取るためだ。何度か呼び出し音が鳴った後、留守番電話の伝言サービスに繋がった。

「金谷さん、北海道警の鉢屋です。例の子供たちの行方不明事件でちょっとお尋ねしたい事があります。特に行方不明になった子供たちが直前まで一緒にいたという女の子についてです。時間は何時になっても構いませんから、折り返しお電話下さい」

―連鎖2―

青森駅――担架で運ばれる鳴海茂の周囲は喧騒と混乱が渦巻いていた。

「一体、何て日だ。さっき頭の狂った女が自分の息子を線路へ投げ捨てたと思ったら、今度は脱線転覆事故かよ！」

駅員の声がする。自分の子供を線路へ捨てた女？　何の話だ。それより妻はどうした？　洋一は？　次第に頭に霞《かすみ》がかかってくる。その時声がした。

「大丈夫だよパパ。僕無事だったんだ、生きてるよ、パパ。早く元気になってね。そうしたらまた遊ぼう」

ああ、そうだね。また一緒に遊ぼう。何がしたい？

「う〜〜ん……鬼ごっこかな」

ああ、鬼ごっこかい。そうだね、一緒に鬼ごっこして遊ぼう。

「約束だよ。はい、これ。落としちゃ駄目だよ。しっかり握っててね」

何だい？　これは。金属片？　四角錐の金属片……


省吾は買ったばかりの花束を、東京のマンションのベランダへ叩きつけた。またやってしまった。

こんな花束を買って何になる？　よく考えろ。

繭子はお前の恋人なんかじゃない。それどころか、碌に話をした事さえないじゃないか。もう妄想に踊らされるな。お前は繭子の恋人なんかじゃないんだ。

こうやって自分を叱るのは何度目だろう。それでも頭の中で勝手に這いずり回る妄想を、抑える事が出来ない。俺って人間は……

「お兄ちゃん、いい物あげようか」

部屋に戻った省吾に、亜麻色の髪をピンクのリボンで結い、ピンクのワンピースを着た幼い少女が言った。

「いい物？」

何だそれは。

「お兄ちゃんに勇気を与えてくれるものだよ。これさえあれば、お兄ちゃんの思いは全て叶えられるわ」

俺の思いが全て叶えられる物？　省吾は怪訝そうに少女の顔を覗き込んだ。

「欲しくないの。じゃあ、いいや」

少女は省吾に背を向け、部屋を後にしようとした。

「待ってくれ」

慌てて声をかけた。少女はゆっくりと振り返る。

「それは何だ。それがあれば、本当に俺の思いは叶うのか、何もかも？」

少女は口元に怪しげな笑みを浮かべながら頷いた。

「それを俺にくれるのか」

少女は省吾に向かって手を伸ばした。開いた掌には、黒い四角錐の金属片が乗っていた。吸い寄せられるようにそれを手に取る。何だ？　これは。首を傾げながらそれを眺め、それから顔を再び少女へ向けると——

亜麻色の髪の少女は消えていた。そしてたった今まで手に持っていたはずの金属片も。

今のは何だ。そもそもあの女の子はどこの誰だ？　俺は一体、何をしていたんだ。

5

夕食後、僕は何故か体調を崩した。布団で横になりたかった。教授に頼んで、夕食後の学習会は休ませてもらう事にした。

部屋に戻り、布団を被って目を瞑《つむ》ると、昼間空き地で交わした鉢屋刑事との会話が頭の中に蘇る。

何かが近づいている、〝冥闇様〟に。

プロヴィデンスから海を渡り、旭川から札幌、青森、そして東京。人間に次々と取り憑き、寄生して意のままに操り、徐々にここへ。

何か変なものに取り憑かれているのはあんただよ！　鉢屋刑事——頭の中で毒づいた。

もう忘れよう、あんな話。気分を変えるように寝返りを打つ。疲れてるんだ、僕は。今は休もう、もう何も考えずに。

頭の中に霧の帳《とばり》が降り始めた。もう直ぐだ、もう直ぐあの子が来る。必ず……

「お兄ちゃん、お兄ちゃん、起きて！」

桃の声だ。やっぱり今夜も来てくれたんだね。

視線を下ろすと、そこに桃がいた。周囲を見回すと昨夜と同じ、奇妙な迷路に立っていた。

「お兄ちゃん、行こう」

桃が僕の手を取り、引っ張るように廊下を歩き始めた。

「ねえ桃」

僕は桃に話しかけた。

「君は僕に助けて欲しいって言ったよね」

桃が立ち止った。

「誰を助けるの？　もし助けないとどうなるの？」

桃は何かを決めかねるように、視線を落とした。

暫く沈黙が続いた後、

「私、いなくなっちゃうの」

いなくなっちゃう！　桃が？

「どうして？　どうして君がいなくなっちゃうんだ」

「助けてくれる？」

桃が顔を上げ、縋《すが》るような目で僕を見た。

助けるかって？　ああ助けるさ。助けるとも。どんな事情があるかは知らない。でも桃、君を守るためなら、

「行こう、桃」

桃は嬉しそうに頷くと、改めて僕の手を握り直し、再び迷路のような廊下を歩き始めた。

昨夜同様、いくつ目かの脇道の前で暫くキョロキョロと周囲を見回すと、

「こっち」

指を差してからそこを曲がり、新しい通路をま

た暫く歩くと、またキョロキョロしては、「こっち」と言って別の脇道へ入る。

それを繰り返していく内に、また方向感覚が無くなってきた。昨夜はそれで不安になったけど、今は違う。上手く言えないけど、今夜こそ目的の場所に辿り着ける、そんな確信があった。

何度目か、いや何十度目、何百度目かの脇道の手前で桃はまた立ち止まり、今度は見えない何かを感じ取るかのように目を瞑った。それから急に顔を上げると嬉しそうに、

「ここ」

瞳が一段と輝いている。どうやら目的の場所を見つけたようだ。僕らは桃の指差す脇道へ入った。

そこは吹雪の中の雪山のようだった。白い豪風が唸り声を上げている。岩肌の凍った巨石がいくつも転がり、草木も生えない冷たい地面に雪……雪らしいものが降り積もっていた。

だが不思議な事に寒さは感じない。後ろを振り返ると既に迷路は消え、吹雪と岩だけの光景が広がっていた。

「ここで間違いないの？」

桃は暫くまた周囲を見回していたが、納得したのか僕の顔を見上がると、嬉しそうに頷いた。

「これからどうする？」

「あそこ」

桃が指差す先——吹雪の中に洞窟のようなものが見えた。少し歩けば辿り着ける岸壁だ。

「あの中？」

桃は元気よく頷いた。

どうやら桃との奇妙な冒険も、いよいよ終点に近づいたようだ。だが油断は出来ない。また変な怪物が出てこないとも限らないからな。僕は慎重に周囲を窺った。

取り敢えず危険な奴らがいそうな気配はない。

僕は桃の手を握り締め、まず洞窟の前まで歩み寄った。

洞窟の中は？　何か危険なものはないか。入り口から、これも慎重に見極める。中は不思議なほど明るかった。見えるのは周囲を囲む冷たい岩肌だけ。

一体、この中に何が待っていると言うんだろう。こんなところへ入って大丈夫か？　安全なのか？　もし中に入ってから、閉じ込められたら……あるいは何かに背後から襲撃されたら、この奥に逃げ道はあるのか。

次々と湧き上がる不安に踏ん切りがつかない、その時——桃が一段と強く僕の手を握り締める。視線を落とすと、桃はじっと洞窟の奥を見つめていた。

どうやら〝引き返す〟という選択肢はなさそうだ。僕も桃の手をそっと握り返し、ゆっくりと洞窟の中へ入って行った。

洞窟の中は、昼間の明るさにはほど遠いものの、周囲の壁や地面、それに桃の顔を見るのには十分だった。一体、この不思議な明るさの光源は何だろう。分からない。

暫く歩くと、行く手を阻む冷たい鉄柵《てっさく》に突き当たった。行き止まり、ここが終点か。いや、これは柵なんかじゃない。檻だ！　これは……牢獄《ろうごく》!?

立ち止まって檻の中を窺う。桃は身を隠すように僕の後ろに下がり、太腿《ふともも》の付け根辺りにしがみついた。

檻の中にいるのは——僕は目を丸くした——檻の中にいたのは女性だった、紫色の長い髪に紫色のドレスを着た。

そのドレスも肩から胸元は露《あらわ》に、そしてウエスト部分をきゅっと絞め、切り替え部分からフレアで広がるドレス——まあ、要するに西洋の「お姫様ドレス」だ。フリルやリボン、刺繍《ししゅう》が妖艶な紫色に映える。

高く結《ゆ》い上げた紫の髪には銀のティアラがあしらわれ、巻き髪を後ろに垂らしていた。正に絵に描いたようなお姫様だ。それが檻の中で仰向けに倒れている。まるで眠るように。

「彼女を助けるの？」

脚に抱きついていた桃は、お姫様を見つめながらしっかりと頷いた。

僕が助けるのは囚われのお姫様なのか？　ここは童話かゲームの世界か？　だったらドラゴンを倒す伝説の剣はどこだ？　いや、そもそもドラゴンはどこにいる？

「お願い、助けて」

桃の声がいじらしくも切なく鼓膜を揺らす。

「あのお姉さんを、檻から出してあげればいいの？」

桃が僕を見上げ、もう一度頷いた。事情は未だによく分からないが、もう迷わない。彼女を助けるんだ、桃のために。

そっと近づくと、突然女は、いやお姫様は顔を上げた。年齢は僕と同じくらいだろうか、彫りの深い、エキゾチックな顔立ちだ。状況が状況なら、暫し見惚《みと》れていただろう。

「誰？」

警戒心も露《あらわ》な声で問い質す。うん、当然の質問だよな。まあ、取り敢えずは、

「助けに来ました」

「助けに？」

「お前、人間か？」

立ち上がると形の良い眉を怪訝そうに寄せる。

……って事は、あなた、人間じゃないの？

「あなたはどなたですか？」

助けに来たと言いながら、相手がどこの誰かも

分からない。何とも頼りない、頓珍漢《とんちんかん》な問答だ。

「私？」――お姫様は視線を落とし――「私は……」

そして顔を上げ、僕を見つめると、

「私は紫《むらさき》」

紫？　ちょっと待ってくれよ。それは僕の〝彼女〟の名前……

「私の名前は紫。今、お前が決めた」

僕が決めたって？　それじゃあ桃と一緒だ。

まあ、この際彼女が何者かなんてどうでもいい。どうしてこんなところに閉じ込められているのかも。

とにかくお姫様を助けてゲーム終了だ。手を伸ばして檻の出入り口を掴む。

駄目だ。頑丈に施錠《せじょう》されている。鍵はどこだろう？　周囲を見回していると、

「何探してるの？」

後ろから桃が言った。

「鍵だよ。この牢獄の鍵を探さないと」

「鍵ならあるよ、ここに」

そう言った瞬間、僕の脚に手を回していた桃の腕の感触が、スルリと滑るように落ちた――かと思うと、チャリンと金属製の何かが地面に落ちる音がした。

吃驚して後ろを振り向くと、桃がいない。代わりに桃が立っていた辺りに、一個の鍵が落ちていた。銀色の鍵だ。

「桃」

僕はその場に屈み込み、鍵を拾い上げた。桃、お前なのか？　これがお前なのか!?　唐突な出来事に頭が混乱した。もしかしたら涙を流していたかも知れない。

「大丈夫だよ、また会えるから」

桃の声が聞こえた気がした。錯覚？　空耳？

いや違う！　あれは確かに桃の声だ。僕は鍵を鍵穴に入れた。このお姫様を助ければ、きっと桃が戻って来てくれる——そう信じて。

ガチャリと施錠された鍵が外れる重い金属音と、手応えがあった。良かった、これで桃が帰って来る。僕は銀色の鍵を鍵穴から抜き、愛《いと》おしむように見つめながら微笑んだ。

だが次の瞬間、自分とは別の手が伸び、銀色の鍵を、いや桃を掴んで僕の手から毟《むし》り取った。それはあの紫と名乗った女の手だった。いつの間に檻から出たんだ。

「何をするんですか!?　返して下さい！　それ、大切な……」

女は手にした鍵を、桃をじっと見つめていたかと思うと、躊躇いもせずそれを口の中に放り込んだ。喉《のど》が生々しく蠢《うごめ》く。飲み込んだのだ！

桃が消えた。この女が桃を飲み込んだ。

最初は頭の中が真っ白になり、唖然とするしかなかった。桃が消えた——次第に噴き上がる怒りの炎が理性を焼き尽くす。貴様、桃を！　大切な桃を！　僕の宝物を！

堪《たま》らず大声を上げ、詰め寄ろうとした——が、女の方が動きが素早かった。僕の胸ぐらを掴むと、凄まじい力でたちまち目よりも高く釣り上げたのだ。

「私は解放されたのだ。もう二度と私を牢獄に繋ぐ事は出来ない。何者にも私を閉じ込めさせはしない」

何を言ってるんだ、こいつ。それより桃を返せ！　僕が愛した桃を返せ！　畜生！　段々気が遠くなっていく……

「我々を力でねじ伏せた傲慢なる古の神よ、好きなだけ惰眠を貪り続けるがいい。今こそ復讐の時だ」

女の憎悪に満ちた声が頭の中に響き渡る。薄れゆく意識の中で、地面に放り投げられるのを感じた。

気がつくと、僕は地べたに倒れていた。ここは？　いつの間に外へ出た？　真っ暗だ。今はまだ夜なのか。すぐ傍に転がっているのは、黒っぽい多面体の金属――輝くトラペゾヘドロン？　僕は本当にあの中にいたのか？

次第に覚醒していく意識の中で、周囲を見回す。夜の闇に目が慣れ始めた。

少し離れた場所にあるのは……冥闇様の祠！　僕は冥闇様のある空き地に倒れていたのだ。

でも、どうしてこんな場所に。

祠の前に二人の人影が見える。こちらに背を向けて立っていた。二人とも子供のようだ。

一人は青いハーフパンツに赤と青のストライプ柄のサッカーユニフォームを着た男の子、もう一人は……

亜麻色の長い髪にピンク色のワンピース！

でもリボンは？　ああ、髪から解《ほど》いて手に持っていたんだね。何度も見たあのピンク色のリボン。

桃、君は桃なんだろう。

そう、あの時君は僕に約束した、「大丈夫だよ、また会えるから」って。立ち上がって駆け寄ろうとした時、

「お前、〝輝くトラペゾヘドロン〟を祠の中から持ち出して、どうするつもりだった」

声の方を振り向くと、金崎先輩が立っていた。その後ろには日比野さんも――先輩の肩に手を乗せ、背中越しにこちらを覗き込むように。二人ともいつものように、お揃いのジャージを着ていた。

いや、彼らだけじゃない。その背後にはもっとたくさんの人影がある。数十人が僕を遠巻きにし

て囲むように並んでいたのだ。それも深編み笠を被った虚無僧姿で。

（星の智慧!?）

金崎先輩は僕の脇に落ちていた輝くトラペゾヘドロンを左手で慎重に拾い上げると、右手に持っていた黒い四角錐の金属を、多面体の欠けた箇所に嵌《は》め込んだ。金属片は隙間もなくピタリと収まる。多面体は完成した。金崎先輩は完成した〝輝くトラペゾヘドロン〟を、祠の前にいる少年に手渡した。日比野さんも黙って金崎先輩の後に続く。

何故金崎先輩がここに。先輩も、そして日比野さんも奴らの仲間だったのか？

多面体を受け取った少年は、それを祠の中に戻してから、ゆっくりとこちらを振り向いた。その顔を見て全身が総毛立った。顔半分が無残に焼け爛《ただ》れていたからだ。

「桃！」

僕は思わず叫んだ。ピンク色に包まれた亜麻色の髪の少女が僕の方を振り向いた。恐怖と驚愕のあまり、頭の中が凍りついた。

その顔は桃ではなかった。いや、人間でさえなかったのだ。

獲物を漁る飢えた獣のような眼、薄汚い髭を垂らし、頬を引き攣《つ》るように歪めた口から鋭い牙が覗く。だが、ここまでなら少なくとも人間だ。僕の神経を崩壊させたのは、その鼻がまるで鼠のように尖っていたからだ。

吐き気を催す嫌悪感。こいつは人間と鼠との穢《けが》らわしい混血だ！

「目を覚ましたのかい？　モノクロ坊や」

声のする方を見た。そこは少年が立っていたはずの場所だった。だが少年の姿は無い。代わりに立っていたのは、見た事のない老婆だった。

みすぼらしい黒いローブを羽織り、手入れもした事のないような薄汚いバラバラの銀髪に長い鉤鼻、萎びたような尖った顎――黄色く汚れた歯を見せて、気味の悪い笑みを浮かべている。

魔女!? 不吉な言葉が頭を掠めた。

脇を見ると、既にピンク色のワンピースは消え、代わりに少し大きめの鼠のようなものがいる。だがその顔は、正にさっき見たばかりの化け物だった。

いや、顔以上に胸をむかつかせたのは、その前脚だ。それはまるで人間の、いや、猿の赤ちゃんのような手だった。

どんな退廃的な進化を遂げれば、こんな奴が生まれるんだ。

「ああ、この子はあたしの使い魔だよ」

老婆がその鼠の化け物を、萎びた顎でしゃくりながら言った。

「あたしが自分の生き血を啜《すす》らせて育てた可愛い子さ。ああ、あたしゃ闇の支配者に仕えるもんだよ。そうさねぇ……」

皺《しわ》だらけの頬を歪めると、

「まあ、魔女とでも思って貰おうか」

老婆はまるで僕の心を見透かしたかのように言った。

「モノクロ、お前、何でこんなところに」

金崎先輩が小声で言うと、老婆、いや魔女は威圧するようにひと睨みしてからこちらへ向き直り、

「坊や、いいところへ来たね。歓迎するよ。さあ、よ～く見ておくんだ。人間どもの、いや、この地球の歴史が変わる瞬間をね」

魔女が闇を仰ぐように、夜空に向かって両手を広げた。こいつ、何を言ってるんだ――僕は眉根を寄せた。

「復活するんだよ。真の力を取り戻すんだ、闇の

支配者、這い寄る混沌、無貌《むぼう》の神がね。嘲笑する神性がその大いなる力を再び手にするんだ。この夜、四つの漆黒の滴、ブラックホールがこの地球を囲む時に」

「四つのブラックホール？」——闇に陶酔《とうすい》する魔女を見て、首を傾げた——「二つだろう？　ミノタウロス座のX線源とゴルゴン座の」

「それが人間の浅知恵さ」

魔女が天を仰いだまま、嘲笑うように言った。

「本当は四つなんだよ。ミノタウロス座とゴルゴン座、それに人間がまだ知らないブラックホールが二つ。四つのブラックホールが地球を囲むんだ」

魔女はゆっくりと両腕と視線を降ろし、僕を見た。

「大いなる闇の四角形、それぞれ二つのブラックホールを結ぶ直線、その対角線の交点に地球が入るのさ」

そしてまた神経を逆撫でする笑みを浮かべ、汚らしい黄色い歯を見せながら、

「六五〇〇〇万年ぶりにね」

六五〇〇〇万年！　その途方もない時の流れにも驚いたが、その数字、聞いた事がある。確か……。

「闇の支配者、無貌の神は、邪神どもの大いなる使者にして、奴らの最強のものと同等の力を持ち、奴らをも嘲笑う存在。でもね、その力を維持するためには、自らの前にひれ伏し、祈り、讃え、崇《あが》め、そして進んで大量の生け贄を捧げる種族がいなければならないんだよ」

魔女は語り始めた。

旧神との戦いに敗れた邪神たちは、その罰として封印された。ただ闇の支配者だけは封印を免れた。だがその代償として、闇を崇拝し、額《ぬか》ずき祈り、生け贄を捧げていた種族が滅ぼされた。

旧神が、隙を見せれば自分に向けられるかも知

れない大いなる使者、闇の支配者の力を奪うために。

「菌類……って言うのかい？　キノコみたいな生物だったそうだよ、生け贄を捧げ、それが旧神の目障りとなって滅ぼされた種族ってのは」

詳しい事は知らないけどね――魔女が小声で言い足した。

「封印を免れた闇の支配者、でもその力は徐々に衰えた。祈る者も、生け贄を捧げる者もいなかったからね。だけど闇の支配者、混沌と狂気は待った。ただひらすら、待ち続けたんだ」

「待った？　何を」

「進化だよ！」

魔女の声が夜の空き地を圧倒する。再び両手を広げ、天を仰ぎ見た。魔女の常軌《じょうき》を逸《いっ》した話は続く。

そう、進化だ。途方もない時の流れの果てにある進化を。本能だけで生きる下等な生物たちが、いつの日か知性を持ち、神の概念に辿り着き、祈りと生け贄を捧げる時が来るのを。

時は中生代。恐竜の全盛期だった。闇の支配者はじっと連中を観察した。この中から知性を持ち、信仰と宗教を持つものが現れると信じて。

だがこの爬虫類どもは温暖な気候に酔い痴《し》れ、ただ無駄に巨大化するだけだった。

四つのブラックホールが地球を囲む、運命の時は迫っていた。邪神、旧神さえ恐れ慄《おのの》いた力が復活する日は近い。

だが一時的に復活しても、生け贄を捧げる者どもがいなければ、いずれ力は衰え、ただ虚しく時が流れるのを見ているしかない。

「だから六五〇〇万年前、あのお方はある決断をなされた」

「決断？」

「そうだよ、四つの漆黒の滴によって力が甦った時、その大いなる力をもって巨大な隕石を呼び寄せた。そして地球に激突させたんだよ！」

魔女が叫んだ。

六五〇〇万年前。そうだ、思いだした。それはユカタン半島に巨大隕石が衝突し、それまで地球を支配してきた恐竜たちの絶滅が始まった時だ。でも何故……。

「何故？　どうしてそんな事を！」

「激突で破壊された隕石の塵《ちり》は天空高く舞い上がった。そして闇の力によって地球を覆い尽くし、破滅の夜が始まった」

僕の疑問をまるで無視し、奇怪な地球史の物語が続いた。

「ただ無駄に大きくなっただけの恐竜、トカゲの出来損ないどもは次々と滅んだそうだよ。数万年後には、一匹残らず根絶やしにされたんだ」

「だから何故だ!?　何のためにそんな事を」

「賭けだよ！」

鋭い声が僕の言葉を遮る。

「賭けたんだよ、新たな進化にね」

再びこちらへ向き直ったその目は、狂気めいた輝きを放っていた。

「それまで我が物顔で地球を闊歩していた恐竜どもを滅ぼし、連中の陰で身を隠して細々と生きていたちっぽけな生き物、哺乳類に進化の道を譲るためにね」

そこで一旦、言葉を切ると、

「新しい時代が始まったんだよ」

僕は顔を顰めるしかなかった。一体何を言ってるんだ、この魔女は。

だが恐竜の滅亡が、哺乳類に新たな進化の道を与えたのは事実だ。そしてその延長線上に——

「その進化の延長線上に、あたしらが生まれたんだ、人間がね。知性を持ち、神の概念を持って神に額ずき祈り、生け贄を捧げる事の出来る種族が」

耳を疑った。じゃあ人類を誕生させたのは！

「賭けに勝ったんだよ、闇の支配者は。その証拠があたしら人間なんだ。分かるかい？　坊や。闇の支配者、ナイアルラトホテップ様こそ、真の創造主なんだよ」

ナイアルラトホテップ！　その名を聞いた途端、背筋に嫌悪感が走った。

「人間は何故神に祈る？　神を敬《うやま》う？　創造主だからさ。自分を作った主《しゅ》にひれ伏すのは当然だからね」

魔女の言葉に呼応するように、鼠の化け物が耳障りな声で鳴いた。

「でも本当の創造主は神じゃない。勿論旧神やら邪神やら、他の旧支配者どもでもない。闇の支配者ナイアルラトホテップ様なんだ。だから人間は闇の支配者にひれ伏さなければならないんだよ、あたしらの真の創造主なんだからね。そうさ、人間は闇から生まれた、闇の僕《しもべ》なんだよ。分かるかい？　モノクロ坊や。さあ、祈るんだ、その場に跪いてね」

何を馬鹿な事を！　僕は魔女の脇にいる醜い鼠と人間の混血みたいな化け物をひと睨みしてから、

「全部あなたの妄想ですよ」

容赦なく切って捨てた。

「そんな儀式をやりたいのなら、勝手にやればいいじゃありませんか。僕は失礼して民宿へ帰らせてもらいますよ」

〝闇をさまようもの〟なんてお前らの、いや、お前らとあの鉢屋刑事の頭の中にしか存在しないんだ！

あの鼠の出来損ないだって、どうせ僕の知らない珍獣か、さもなければ鼠か何かの畸形《きけい》だろう。そうに決まってる。

　腰を上げ、服についた泥を軽く手で払ってから立ち去ろうとする僕の前に、深編み笠の虚無僧数人が遮るように立ち塞《はだ》かった。何だ？　僕を返さないつもりなのか。

　無視して通り抜けようとすると、ズボンのポケットの中の携帯電話が鳴った。取り出して耳に当てる。

「あっ、モノ君？　紫です。ご免なさい、約束の時間、守れなくて。もう直ぐ着くから」

「早く来いよ。いつまで待たせるつもりなんだ」

「ご免。車、飛ばして急いで行くから」

「モノクロ、お前、何してるんだ？」

　金崎先輩が怪訝そうに言った。

「何って？　ご覧になれば分かるでしょう。ケータイですよ」

　電話を切りながら面倒臭そうに言うと、

「この空き地に携帯電話の電波なんか入らないぞ」

　電波が入らない？

　僕は携帯電話のディスプレイを見た。電波の受信状態を表すアンテナは、一本も立っていなかった。

「でも僕は確かにこれで紫と話したんですよ、たった今」

「紫とケータイで？　そんなはずないだろ」

　何を言ってるんだ、この人は。僕は首を傾げながら携帯電話を眺めた。おかしいな、ちゃんと電波は届いていたのに。

「紫はもういない」

　視線が手にした携帯電話から金崎先輩へと動く。

「紫はもういない？」

「しっかりしろ、モノクロ。紫はもういない。半年前に死んだんだ」

「紫は……死んだ」

紫は死んだ？

そうだよ、彼女は死んだ——誰かが闇の中から僕に囁く。一滴の黒い染みが頭の中に垂れた。そうだ、紫は死んだ。お前が殺したんだ！　白都久雄！

*

鉢屋は風呂を上がり、玄関を上がったところのサロンの椅子に腰を下ろして缶コーヒーを飲んでいた。

白都君は亜麻色の髪の少女を知っている——鉢屋は確信していた。

昨日《きのう》、最初に冥闇様の前であの女の子の話をした時、俺はこう言った、「ピンクのワンピースを着た四、五歳くらいの女の子です。亜麻色の髪にピンクのリボンをつけて」。

だが今日の昼間、冥闇様の前でもう一度女の子の話を持ち出した時、彼はこう答えた、「亜麻色の髪をピンクのリボンでツインテールに結んだ女の子ですね」と。

ツインテールだって!?　俺は女の子の髪型の事なんて一言も言ってない。そもそも行方不明事件を直接担当しているわけじゃないから、そこまでは知らなかった。それなのに何故、白都君は彼女の髪型をツインテールと言い切った？

冥闇様から民宿へ戻った鉢屋は、行方不明事件を担当している静岡県警の金谷へ電話した。問題の女の子のもう少し詳しい目撃情報、特に髪型を知るために。忙しいのか、金谷からの連絡はまだない。

もし問題の女の子の髪型が白都君が口にしたよ

うにツインテールだったら……

（白都君、君は何故その女の子のことを隠す？　君とその子の間に一体、何があったんだ？）

鉢屋は腕時計と備え付けの柱時計を交互に見た。あと三〇分くらいだな、地球が二つのブラックホールを結ぶ直線上に入るのは。そろそろ冥闇様の祠へ行く準備をしないと。

（準備？）

鉢屋は苦笑を浮かべた。何を準備する？　このまま外へ出れば済む話じゃないか。

まだ躊躇っているんだな、俺は。まあ当然だろう、今夜あの場所で、もしかしたら起こるかも知れない事を想像すれば。

だが行くしかない。そのためにわざわざ休みを貰って、この民宿へ泊まっているんだから。例えどんな危険が待っていようが。

ジャージのポケットに入れていた携帯電話の着信音が鳴った。金谷からかな？　だがそれは、北海道警の岩見刑事からだった。

「ああ岩見君。遅くまでご苦労様」

「鉢屋さん、先ほどプロヴィデンスの警察から連絡がありました。郷原を逮捕したそうです」

「逮捕？」

あの郷原が。一体、何をやらかしたんだ。

「殺人容疑だそうです。それも幼い女の子ばかり三人」

女の子だと！

「日本に来る二カ月くらい前から次々と。詳しい事は分かりませんが、街中やモールとかで目をつけた女の子の後を尾け、隙を見て攫って直後に絞殺したそうです」

「無差別にか？」

「いえ、それが……」

「どうした？　何か引っかかる事でもあるのか」

「はあ、プロヴィデンスの警察によると、亜麻色の髪にピンクのリボン、ピンクのワンピースを着た女の子だけを狙ったそうです」

＊

「さあ刑事さん、何でも聞いてくれ。俺は何でも話すよ。知りたきゃ真実、それがお気に召さなけりゃ、あんたらの調書作成のお役に立ちそうな作り話でもね」

取調室の郷原は悪びれた様子も無く、担当の刑事二人にそう言い放った。

「そうか。じゃあ単刀直入に聞こう。何故ケイトを殺した？」

「天啓だよ、闇の支配者が教えてくれたんだ。亜麻色の髪にピンクのリボン、そしてピンクのワンピースの女の子だと。それこそが〝光と闇の命運を決める者〟だとね。あれは日本へ行く二カ月前くらいだから、三カ月前の事かな。夢の中で俺に告げたんだ」

「光と闇の命運を決める者？」

刑事たちは怪訝そうに顔を見合わせた。

「意味はよく分からない。いや、俺がじゃない、闇の支配者、這い寄る混沌がだ。まだ本当の力を取り戻していないからね、その正体を完全に見極める事は出来なかったんだよ。だから簡単な特徴だけを教えてからこう言ったんだ、『警戒せよ』とだけね」

「それが何でケイトを殺す理由になったんだ」

「俺の話を聞いてなかったのかい。あの子が亜麻色の髪をピンクのリボンで結って、ピンクのワンピースを着ていたからさ」

郷原が間髪入れずに答えた。それから急に声を落とし、

「ケイトなんて名前、翌日の新聞記事を読むまで

知らなかったよ」

だが次の瞬間、その目は異様な輝きを見せた。

「でもケイト・モリスンと聞いてピンときたね、そうだったのかと。あの子は〝光と闇の命運を決める者〞じゃない。でも闇と対立するコズミック・モリスンの娘なんだよ。知らないのかい？　一億の使徒を従え、闇の復活を妨げる天使の大将軍の娘だったんだ」

「ふざけるな！」

気の短そうな若い刑事が胸ぐらを掴みそうになったのを、ベテラン刑事が制した。

「仕方ないだろう。見てしまったんだから」

郷原は不貞腐《ふて》れたように顔をそっぽへ向けた。

「あれは仕事で街の中を歩いていた時だ。偶然見つけてしまったんだよ、あの子をね。だから思ったんだ、俺は選ばれたんだって」

「選ばれた？」

「そう、俺は兵士なんだ。闇の支配者を守るために選ばれた兵士なんだよ。だからあの子たちは俺の前に現れた。俺に殺されるためにね」

若い刑事が机を叩いて立ち上がり、怒りを露にした――が、これもベテラン刑事が抑え、

「ローラとドナもか？　ただ亜麻色の髪にピンクのリボン、ピンクのワンピースを着ていたから殺したのか？」

辛うじて平静を保った声で問い質した。

「ああ、モールとファストフード店で見つけた子か」

郷原は若い刑事の怒りに満ちた視線を気にしながら、

「あの二人も、〝光と闇の命運を決める者〞じゃなかった。でもローラの正体は太陽の百億倍の輝きを持つ〝光のプリンセス〞だった。ドナは大天使ミカエルの娘だ。いずれも神が闇の支配者を倒す

ために放った刺客だったんだ」

刑事たちは再び顔を見合わせた。その表情には、露骨な嫌悪感が漂っている。

「まっ、ちょっとばかりいい恰好をしたかっただけさ。いや、ご機嫌を取りたかったんだよな、間もなく蘇る闇の支配者のね。俺が如何に忠実な僕か知って欲しかったんだ」

それから刑事たちを嘲笑うように唇を歪め、

「あんたら、俺を捕まえた気分でいるんだろう？でもそうじゃない。そうじゃないんだよ。もう直ぐ始まるんだ、闇の時代がね。覚えておくんだ、刑事さん。その時から立場が逆転する。今度は俺が事情聴取するんだ。牢屋へ入るのは俺じゃない、あんたらだ。信じてないな。もう直ぐだよ、もう直ぐなんだ、漆黒の滴がこの星を囲むのは。闇の支配が始まるんだよ」

＊

狂ってる！——岩見の報告を聞いた鉢屋は頭の中で吐き出した。

天使の大将軍だの光のプリンセスだの大天使ミカエルの娘だの、完全に妄想だ！　陳腐で、頭のイカれた奴の次元の低い想像力が作り出したものである事は明白だ。

そもそも〝光と闇の運命を決するもの〟って何だ。

「プロヴィデンスの警察が殺害された女の子たちの画像を送ってくれました。日系人の女の子を含めて殺害された三人のです」

犠牲者の中に、日系の女の子もいるのか。いずれにしろ犠牲者の特徴は、行方不明になった子供たちと最後に一緒にいた女の子と一致する。

そう、男の子の方が鳴海茂の息子——青森駅の事故で亡くなったはずの鳴海洋一の特徴と一致するように。

白都君、君が知っている亜麻色の髪の女の子はやっぱり……

「そちらの携帯へ転送しましょうか？　どれも姿を消した当日のものです。親や知り合いが撮った写メや街の防犯カメラに映っていたものですが」

「ああ、頼むよ」

携帯電話を切ったその時、五人の男たちが民宿に入って来た。背広姿の目つきの鋭い男たちだった。刑事だな――鉢屋は直観した。

「ご免下さい」

男の一人が声をかけると、奥から亜紀ちゃんが現れた。そして男たちの物々しい雰囲気を察知したのか、緊張した面持ちで、

「どちら様でしょうか？」

先頭にいた男が背広の内ポケットから黒い手帳を出し、亜紀ちゃんに見せた。警察手帳だろう、やはり刑事か。男たちと亜紀ちゃんは、鉢屋に聞こえないよう小声で何か話している。時々彼女の口から「えっ!?」「そんな…」など、不安な声が漏れる。

「すいません」

鉢屋は立ち上がって傍へ寄り、軽く頭を下げてから、

「私、北海道警の鉢屋と申します。まあ、今は休暇中ですが」

刑事たちの視線が鉢屋に集まる。

「何の捜査ですか？　差し支えなければ」

刑事たちは顔を合わせたが、リーダーと思しき人物が、

「警視庁捜査一課の牧野です」

素早く警察手帳を提示した。

「警視庁の方？」

「詳しい事は捜査の都合上、お話し出来ませんが、この民宿にいる人物の逮捕状を持参しています」

逮捕状？　捜査一課という事は、

「殺人犯ですか？」

牧野が頷いた。一体誰の逮捕状だ？

＊

「紫は……死んだ」

僕は茫然としたまま呟いた。

頭の中で時間が巻き戻される。漆黒の渦を描くように、昨日、一週間前、一カ月前、そして半年前へ。

記憶の中の僕は、駅前にいた。苛々しながら腕時計を何度も見ている。紫とのデートの待ち合わせだった。パパが新車を買ったので、それを借りて二人でドライブする予定だった。

紫は申し分のない恋人だったけど、少しばかり時間にルーズなところがある。あの日も約束の時間に大幅に遅れ、それが僕を苛立たせていたのだ。

Gパンのポケットから着信音、携帯電話を取り出した。紫からだった。

「あっ、モノ君？　紫です。ご免なさい、約束の時間、守れなくて。もう直ぐ着くから」

申し訳なさそうな声――そうだ、この時だ！

この時、紫は約束の時間に遅れた後ろめたさから、車のスピードを上げ過ぎて……。

「早く来いよ。いつまで待たせるつもりなんだ」

黙れ、余計な事言うな。やめろ、やめろ、やめろーっ！

「ご免。車、飛ばして急いで行くから」

駄目だ、紫。急ぐな、車を飛ばすんじゃない！　お願いだから……いくら待ち合わせの時間に遅れても構わないから！

その通話の直後、追突事故を起こして紫は死んだ。不慣れな新車の運転なのに、スピードを出し過ぎて……僕との約束の時間に遅れたから、僕が急かしたから、僕が叱ったから！

　僕が紫を殺したんだ。

　頭の中に垂れた一滴の黒い滴。それがたちまち黒煙のごとく噴き上がり、全身を蹂躙《じゅうりん》する。僕は今、闇の中にいた、体も心も——崩れるように、地べたへ膝を突いた。

　僕が紫を殺した。

　頭の中に生まれ、成長した闇は次第に脳を侵食し、思考を揺さぶる。

「時間だよ。四つの究極の闇が地球を取り囲み、その対角線の交点に冥闇様が入る。その時こそ闇の支配者が復活する。闇と混沌と狂気の力が蘇るんだ！」

　魔女が夜空を仰ぎ、血走った眼で叫んだ。その声が儀式の始まりを告げた。

＊

　刑事たちは、学生たちが学習会に使っている食堂の前で待機した。目指す相手がいるかどうかの確認を鉢屋に任せて。

　鉢屋は食堂に入ると、お茶でも飲むふりをしながらそれとなく教授や学生たちの顔を確認する——いない！　犯人の姿が見当たらない。

「すいません。あの、金崎さんは？」

「ああ鉢屋さん。金崎さんですか。今夜は学習会には出ないみたいですよ」

　男子学生の一人が答えた。

「お部屋にいるんですか？」

「いえ、出かけてますけど」

　待機していた刑事たちが食堂内に入って来た。学生たちは何事かと色めき立つ。すると牧野が警察手帳を見せ、

「お勉強中申し訳ありません。警視庁捜査一課の牧野と申します」

捜査一課という響きが学生たちをさらに動揺させる。

「金崎さんはお出かけと伺いましたが」

「ええ」――今度は女子大生が答えた――「さっき日比野さんと……あの、同じ会社のOLさんなんですけど、その方と一緒に出て行きましたよ。夜空を見ながら散歩してくるとか仰って」

東京ではこんな綺麗な夜空、滅多に見られないからって――小声でそう言い足すと、

「あの人、学生じゃないから、学習会につき合う義務はありませんからね、元々」

別の学生が緊張した笑みを浮かべながら言った。だが牧野は女子大生の方を向きながら、

「日比野？　今〝日比野〟って仰いましたよね」

今度は刑事たちの間に動揺が走った。牧野はまた背広の内ポケットに手を入れると、今度は一枚の写真を取り出した。

「この方ですか？」

学生たちが一斉に写真を覗き込む。

「ええ、この方です」「ああ、この人だ」「間違いありません」――学生たちは口を揃えた。

「そんなバカな」

牧野が表情を歪め、吐き捨てるように呟いた。他の刑事たちも、「どういう事だ？」「そんなはずないだろ」と小声で囁き合っている。何があったんだろう。

その時、鉢屋の携帯電話の着信音が鳴った。メールが届いたのだ。岩見刑事からだった。添付された画像を見る。郷原の犠牲者たちだった。いずれも幼い女の子ばかり……ん？　これはどういう事だ。

「どうかされましたか？」

牧野が怪訝そうな鉢屋に声をかけた。

「えっ？　いや、ちょっと……それより牧野さんたちこそ、何か不審な点でも？」

鉢屋が逆に問いかけると牧野は耳元で、

「日比野繭子は、金崎省吾に殺害されたんです」

＊

僕はただ、目の前で繰り広げられる光景を眺めるだけだった。

どのような禍々《まがまが》しい儀式が始まるのかと思ったが、それは意外にも静かなものだった。ただ空き地を取り囲むように並ぶ虚無僧たちの低い声だけが響く。呪文とも野獣の唸り声ともつかぬ声だけが。

だが次第に重くなる闇が、僕に教えてくれた、この〝闇〟の中に何かがいる――いやこの〝闇〟は生きている、意志を持っている、と。時には黒い大蛇のように這い回り、時には不吉な黒い波のようにうねりながら。

「知ってるかい？　坊や」――魔女が訊ねた――「黙示録はこう言っているんだよ。天空よりドラゴンが舞い降り、一匹の獣に己の力と王座と大いなる権威を与えるとね」

それから空を見上げ、叫んだ。

「見るがいい！　今天空から四匹の漆黒のドラゴンがこの地上に舞い降りた！」

不気味な気配に周囲を見渡し、愕然とした。いつの間にか、空き地を四つの巨大な何かが取り囲んでいた。星空を突き破らんばかりに聳《そび》え立つ巨大な〝何か〟が。

「四匹の漆黒のドラゴンが、〝闇をさまようもの〟に己の力と王座と大いなる権威を与えた。闇の力が復活したんだ。さあ、答えてごらん、モノクロ坊や。誰がこのお方と肩を並べる事が出来ようか！　誰がこのお方と戦う事が出来ようか！」

魔女の興奮と狂喜の入り混じった声が闇に響く。眩暈でも起こしたのか、地面が大きく揺らいだ気がした。再び周囲の様子を窺うと、既にあの巨大な〝何か〟は消えている。あれは幻覚だったのか、それとも……

突如、虚無僧たちが深編み笠を脱いだ。

いや、そうではない。深編み笠だけでなく、その装束までもが弾け飛ばされたのだ。まるで脱皮でもするかのように。

その無残に裂けた装束の中から、真っ黒なものがむくむくと盛り上がり、巨大化し、人間とは似ても似つかぬその姿を露にした。

象をも凌ぐ巨体、全体は鳥のように見えるが、頭部はまるで馬のようだった。羽は蝙蝠《こうもり》、だが全身は羽毛ではなく、鱗のようなもので覆われている。足の巨大な鍵爪が動く度に地面を抉《えぐ》っていた。


そんな怪物どもが祠のある空き地に、ところ狭しと並んだのだ。何だ、こいつらは……目の前で繰り広げられる恐怖と狂気の世界に、脳味噌が揺さぶられる。

世界よ、お前は何故存在する？　紫のいないお前に、何の存在意義があるんだ！　闇の嘲笑が僕の頬を緩め、唇を歪める。

お前なんか消えてなくなればいい。闇に包まれてしまえばいい。

だってそうじゃないか。僕は光を奪われたんだ、永遠に。だったら他の人も、いや世界中が光を奪われなければ不公平じゃないか。

今ようやく分かった、僕は闇を望んでいた。世界が闇に支配される日を待ち望んでいたんだ。だって人間は闇から生まれた、闇の僕《しもべ》なんだから。

全ての人間を幸福にする事は出来ない、どんな偉大な神にも。でも全ての人間を不幸にする事、光を奪う事は出来る！　闇にならそれが出来るんだ！

そうだ、世界中から幸福が消え、全人類が不幸になれば、もう不幸なんてこの世に存在しない。だって誰も幸福を知らないんだから。ああ、何て素晴らしい世界なんだろう！

最早唇に浮かんだ嘲笑は、肩を震えさせるほどの笑いになっていた。おかしかった。おかしくておかしくて堪らなかった——涙が止まらないくらいに。

「さあおいで、モノクロ坊や、私たちの世界へ」

魔女が笑みを浮かべながら言った。

「嘘と欺瞞《ぎまん》に満ちた光の世界は終わったんだ。光は眩しいよね、誰もが目を奪われる。でも、闇が無ければ光は何を照らすって言うんだい？　そう、闇の中にこそ、坊やの求める世界があるんだよ。さあ、おいで。嘘偽りの無い世界にね」

魔女の声を合図に、あの馬面の怪物どもが迫って来た。ああ、そうだ。僕も闇にひれ伏そう。だってもう限界なんだ。もう楽になりたい。いや、ずっと前からそう思ってたんだ、紫を失った時から。

そうだ、ようやく全てが分かった、あの奇妙な夢の意味も。

あの夢の中で紫を名乗った女こそ、秘かに求め続けていた〝闇をさまようもの〟の力の権化、力の象徴。それを解放するために選ばれた、心の底でずっと闇を求めていた僕が。

頭の中に嘲笑が轟く。

だって守りたかったんだ！　あの子を！

桃は闇の中では歪んで可愛いかった、抱きしめずにはいられないほど。でもその本性は……本性は！

あっ、そうか。

僕はあの鼠の化け物をじっと見つめた。そうだ、闇になれば、あいつはまた桃になるんだ。桃も言ったじゃないか、また会えるよって。そうだね、もう直ぐ会えるんだよね、君に。

馬面の怪物は、もう目の前に迫っていた。

僕は膝を突いたまま、狂ったように笑った。溢れる涙で頬を汚しながら笑いこけた。桃ちゃん桃ちゃん、可愛い桃ちゃん。僕の大切な桃ちゃん、桃ちゃんは僕の宝物。僕の桃ちゃんは世界で一番醜い鼠の化け物、

「桃、あんな鼠の化け物じゃないもん！　失礼しちゃうわ！　プン！」

ああ、ご免ご免、桃。そうだよね、君があんな化け物のはずがない……えっ？

一瞬、稲妻の一閃が僕の体を蹂躙する闇を切り裂いた気がした。何だ？　今の声は。

「その人から離れなさい。下劣な闇の雑兵《ぞうひょう》ども」

突然、全てを圧倒する声が闇を揺るがした。でも、一体誰？

空き地の入り口に立っていたのは……紫!?　あの夢の中で会った紫だった。でも何故君がここに？

*

日比野繭子は金崎省吾に殺害された!?

「それも殺害後、糸ノコで首を切断されていました」

牧野の言葉に鉢屋の表情が歪む。

「あの……」

中島が申し訳なさそうに言った。

「俺、ちょっとトイレに行っていいッスか？」

刑事たちは道を譲るように左右に分かれた。その間を中島が何度も頭を下げながら通り抜ける。

牧野によれば、犯行は金曜深夜から土曜日にかけて行われた。つまり金崎は日比野殺害後、一旦

家に戻って支度をし、何食わぬ顔でこの民宿に来た事になる。

大胆、というより、どこか異常な行動だ——鉢屋は思った。

そもそもは金崎の一方的な恋愛感情が事件の原因だったらしい。二人は同じ会社の同じ部署に所属していたが、碌に口を利いた事もなかったという。

だが金崎は、女性に対して偏執的なところがあった。繭子と同じマンションの住民らによると、周辺を徘徊《はいかい》する金崎を何度も見たという。時にはマンション内をうろつく姿も。

「金崎の住んでる部屋の押し入れからは、プレゼント用に包装された箱が山ほど見つかりました。多分、日比野に贈るつもりで買ったんでしょうね」

牧野が言った。あまり趣味の良くないアクセサリーや小物、ハンカチやスカーフ、ベランダには腐った花束が散らばっていたそうだ。

犯行の直接の引き金は、課長の塚口と日比野との愛人関係を知った事だった。

「大人しそうに見えて、日比野は中々したたかな女でしたよ。確かに男受けはいいようです。でも女子社員の間での評判は散々でした」

男女で極端に態度が変わる。好きなタイプの男の前では勿論、上司とか自分の役に立ちそうな相手に接する時は、態度が豹変するという。

塚口との関係も、会社での自分の立場を有利にするという計算づくだったのだろう。露骨ではないものの、えこ贔屓《ひいき》されているのは、女子社員なら誰でも感じていた。

「まあ、お小遣いの方も少なからず貰っていたと見るべきでしょうね」

取り調べに対し、塚口は当初繭子との愛人関係を否定していた。家族がある上、妻は社長の遠縁だったからだ。だがホテルの従業員の証言などを突きつけられると、最後は渋々関係を認めた。

しかもこの課長と金崎は、どうも上手く行っていなかったらしい。よく注意されている姿を社員たちが目撃していたし、犯行当日の同僚との呑み会でも、金崎は課長への嫌悪感を露にしていた。

そんな男と自分が秘かに思いを寄せる女性が、仲良く腕を組んでホテルへ入ったのだ。

屈折した愛情と鬱積した狂気、それに嫉妬が殺意の導火線に火をつけた。

「突発的な事件だったんですね」

「ええ……」

だがその表情には、どこか釈然としないものがあった。

「何か腑に落ちない点でも？」

「いえ、腑に落ちないってほどの事じゃないですが……」

躊躇う牧野に、鉢屋が目線で話の続きを促すと、

「先程言いましたよね、金崎は日比野の首を糸ノコで切断したと」

「ええ、それが何か？」

「その糸ノコ、金崎が事件当日の昼休みに買ったものなんですよ、会社の近くの工具店でね」

「事件当日の昼休み？」――突発的じゃない、事前に用意しておいたのか？――「計画的な犯行だったんですか？」

牧野は増々難しい表情で、

「我々は塚口、当日金崎と一緒に居酒屋へ行った会社の同僚、それに金崎が立ち寄った花屋の証言などから、偶然塚口とホテルに入る日比野を目撃し、逆上した金崎による突発的な犯行とみています」

「じゃあ糸ノコを用意していたのは？」

「それがよく分からんのです」

牧野は一瞬苦笑を浮かべてから、直ぐに表情を引き締め、

「我々は金崎が糸ノコを買った工具店にも捜査員を送り、店内を映した防犯カメラの映像を入手しました。そこには糸ノコを買う金崎の姿がはっきりと映っていたんですが」

牧野は周囲の耳を憚《はばか》るように少し声を落とし、

「店員が言うには、見た事も無い客だったそうです。つまり金崎がその店に行ったのは、その日が初めてだったんですよ。それなのにあいつ、店内に入るなり、迷う様子もなく糸ノコのある棚へ行き、ワンセット取ると、そのままレジへ。無表情で機械的で、まるで何かに操られている……いや、何かに取り憑かれているみたいでした。これから起こる事を全て知り尽くしている〝何か〟にね」

〝何か〟に取り憑かれていたか。確かにそれも気になる話だが〝釈然としない〟のは鉢屋も同じだった。

「殺されたのは、間違いなく日比野繭子なんですか」

そこがまだ容易に納得し兼ねたのだ。

彼女は我々の前を堂々と歩き回り、自然に会話も交わしていた。幽霊なんかじゃない。本当は生きているんじゃないのか。何らかの偽装工作が行われたのではないか、日比野が殺されたと見せかけるための。

「ありとあらゆる鑑定結果が、殺害されたのは彼女で間違いない事を示しています」

鉢屋の疑惑に牧野が止《とど》めを刺した。だとしたら、この民宿にいた日比野繭子は何者だ⁉　金崎は誰と、いや何と一緒にここへ来た⁉

その時、再び鉢屋の携帯電話が鳴った。今度こそ静岡県警の金谷からだった。鉢屋は「失礼」と牧野に断ってから電話に出た。

「ああ金谷さん、鉢屋です」

「鉢屋さん、お電話遅れてすいません。ちょっと捜査に手間取ってまして。用件は行方不明になった子供たちが直前まで一緒にいた女の子の事でしたよね。で、何が知りたいんですか？　その子の」

「その女の子の髪型、教えて頂けませんか」

「髪型？　ああ、ポニーテールですよ」

「ポニーテール!?」

鉢屋は思わず大声を上げた。牧野も何事かと鉢屋の顔を覗き込む。

「そうです。ほら、髪をリボンなんかで後頭部のあたりで一つにまとめて後ろに垂らす」

「間違いありませんか！」

食い下がるように鉢屋が迫ると、後ずさるように金谷は一瞬間を措いたが、

「ええ、複数の目撃証言がありますから間違いありません」

きっぱり言い切った。

「そうですか……ありがとうございました」

ツインテールじゃなかったのか――鉢屋は電話を切った。

そうだ、さっき岩見が送信してきた画像、郷原の犠牲となった女の子たちの髪も、皆ポニーテールだった。じゃあ白都君の言っていたツインテールの女の子って、一体誰なんだ？

鉢屋は混乱した頭を必死で整理した。もう一人いたんだ、亜麻色の髪の女の子が。我々の知らない、闇とは関係なく存在するツインテールの女の子が。

だがその子は何者だ？　郷原の言っていた〝光と闇の命運を決める者〟？　教えてくれ、白都君。君はその子とどこで会った？　何をした？　君はどうして〝冥闇様〟に興味を持ったんだ。白都君、白都君はどこだ？

その時、席を外していた中島が食堂へ戻って来た。

「おい、モノクロどこ行ったか知らないか？」

「モノクロ？」

鉢屋が語尾を上げるると、

「ああ、鉢屋さん。白都の事ッスよ。ほら、あいつの名前って」——市川が渾名の由来を簡単に説明してから、中島へ向き直り——「どうしたんだ。モノクロなら、部屋で寝てんじゃないのか」

「今トイレへ行ったついでに、あいつの様子を見ようと思って部屋を覗いたんだけど、いないんだよ」

白都君が姿を消した。そして金崎と日比野も。もしかしたら、

「牧野さん、妙な落書きを見ませんでしたか？事件現場か金崎の部屋で」

「落書き？……ああ、それなら日比野の部屋にありましたよ。マジックペンで壁の一面を埋め尽くすくらいにね。誰が何の目的であんなものを描いたのかはまだ不明ですが」

「蛸みたいなのや泡粒の塊、それに渦巻のようなもの？」

牧野は部下の刑事と顔を見合わせてから、

「どうしてご存知なんです？」

間違いない！　鉢屋は確信した。

「行きましょう、牧野さん」

鉢屋が食堂を飛び出した。

「どうしたんです？　鉢屋さん」

牧野も、そして他の刑事たちも後に続く。

「心当たりがあるんですよ、金崎の行き先に」

日比野繭子という女はもうこの世に存在しない。存在するとしたら、それは金崎の妄想の中だけ——歪んだ愛情と憎悪に塗りたくられた、あいつの心の闇の中だけだ。そしてあの落書き！

あいつ〝闇をさまようもの〟は人の心の闇に潜み棲み、じわじわと〝冥闇様〟に迫って来た。プロヴィデンスから旭川、札幌、青森、さらに東京。そうだ、東京で奴は金崎に取り憑いた。そして遂に〝冥闇様〟のあるこの地に辿り着いたんだ。だとしたら金崎の連れてきた日比野、我々が見ていたあの日比野繭子こそ！

「牧野さん、静岡県警に応援を要請して下さい」

6

突如現れた紫。

彼女の姿は不思議なオーラのような輝きに包まれ、闇の中にくっきりと浮かび上がっている。周囲にはとても小さな物が、無数に浮遊していた。まるで輝く真珠のような、光の小球が。

だが紫の出現は、闇のものどもにとって忌まわしい儀式を、一時的にであれ妨げるものだった。魔物どもの邪悪な性根を逆撫でする。

馬面の怪物どもは、一気にその凶暴性を露にした。耳を劈《つんざ》くような奇声をあげ、鱗に覆われた翼を羽ばたかせると一斉に紫へ襲いかかった！　紫を八つ裂きにするべく、足の鍵爪を振り翳《かざ》して！

僕は惨劇から目を逸らした——いや、逸らそうとした。

だが次の瞬間、怪物どもの体から次々と閃光が噴いた。まるで光の矢に貫かれたかのように。あまりの眩しさに、今度こそ目を逸らした。

そして僕は感じた、自分の体内に巣食う闇が木っ端微塵《こっぱみじん》に吹き飛ばされるのを。

空き地は静寂に包まれた。視線をゆっくり闇へ戻す。そこに怪物どもの姿は無い。空き地で群れを成していた醜悪な怪物どもが、一匹残らず消えていた。

代わりに何筋《いくすじ》かの細い煙がゆらゆらと闇に浮かび上がるだけ——そしてそれも直ぐに消えた。

消滅した？　あの怪物どもが閃光と共に、まるでマジックの目眩《めくら》ましに使うフラッシュペーパーのように、跡形も無く!?

魔女は空き地と林との境界線辺りまで吹き飛ばされ、地べたに尻もちを突いていた。恐怖のあまり、顔面蒼白で震えている。鼠の化け物はその背後で怯《おび》えながら様子を窺うだけだった。

金崎先輩と日比野さんは？

視線で空き地を一回りすると、二人は祠の前にいた。金崎先輩も腰を抜かしたように座り込み、震えながら両手で日比野さんの脚にしがみついている。

その日比野さんは祠の前に立ち、微動だにせず、じっと紫の方を見つめていた。能面のように無表情で、感情のひと欠片も無い眼で。

「繭子……繭子！」

恐怖のあまり正気を保てなくなったのか、金崎先輩は半泣きで、縋りついた彼女の脚に頬をこすりつけるだけだった。

「怖いよ、繭子。助けて……助けて」

「黙れ、虫けら」

無表情のまま縋りつく金崎先輩を足で払い除けると、その足で顔面を躊躇いもなく踏みつけた。プラスチックのメガネフレーム、それに肉と骨が無残に潰れる鈍い音がした。

紫は静かにこちらへ近づいて来る。歩いてではない、まるで地面を滑るかのように。

紫、君は誰だ？　闇の魔物どもを眉ひとつ動かさずに、灰も残さず焼き尽くしてしまうほどの力を持っている、君は一体何者なんだ？

「クトゥグア……様」

のた打つ〝闇〟が唸るような声を絞り出した。

クトゥグア？　聞いた事がある。確か市川が言っていた。頭の中の時間が今度は昨夜へ巻き戻される。

「〝旧神〟に戦いを挑んだ主な〝邪神〟は、魔王アザトホース……それから、え～～と」――そうだ、それから――「風の精霊ハスターやイタカ、それに炎の邪神クトゥグア」。

炎の邪神クトゥグア！　紫、それが君なのか!?

「久しぶりだな、這い寄る混沌、大いなる使者」――クトゥグア、紫は空き地の中央の辺りで止まった――「お前は必ずこの日、この場所へ来ると思っていたよ。ここに来れば、必ずお前に会えると」

邪神が、旧支配者が帰還した、この地球に。

「宇宙で唯一絶対死をもたらす漆黒の滴、ブラックホール。光さえ閉じ込める究極の闇のパワーがお前にエネルギーを注ぎ込むこの日この場所こそ、お前が完全な力を取り戻すまたとない機会だからな」

そして二体の旧支配者が揃った。こいつらは何をする気だ。何を謀《たくら》んでる！　だが……

「まずはかつて我ら邪神と呼ばれし者さえ恐れさせた、その闇と混沌の力が復活した事を祝福するとしよう。どうだ？　降り注ぐ闇のエネルギーを思う存分満喫し、混沌と狂気の力に満たされた気分は」

紫はほんの一瞬、口元を緩めた――が、

「だが例えお前がかつての力を復活させたとしても、私はお前など恐れはしない。それは分かっているな？」

……だがその口調に、祝福の心など微塵も無い。ただその体からは、重く圧《の》し掛《か》かる闇を、今にも真っ二つに切り裂いてしまうほどの緊張感だけが漂っていた。

「さあ、大いなる使者よ。私に教えてはもらえまいか？　我が友にしてお前の主《あるじ》、アザトホースは今、どうしているかを」

アザトホース。邪神どもを率い、謀反を指揮した魔王。〃闇〃は沈黙した。

「聞こえぬか？　闇よ、無貌のもの、這い寄る混沌よ。さあ、私の問いに答えるのだ」

闇は黙ったまま、相変わらず空き地を、いや大地を覆い尽くし、うねり、這いずり回っているようだった。

紫は鼻で笑うと、

「成る程、あの古の神によって知性を奪われた者の事など、最早興味が無いか。究極の虚空の中で、今はただ螺旋《らせん》状の渦巻きとなって悶え苦しむだけとなったかつての主の事など、どうなろうが与《あずか》り知らぬというわけか」

皮肉を込めた笑みを浮かべながらそう言うと、直ぐに表情を引き締め、

「聞け、大いなる使者よ。我が友にしてお前の主、アザトホースは勇敢だった。我らを率いて決起し、先頭に立って古の神に戦いを挑んだのだ」

鋭い声に、闇が一瞬たじろいだ気がした。

「だが我々は敗れた。そして戦いに敗れた我らは皆、封印されたのだ。ヨグ＝ソトホースは時空を超える混沌の中に、クトゥルーは太平洋の海底都市ルルイエに……そしてこの私も極寒の惑星コルヴァズの牢獄に」

僕は感じた、紫は〃闇をさまようもの〃を憎んでいると。憎悪の炎を燃やしているのだと。そして感じた、闇もまた、隙があれば紫を襲うつもりである事を。ズタズタに引き裂く機会を窺っている事を。

だが何故だ⁉

こいつらは仲間じゃないのか？　共に手を携え、古の神への謀反を起こした仲間じゃないのか!?

「這い寄る混沌よ、それにしても不思議ではないか。何故だ？　何故お前だけは封印されなかった？　何故自由にこうして人間の世界に干渉出来る？」

そうだ、こいつは封印されなかった。昨夜、市川もそう言ってた。でも何故？　どうしてこいつだけが封印を免れた？　紫の声が次第に闇を圧倒しつつあった。

「不思議といえば、もうひとつ。何故我らは〝待ち伏せ〟の罠に嵌まった？　どうして古の神は我々の決起を知っていた？」

待ち伏せ？　どういう意味だ。太古の昔、この地球がまだ幼かった頃、果てしなく遡《さかのぼ》る時間の果てに一体何があったんだ！

「我らは計画を古の神に知られぬよう慎重に準備を進めた。そして奴の隙を突いて、一気に攻め込む手はずだった。だが奴は、古の神は我らの計画を知っていた！」

闇がずるずると後退して行く。紫が辛うじて胸に収めている凄まじいまでの憎悪が闇を追い詰める。

だがそれでも狂ったように波打つ闇は、秘かに紫を囲み、襲いかかる機会を窺っている――少なくとも僕にはそう思えた。

「我らの計画を事前に知った古の神は、罠を張っていた。そうだ、隙を突くはずだった我々は逆にまんまと奴の罠に嵌まり、壊滅的な打撃を受けた。我らは敗れた。だが何故だ？　何故奴は待ち伏せする事が出来た!?　誰が我らの計画を漏らしたのだ!?」

そして抑えきれない憎悪が遂に爆発した。

「この裏切り者！」

紫の渾身《こんしん》の一声が闇を貫く。裏切り者!?

「お前が密告した。お前が我らを売った！」

邪神の従者が主を裏切った……でも何故？

「独り占めにするつもりだったのだな、この地球を」

その一言が、僕の中に未だこびりつくように残っていた闇の残りカスを一掃した。

「お前はまず目の上のたんこぶである我ら邪神と呼ばれし者どもを片づけようとした。そのために我らを古の神に売った。奇襲攻撃を奴に密告したのだ。狙いは勿論、奴に我らを封印させるため。そして後はひたすら待つだけ、もうひとつの目障り、すなわち古の神が惰眠を貪り始めるのを」

恐怖と驚愕の中、辛うじて精神の崩壊を免れていた僕の頭の中で、ようやく話の筋が繋がり始めていた。

そうだ、そうなれば……

「そうなればこの地球はお前ひとりのもの」

闇がのた打ち回っている。追い詰められた混沌が、狂ったように大地を這いずり回っている。

「ナイアルラトホテップ、邪神の従者にして邪神をも嘲笑う存在とは、よく言ったものよ」

紫が再び鼻で笑うと、

「この裏切り者！」

鋭い声が、再び闇を貫く。

「貴様のような奴、積年の恨みを込めた炎で、塵ひとつ残らぬほどに焼き払ってもまだ飽き足らぬわ！」

僕は息を飲んだ。かつてこの地球を支配していた異形の者同士が睨み合い、憎しみをぶつけ合っている。これから一体何が起こるんだ。

だがここで紫は、込み上げる怒りを飲み込むように、声を落とした。

「だが、お前の出方次第では、お前を赦《ゆる》してやってもよい」

赦す？　一瞬、闇のうねりが止まった気がした。

「あの傲慢な古の神に知性を奪われた我が友アザトホースは、今苦しんでいる。今の我が友にはお前が必要だ。お前のような従者がな。だからもしお前がかつての裏切りをアザトホースに詫び、改めて忠誠を誓うのならば、特別な計らいでお前を赦そう。さあ、どうする？　忠誠を誓うか、それとも……」

闇が静まった。不思議な静寂が大地を覆う。空白の時間は永遠に続くかと思った。

突然、日比野さんの体に異様な変化が現れた。

体中から巨大な瘤《こぶ》が次々と泡のように吹き出し、服を引き裂いて膨張する。むくむくと膨れ上がって全身が生々しい肉の塊のようになったかと思うと、たちまち見上げるような巨体となった。

そしてその肉塊から伸びる無数の触手や鍵爪が紫を襲う。

まさか日比野さんが！　こっちが〝闇〟の本体だったのか!?

ほんの一瞬、僕は見た。その醜い肉塊の頂上に、どんな冒涜的な魔物さえ耳を塞ぐほどの、不快で虫唾《むしず》の走るような咆哮《ほうこう》を上げる円錐形の頭部を。

だが紫の動きも素早かった。

人差し指がその醜い肉塊を指差したかと思うと、周囲に浮遊していた煌《きら》めく光の小球の群れが一斉に襲いかかる。真珠色の矢が、闇の醜い体を容赦なく抉った。

突如大地が炎に包まれ、壮絶な火柱が上がった。炎が渦巻き、天を焼き尽くさんばかりに荒れ狂う。闇の咆哮が断末魔の悲鳴となり、そして消えた。

僕は燃え盛る炎に包まれていた……が、不思議と熱さは感じなかった。そう言えば、紫と初めて会った時も、極寒の中で寒さは感じなかったっけ。

これも夢なのか。夢の続きなのか。僕は半ば放心状態で眺める以外、為す術がなかった。

どれほど時間が経ったかは分からない。気がつくと、空き地には僕と紫、そして金崎先輩の骸《むくろ》だけになっていた。

〝闇をさまようもの〟はどうなった？　奴は滅ぼされたのか？　紫がゆっくりと満天の星空を見上げた。

「逃げ足の速い奴」

唇には不敵な笑みが浮かんでいる。逃げたのか、奴は。

「だが、あれだけの深手を負った体では、暫く満足には動けまい。どこに隠れていようが貴様を必ず見つけ出す。見つけ出して必ず止めを刺してやる」

紫は視線を下ろし、僕に向けた。氷のような目。背筋に寒気が走る。

ナイアルラトホテップは逃げた。人類は闇の脅威を免れたのだ。だが、奴に代わって今僕の目の前に立っているのは！

どうやら僕はとんでもない事をしてしまったらしい。

闇の恐怖から逃れた代償――それは封印を解かれ、この地球に帰還した炎の邪神。今ここに新しい恐怖が誕生した。僕が奴の封印を解いた。僕が誕生させてしまったのだ。

紫――クトゥグアが静かに迫って来る。今度は大地を滑るようにではなく、一歩一歩その足で地面を踏みしめながら。

「白都君！　いるのか、白都君！」

鉢屋刑事の声がした。その背後からはパトカーのサイレンも聞こえて来る。やっと援軍到着か。

冷めた笑みが浮かぶ。

だけどあなたたちに何が出来る？　あの〝闇をさまようもの〟、ナイアルラトホテップさえ逃げ出したほどの邪神を相手に、人間に何が出来るというのだ。

僕は意識が遠のいていった。

7

警察が現場に到着した時、既に魔女と鼠の化け物は逃走し、行方を眩《くら》ました後だった。

クトゥグア――紫もまた、いつの間にか姿を消していた。そしてあの多面体、〝輝くトラペゾヘドロン〟も、勿論、日比野さんの姿も。

後で市川から聞いた話だけど、あのクトゥグア、クトゥルー神話の邪神どもの中でも一、二を争うほどの攻撃力・破壊力を持っているらしい。

しかも他の邪神どもと違い、人心を惑わす怪かしの術は一切持たない。刃向うもの、楯突《たて》くものは、あの壮絶な火力で容赦なく焼き払う屈指の武闘派。マニアの間では、ナイアルラトホテップの天敵として知られているという。

成る程、あいつが敵わぬと悟るや、尻尾を巻いて逃げ出したのも当然かも知れない。とんでもない奴の封印を解いてしまったんだ、僕は。

だけど吉報もあった。

誘拐された子供たちは、空き地の付近で薬のような物で眠らされていたところを保護された。全員無事で。

空き地で保護された僕は、病院で一晩明かした後、警察の取り調べを受けた。勿論ありのまま話した。警察が信じようが信じまいが知ったこっちゃない。第一他に説明のしようがなかった。

そして結局相手にされず、面倒臭かったのか、適当にあしらわれて帰された。

これも後で鉢屋刑事から聞いた話だけど、子供たちの誘拐事件も冥闇様の前で起きた金崎先輩の殺害事件も、全てカルト教団〝星の智慧〟の仕業とされたそうだ。

金崎先輩はそのカルト教団の一人であり、仲間割れの結果、あの空き地で始末されたと——まっ、当たらずとも遠からずだな。

もっともその後、〝星の智慧〟のメンバーが逮捕されたというニュースは耳にしない。当然だよな、何しろあの夜、粗方《あらかた》煙にされちゃって、生き残ってるのは魔女と鼠の化け物だけなんだから。

そう言えばあの魔女、変な事言ってたな。人類は、あの〝闇をさまようもの〟によって誕生したとか。あの話、本当なんだろうか。それとも……

いや、もういい。全てはもう七年前の出来事なんだから。

僕は……いや、もう三〇歳間近。「私は」と言うべきかな？　私はその後大学を卒業し、普通に就職した。

中島や市川もそれぞれ無事就職、たまに三人で会社帰りに集まって居酒屋へ寄る事もある。鉢屋さんは相変わらず北海道警で頑張ってるそうだ。

亜紀ちゃんは結婚して一児の母。だけど相変わらず民宿の仕事は続けている。竹田のお婆ちゃんもまだまだ元気で民宿を手伝っているそうだ。

そして空き地から忽然《こつぜん》と姿を消した炎の邪神クトゥグアは、

「モノ君、朝食出来たよ」

紫が明るい声で、寝室のベッドにいる私を起こしに来た。

髪をあまり派手にならないくらいの茶色に染め、ニットのセーターにスカート、それにエプロンという姿で。

そう、私と紫は結婚した。

きっかけは奇妙なものだった。実はあの夜、病院で一泊した時、空き地から姿を消した紫が突然病室に現れたのだ。

驚いたけど、不思議と恐怖は感じなかった。どうして来たのかは分からない。もしかしたら、封印を解いたお礼がしたかったのかも。

とにかく彼女は一晩中枕元にいてくれた、一言もしゃべらずに。嬉しさ半分不気味さ半分、おかげでよく眠れなかったけど。

それから……まあ、出会いと再会はかなり奇妙なものの、ここから先の展開は別に珍しいもんじゃない。

朝、看護婦が様子を見に来る前に立ち去ろうとした紫に、私の方から声をかけた。看病してくれてありがとう、と。

そして、逆に今度はこっちからお礼がしたいと言った。食事でもどう？　って。別に不自然じゃないでしょ？　そもそも紫は魅力的だったし。

無言でじっと見つめる紫——相手にされないかと思ったが、意外にも紫は首を縦に振った。自分で誘っておいて何だけど、ちょっと吃驚した。

そんな次第で数日後、一緒に食事をした。正直あの紫の髪に紫のお姫様ドレスで待ち合わせ場所に現れたらどうしようかと思っていたのだが、今みたいな普通の格好で来てくれた。

意外に常識がある。ちょっと安心。

生まれて初めて口にした〝人間の食べ物〟を、紫は大いに気に入ったようだった。まっ、どこにでもあるファミレスなんだけどね。

氷のように無表情だった彼女が、初めて笑顔を見せてくれたのもその時だった。

それでその後も何度か一緒にご飯を食べ、ついでにスカイツリーや東京ディズニーランドへも。紫もみるみる内に表情が豊かになっていく。そんな彼女を見るのも楽しかった。

まあ、彼女がどこから待ち合わせ場所に現れ、デートが終わった後、どこへ消えて行ったのかは未だに分からないけど。

そんな事をしている内に、私と紫はいつしか愛し合うようになった。そして結婚。

式には鉢屋さんも北海道からわざわざ駆けつけてくれた。ああ、それにあのグールのアレキサンダーも。

スーツでビシッと決め、食事の時にはナイフとフォークを器用に使いこなし、至って上品且《か》つ紳士的に振る舞ってくれた——少なくとも酒に酔ってはしゃぎまくってた中島や市川よりは。

あっ、そうそう、あの真っ黒なタールの怪物君から祝電も来てたっけ。まあ文面は「テケリ・リ、テケリ・リ」だけだったけどね。

そして今は、

「パパ、お早う！」

キッチンへ五歳になったばかりの娘、桃が飛込んで来た。

お気に入りのピンクのリボンで亜麻色の髪をツインテールにまとめ、これもお気に入りのピンクのワンピースを着た桃が。

食事をしながら、朝刊とテレビの朝の報道番組を忙《せわ》しなく見ていた私の都合などお構いなし。膝の上に小さな可愛いお尻を乗せて甘えてくる。

やれやれ、新聞を読むのも朝のニュースをチェックするのも仕事の内なんだけどなあ。苦笑いが浮かぶ。

でも子犬のような鼻にクリクリとした目で、小動物のようにこちらを見上げられると、もう黙って新聞を畳むしかない。

そう、桃は私の宝物だ。

今はこのマンションの一室で家族三人、いずれ一軒家に住むことを夢見て、仕事に精を出す毎日だ。紫と桃を心の支えにして。

そう言えば桃が生まれた日の夜、奇妙な夢を見たっけ。周囲の見えない深い霧の中から誰かが、確かこう言ってた。

「ただいま、お兄ちゃん……じゃなくてパパ」

まだ舌足らずな、小さな女の子の声。そう、あれは間違いなく七年前、夢の中で会い、私と紫を奇妙な出会いへ誘《いざな》った桃の声だ。何だかとても懐かしかった。そう言えばあの時、確かあの子——

「パパ、どうしたの？」

突然、桃が不思議そうに顔を覗き込み、回想を中断させた。増々夢で会った桃そっくりになった顔で。

私は笑顔だけ返した——確かあの子はこう言ってたっけ、「大丈夫だよ、また会えるから」って。

もしかしたら七年前、こう言ったのは君？　私は桃の、今ここにいる可愛い娘の顔を覗き返した。

私は時々、変な考えに取り憑かれるのだ。もしかしたら、七年前、あの夢の中に現れたのは、この子じゃないかって。私と紫の間に生まれるはずだったこの子が、自分を産んで欲しい一心で私たちを引き合わせ、紫の封印を解かせたんじゃないかって。

それが人類を〝闇〟の脅威から救う事になるなんて知らずに。そう、自分が〝光と闇の命運を決する〟なんて考えもせずに。

「ただいま、お兄ちゃん……じゃなくてパパ」

約束通り戻って来てくれたんだね、桃。お帰り、私の大切な娘。

（……なんて、まさかね）

キョトンとした表情で首を傾《かし》げる桃を見なが

ら、笑ってその考えを、そっと頭から払い落とした――優しく、撫でるように。

えっ？　紫は大丈夫か？　邪神、それも屈指の武闘派なのに暴れたりしないのか？　人類を支配しようとはしないのかって？

う～～ん、それは分からない。

これはあくまでも推測だけど、紫もまだ封印を解かれ、自由になったばかり。暫くはのんびりと自由を謳歌《おうか》したいんじゃないかな。

何しろ旧支配者、邪神たちは無限に近い命、無限に近い時間を持っているのだ。私との夫婦生活を全うするくらい、お昼寝か、いやもしかしたら瞬《まばた》きをするくらいなものなのかも。

〝闇をさまようもの〟との喧嘩も当分お預けのようだ。深手を負ったあいつ、どうせ暫くは大人しくしてそうだし。

お昼寝の後、あるいは瞬きをした後、どうなるかは分からない。それは紫と、その時代に生きる人間たちが決める事だろう。

ちょっと無責任？　まっ、いいじゃありませんか。未来の事は誰にも分からない。分からないから面白いんですから。

「パパ、行ってらっしゃーいっ！」

会社へ行く私を、毎朝桃は玄関まで見送ってくれる。

「今日は早く帰って来なきゃダメだよ。ゲームの続き、一緒にやるんだからね！」

拗ねたような口調でそう言われたら、今日は残業出来ないな。桃の頭をそっと撫でた。そんな朝のお決まりの光景を、紫が優しく見つめている。

さあ、今日も頑張って仕事するぞ！

僕の名前は白都久雄。そして奥様の名前は紫。

ごく普通じゃない二人は、ごく普通じゃない恋をし、ごく普通じゃない結婚をしました。でも、一番ごく普通じゃなかったのは、奥様は〝邪神〟だったのです。
奥様は邪神↓オクサ〝マ〟ハ〝ジャ〟シン↓マ★ジャ。

読了、ありがとうございました。

■参考文献

ラヴクラフト全集（創元推理文庫）
3巻　闇をさまようもの・潜み棲む恐怖
4巻　ピックマンのモデル・狂気の山脈にて
5巻　魔女の家の夢
6巻　未知なるカデスを夢に求めて
暗黒神話体系シリーズ〜クトゥルー（青心社）
4巻　闇に棲みつくもの
サムの息子／ローレンス・D・クラウズナー著（河出書房新社）

闇に彷徨い続けるもの

《**友野 詳**》（とものしょう）

一九六四年生まれ。グループSNE所属。一九九一年に「コクーン・ワールド（1） 黄昏に踊る冒険者」でデビュー。小説だけでなく、ゲームデザイン、開発などにも携わっている。TRPGリプレイから児童書や時代小説など、活躍するジャンルは幅広い。クトゥルー神話アンソロジー『秘神界―現代編』に「暗闇に一直線」を寄稿している。

● 本作の遊び方

本作は、ゲームブックです。

ゲームブックの定義はいろいろありますが、ここでは、内容が複数の段落に分割されて、ランダムに並んでおり、どの順で読み進めるかが読み手にゆだねられており、その選択によって内容が変化するものをさします。

物語の主人公は「きみ」と表記されます。読んでおられるあなた自身をイメージしてもよいでしょう。言動は、青年層の男性を想定していますが、物語が進んでゆくに連れて、性格などが変化してゆきます。口調などは、読んでいるあなたのイメージに応じて、適宜、脳内で修正して読み進めると、楽しいと思います。


この作品は、ページ単位で内容が区切られています。文章のかたまりを段落と呼びます。見開きの右上に段落番号が記されています（1頁の段落では左上の場合もあります）。一方、区切られた文章の末尾には、次に読み進めるべき段落の番号が指示されています。はじめから順に読むのではなく、この指示された順に読んで下さい。

そして、時には、複数の段落番号と、それに対応する行動などが提示されています。その時は、あなたが好きなほうを選んで読み進めてください。もとに戻ることは、物理的には可能ですが、文中で許された時以外はしないほうが、ゲームとしては面白いはずです。どんな結末を望まれるのかを判断基準に、提示された選択肢がもたらす未来を推測して、選んでください。

ただし、このゲームブックでは、次に進むべき番号が隠されており、推理しなければならない局面があります。なすべき行動とその目標の組み合わせや、使うべきアイテムなどを選ぶ、推理クイズが用意されています。いくつかの選択肢を組み合わせて、次にどの段落に進むかを選ぶのです。たとえば、以下のような問題になります。

「目の前に鍵のかかった扉がある。鍵は古くて単純なものだ。きみのポケットにある道具のうち、二つを、鍵穴にさしこんでこじ開けよう。使う道具のうちひとつに割り振られた番号を十の位、もうひとつを一の位として、次の段落を選ぶ。二度、選び間違えたら、44番へ進むこと。

1：爪やすり　2：ハンマー
3：銃弾　4：ヘアピン

想定された正解は、爪やすりとヘアピンを使うことです。「1」と「4」なので、進むべき段落は14番もしくは41番になります。多くの問題では、本文中に選択のヒントがあり、どちらが十の位でどちらが一の位かを明示してあります。ただし、あえてヒントのない問題も存在しています。

各段落番号の下に、いずれの段落から訪れたなら正解かが記してあります。内容がつながっていないことでも、間違いだとわかるでしょう。

間違った時は、元の段落に戻って推理し直します。中には用意された段落が二つ以上ある問題も存在します。また、間違いが規定回数を超えると、強制的に別の段落（たいていは悪い結果が待っています）に進むことになる問題もあります。

こうした推理と選択で「きみ」の運命を、あなたが定めてゆくのです。

プロローグ

世界は、その日、滅びた。

たぶん滅びたと思う。

きみには、もはやそれを確認するすべがないが、人類があの苦境《くきょう》を乗り越えられたとは、到底思えないのだ。

ほんの数日で、世界は激変した。

はじまりは、太平洋に新しい島があらわれた、という報道だった。

深海から、わずか数時間で浮上したとしか思えない島に、明らかに人工としか判断できぬ構造物が発見された、という報道に世界は揺れた。

超古代文明だの、失われた大陸だのといった伝説をみなが語りだし、宇宙からの来訪者や人類以前の知的生命なども大真面目に論じられた。

きみが、あのニュースにどの程度興奮したのか、いまや遠い日の出来事のようで、はっきり思い出すことさえ難しい。

ただ、どこかの大学の教授だとかいう、浅黒い肌の男性が、テレビのニュースで解説していたのだけは、妙にはっきりと覚えている。

その男は、にやにやと、そこだけはやたらに白い歯をむきだして、こう言っていた。

「歴史が変わりますよ、歴史が」

カメラにまっすぐ目を向けて、まるできみを直接、見つめているかのように、浅黒い肌の男は、こう続けたのだ。

「きみが、変えるのです」

その瞬間に、きみは脳髄《のうずい》が痺《しび》れるような感覚に襲われた。

どれほどの時間、テレビの前で茫然《ぼうぜん》としていたのだろうか。浅黒い肌の男が登場したニュースは午前中のものだったが、我に返った時、窓外《そうがい》はもう夜闇《やあん》に支配されていた。

そして、目の前にあるテレビでは、まだニュースが続いていた。

――液晶画面の中で、おそろしく巨大なものが、奇怪な色に染まった月に向かって伸びあがり、くねり、うねり、のたうっていた――。

まわりの情景からして、それは東京スカイツリーがあるはずの場所にそびえていた。

スカイツリーがどうなったのかは、わからない。あるいは、その、おぞましい異次元の動きでのたくる巨大な怪物が、スカイツリーだったものなのかもしれない。

大きさからして、それが生き物などであるはずは、もちろんない。触手のごときものがよじれあい、伸び、朽ちてはまた育つ、その動きが、いかに生き物じみていても、だ。

万が一生き物だったなら、この世のものではない。メビウスの輪のようにねじれた触手が、クラインの壺のような、おのがうろへと飲まれてゆくさまは、地獄の光景のようだった。

きみが見ているテレビからは、一切の音声は流れてこない。

カメラの位置もまた、なんの変化もない。

それがニュースであろうと思ったのは、画面の片隅に緊急放送というテロップとテレビ局のロゴマークが映し出されているからでしかない。

いつまでも、いつまでも、巨大な異形は、赤とも黒ともつかぬ色に染まった月へ、伸びあがるように悶《もだ》え、踊っていた。

自分が、それに魅入《みい》られてゆくのを、きみは感じていた。テレビ画面に変化が一切生じないのは、カメラマンもアナウンサーもディレクターも、同じありさまに陥っているからだろう。

そのままであれば、きみは、画面を見つめたまま、飢えと渇きで死んでいたかもしれない。

そうならなかったのは、テレビの向こう、窓の外を、知人が真っ逆さまに落ちていったからだ。

このマンションで、きみの部屋のほぼ真上に住んでいる、何度か親しく言葉をかわしたこともある、若い女性だった。

彼女は頭を下に足を上に、窓の外をゆきすぎていったのだ。

ここはマンションの七階であり、真下はコンクリートに覆《おお》われた駐車場である。落下して助かるわけはない。

だが、落ちてゆく彼女の顔は――。

微笑んでいた。

安心していた。落ちてゆく途中ではっきりと目が合ったのだが、それは恐怖から解放された者だけが浮かべる笑みで、そして、明らかにきみを誘っていた。

(死ねば楽になるのに……)


彼女の心の声をはっきりと受け取ったきみがしたことは、知人の安否を確かめることでも、警察などに通報することでもなく、テレビのチャンネルを切り替えることだった。

「ニューヨークが虹色の輝きに飲みこまれ、消滅したとの情報が……」

「……スタンが宣戦布告を行いました。核ミサイルが発射されたという未確認情報も……」

「モスクワ全域を包んだ火事は、なおも火勢を衰えさせることなく、さらに大きな範囲に広がっています。火事の原因については流星、もしくは空から非常に高温の物体が……」

次のチャンネルは、どんな重大事件が起きようと、放送予定を変更しないとされている局だったが、いまは「しばらくお待ちください」という画像が流れているだけだった。

時間がすぎるうち、どのチャンネルもアナウンサーが、政府からの避難勧告を絶叫同然の口調で繰り返すだけになった。

それを認識して、きみはようやく体を動かしはじめた。地震や火事とは違うが、できる対応に大きな差はなかった。

保存のききそうな食料とわずかな着替えをリュックに詰める。

何か武器があるほうがいいかもしれない、と思ったが、包丁をむきだしで持ち歩くのはためらわれた。結局、諦めて外に出る。

避難場所として、地下鉄の駅が指示されていた。公園などではないことが気になる。

そもそも、何が起きるから避難せねばならないのだろう。テレビは、とにかく逃げろというだけで、まったく説明してくれなかった。

きみは、歩きながらスマートフォンを取り出した。ふだん、ニュースはネットが頼りで、あまりテレビは見ない。

ネットに接続すると、液晶画面一杯に見たこともない幾何学模様が浮かんだ。大小いくつもの立方体が、重なりあい回転している。いくら画面にタッチしても、その画面からどこへも飛ばない。

きみは、指先に力をこめてみた。

ぬるりとした感触が伝わってくる。けだものの口腔《こうくう》に、いやもっと嫌らしい何かに、指先を突き入れてしまったような感触が伝わってきた。

きみは、あわてて指を引き抜いた。

電源を切ろうと思ったが、画面全体がこれでは、それすら不可能だ。

スマートフォンは役に立たない。

そのことを思い知って、きみはこれ以上の情報を得ることを諦めた。

遠くからサイレンの音が聞こえる。救急車だ。まだ、社会的なインフラは機能している。それに励まされるように、きみは、とぼとぼとではあるが、歩きはじめた。

他にも、歩いている人影がある。

交差点を通りかかると、親子のように見える三人連れを見かけた。子供らしい小さな影が倒れていて、左右に男女がしゃがみこんでいる。

大丈夫かな、と案じる気持ちが湧いてきた。きみにも、人間らしい感情が戻ってきたようだ。手助けするべきだろうかと、近づいてみる。

おかしな臭《にお》いがした。腐った肉のような臭いだ。

きみは気がついた。

しゃがみこんでいるスーツ姿の男と、長いスカートをはいた女は、子供の腹を引き裂き、内臓を取り出している。

やつらが顔をあげてきみを見た。口もとから牙をはみださせ、血と涎《よだれ》をしたたらせている。

きみは、とっさに逃げ出した。背後で咆哮《ほうこう》が聞こえた。追いかけてくる——と思った時、急ブレーキに続いて、大きな破裂音がした。パンク？いや、あれは銃声だろう。

ともかく無我夢中で走った。恐怖心にせきたてられ、そうすることしかできなかったのだ。何がどうなっているのか、さっぱり理解できない。

気がつくと、きみは、避難場所として指示されていた地下鉄駅にたどりついていた。

階段を駆け下りる。他にも人はいたが、左右に眼を配る余裕などなかった。突き飛ばすようにして、最後の一段を降りた、その時だ。

地面が、きみを突き上げるように動いた。

地震だ。すさまじく大きい。

立っていられない。よろけて、壁によりかかった。その壁にも、大きなひびが入った。そしてまた、さらに奇妙な運命に、きみは巻きこまれた。

ひびから、奇妙な物体が転がり出てきたのだ。

地震はまだ激しく続いている。だが、どういうわけか、きみだけはよろめかず、その物体を拾いあげることができた。

歪《ゆが》んだ多角形によって構成された多面体だ。面がいくつあるか数えようとしても、どうしても途中でわからなくなる。素材は黒曜石《こくようせき》だろうか。いや、これほどまでに、光を排した黒い鉱物などあるのだろうか。まるで闇そのものだ。

そのくせ、きみの目は、光も感じるのだ。

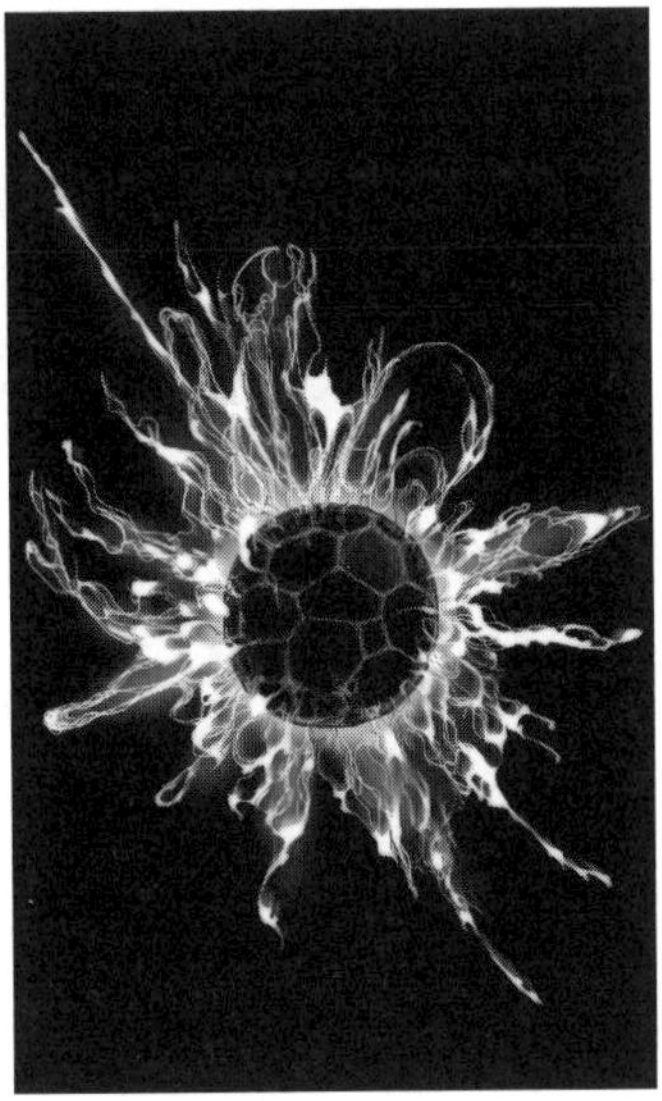

いったい、これはなんだろう？

茫然としているきみを我に返らせたのは、すさまじい悲鳴だった。

きみのすぐそばで、天井から崩れ落ちてきた岩塊《がんかい》に、人間が押しつぶされたのだ。天井は、もはや完全に崩壊しようとしている。

もう逃げ場はない、と思ったその瞬間だ。

きみは、手にした闇の多面体の中に、扉があるのを見つけた。片方の手で持ち上げられるほどのサイズにすぎないのに、きみは、自分が多面体に入りこめると直観したのだ。

いや、誰かが『入れ……』と囁《ささや》いたようだ。

まったくもって、既に自分がおかしくなっているとしか考えられないが、きみは、その奇怪な確信に沿って行動するしかなかった。

【11】へ進む

段落 11

きみは闇の中にいた。

先ほどまでの、地底の闇ではない。

まったく光がない。

可視光だけではなく、そもそも光という概念が存在していないのではないか。そう思えるほどの暗闇だ。

自分が存在するかどうかさえわからなくなりそうだ。きみは、手の甲をつねってみた。痛い。その痛みに、ほっとした時だった。

「それは疑似感覚にすぎぬが、大切にしたまえ」

突然、頭の中に直接、声が響いた。

もちろん、驚きは感じたが、それと同時にほっとした。きみは孤独ではなかったようだ。

きみは、どちらに向けばいいのかもわからないまま、問いかけた。

「おい、どうなってるんだ？　ここはどこだ？　あんたはいったい誰だ？」

「こちらが何者かは、いずれわかる」

声はどこか笑いを含んでいる。

「からかってる場合か！　なあ、地震はどうなった？　被害はどの程度だ？」

「ふふふ、本当に、自分以外の誰かがどうなったかなど、気になっているのかね？」

声は、今度ははっきりと笑っている。

「あたりまえだろう！　どうすればここから出られるんだ？」

「自ら望んで入ったのに、もう出たいのか？」

「おいおい。さっきはちょっと幻覚っていうか妄想に囚われたけどな、冷静になればあんなものの中に入れるわけないって……」

きみは言葉をとぎらせた。

「まさか……本当に？」

「そうとも。本当だ。ここは、〈輝くトラペゾヘドロン〉の中にある、折りたたまれた時空間だ」

〈輝くトラペゾヘドロン〉、という単語は、はじめて耳にした。にもかかわらず、きみはそれがどのようなものか、くっきりイメージできた。

偶然、きみの前に転がり出てきた、あの歪んだ多面体のことだ。

その中に……入った？　意味がわからない。

声は、揶揄《やゆ》するような口調で続けた。

「ああ、そうだろうな。いまのきみはまだ限定された知性しか持たない。理解が難しいだろう。いいかね、もはやきみは、これまで認識していたような肉体を持つ生命体ではない。きみは、いまから、このトラペゾヘドロンを通じて、歴史をたどってゆくのだ。きみが、生き続けてゆけば、どうしてこうなったのか理解もできる。未来があぁなった理由の手がかりも掴めるかもしれん」

「未来だと？」

「言っただろう、歴史をたどってゆく、と。望みを捨てずにいれば、元の肉体が生まれた時代にたどりついて、それを奪いとれるかもしれんぞ。人間を超えることのほうを、当方としてはおススメしたいがねえ。ま、すべては混沌《こんとん》に秘められた可能性だ。好きに選びたまえ」

「おまえの言ってることはさっぱりわからん。もしかして、肉体がなくなって、精神だけが移植されたとか、そういうことか？」

「……きみの知性で類推可能なのはその程度だろうな。その理解でかまわんよ」

いちいち、口調がひとを見下している。しかし、他に情報源は存在しないのだ。

「肉体がないから、視覚もないのか？」

「自分が置かれている状況を把握したいというなら、そうだな……。ここが部屋だと想像してみたまえ。そして、窓を開けるのだ」

教え諭《さと》す口調にむっとしたが、その気持ちを抑えて、言われたことを試してみる。

小さな、黒い壁と天井、床の部屋を想像する。

監獄のようなものしか思い浮かべられなかった。せめて、窓を大きくと思って、前後左右上下すべてに、大きな窓を思い浮かべた。

唐突に、きみの周囲に夜空が広がった。またたくことのない星々が見える。

「宇宙じゃないか！」

大地はなかった。いや、はるか前方に青い星が見える。陸地の形はよく知ったものとは違っていた。異星か？　いや、太古の地球は、大陸などの形が現代と違っていたという。一体何万年……何億年前なのだろう。

「〈輝くトラペゾヘドロン〉は時空を超えてあまねく存在している。おまえの意識は、未来のトラペゾヘドロンを扉として、遥《はる》か過去の時空に存在するトラペゾヘドロンに移動したのだ。……見ろ」

周辺の風景自身が回転して、「声」が見せたかったものを、きみの視野へ送りこんできた。

何かとてつもない存在が、虚空を渡り、太古の地球へと向かっている。

比類《ひるい》なき存在。とてつもなく巨大で、理解を絶したものだ。それに直面すれば、きみの精神は破壊されていたろう。崩壊寸前、窓が閉じた。

「もう一つだけ手助けしてやろう。見たまえ」

さっきのものほどではないが、見るだけで理性を破壊されそうな怪物たちが、しかも三種類も、宇宙を飛んでいる。地球を目指しているのだ。

「あれは、これから地球を支配する知性体たちだ。きみが、遥か未来まで生き延びるなら、彼らのいずれかを選び、その保護を得なければならない。……もちろん諦めるのも自由だがね」

声は、三種類の生物について教えてくれた。

樽《たる》のような胴体に五角形の頭部、まるでウミユリのような生き物は、後に南極となる大陸で、これから大文明を開花させる。ああ見えても、人間に近いメンタルをそなえているのだそうだ。

蛸をベースに、あらゆるおぞましいものをまぜあわせたような怪物がいる。先ほどの強大な存在に仕えて、地球の海を支配するものたちだ。半人半魚の生き物たちを配下にして、おぞましい神を、地球に君臨《くんりん》させるのだろうという。

まるで悪夢から出てきたような、悪魔めいた顔のない生き物は、現実とは異なるもうひとつの世界に、きみを導いてくれるという。

「いずれかに、その身を託せ」

そう声は言った。

以下の1～7の数字から、トラペゾヘドロンを運ばせる種族を十の位、その目指す地を一の位として数字を組みあわせ、次に読む段落を決めること。時間はある。何度試してもかまわない。

1：這い寄る混沌
2：顔のない悪魔めいた生き物
3：蛸を連想させる巨大な怪物
4：ウミユリ状の知性体
5：のちに南極と呼ばれる大陸
6：あの強大な存在がおりたった海
7：月面にある夢の国

段落 12

35, 54 から：正解

気がつけば、きみは玉座《ぎょくざ》を見下ろしていた。
時を超えてきみが顕現《けんげん》したのは、太陽を崇める王国の宮殿であった。

その国の名を「ムウ」という。

かつては太平洋上に栄え、全世界を支配せんとした国家である。だが、天変地異によって大地はずたずたに引き裂かれて、海に沈んだ。以後、一万二千年におよぶ海底生活がはじまった。

きみの意識が目覚めたのは、たったいまだが、この〈輝くトラペゾヘドロン〉そのものは、長きにわたってこの玉座に飾られ、王国の盛衰《せいすい》を記録してきたのだ。望めば、きみは、彼らの血なまぐさい歴史を知ることができた。

ムウは地底の蛇人間と戦い、海底の〈深きものども〉（きみが、深みに棲むもの、と名付けた連中をムウ人はこう呼んでいた）とも戦い、極地に残された〈古《いにしえ》のもの〉どもの遺跡に入りこんでは、変幻自在の生き物たちと争った。

地上の覇権《はけん》を取り戻すため、力を蓄えるためにと、異種知性の技術を戦って奪い取ることばかり考え、同じ人種以外のものたちを……いや、同じ国の民であっても、勝手な決めつけで上下を定め、下と定めた者を犠牲にして都合のいい夢想を実現しようとし続けてきた。

そして失敗を重ねて、広大であった海底王国すらも、もはや海溝の底の狭い領域しか占めていない。彼らムウは、最後の挑戦として、地上への侵略に打って出ようとしていた。民族のあらゆる資源を兵器開発に注ぎこみ、地上の科学技術水準を超えたものの、民は貧しく、その生活は古代のままというアンバランスな状態となって。

「生け贄《にえ》をささげよ！」

真紅《しんく》の髪の女王が、捕えてきた地上人を掴《つか》む護衛兵に命令を下す。その地上人は、明らかに現代の日本人であった。

どうやら、太陽を掲げるふたつの国の戦争が起きている時代へ、きみはたどりついたようだ。

もがく現代日本の女性を、半裸の男たちが槍で脅し、無理やり連れてゆこうとする。海中へ放逐《ほうちく》しようというのだ。海溝の門をくぐった先にのたうっている巨大な水龍は、かの蛇神イグの劣悪な似姿のようだった。

女が龍に捧げられる寸前、巨大なドリルが海底帝国を守る分厚い大地の壁を突き破った。日輪を掲げる地上の国、日本の戦闘兵器が突入してきたのだ！　蛇人間のテクノロジーを独自に発展させたと思《おぼ》しき錬金《れんきん》術的地熱動力炉へ、特殊防護服をまとう兵士たちが突入してゆく。

ムウ側は大混乱に陥っていた。危機が近づけば、〈輝くトラペゾヘドロン〉が警告を発するはずだったのだ。それがなかったのは、きみの意識が覚醒《かくせい》し、状況を把握するため、トラペゾヘドロンの機能を停止させていたからに他ならない。

きみの知覚は、突入した兵士たちが、地熱動力に爆弾を仕掛けて退去してゆくのを捉えた。日本へ向かうには、彼らに連れ去ってもらわねばならない。そのためには、きみがムウの知識の宝庫だと知らせねば。だが、もはや軍事技術は地上人側が卓越《たくえつ》しているようだ。知りたいのは何だ？　歴史か？　ムウが繰り返してきた行為を十の位、その相手を一の位として、次に進む段落を選ぶこと。

二度、選び損ねたら、きみは地熱動力の爆発後、地球の核まで落ちる。【44】へ進むこと。

1：異種知性体　2：神　3：略奪　4：平和
5：轟天号　6：戦争　7：宇宙人

段落 13

37 から：正解

きみを連れ去ったものたちは、太陽系の最外周を回る小さな岩塊へ帰還した。

すなわち、ユゴスと呼ばれる矮惑星である。後の時代には、冥王星という名で呼ばれることになる。

だが、いまのユゴスは、数億年後とはまったく違っていた。小さな岩塊とは言ったが、それは本来の姿でのこと。いまは、異常なほどに増殖した菌類が数万の層となって積み重なり、地球に匹敵《ひってき》するほどのサイズになっている。

この菌類すべてが、ミ＝ゴと名乗るひとつの生き物だ。胞子《ほうし》として宇宙空間に撒《ま》き散らされる分身体たちは、菌類とはとうてい思えぬ、昆虫やトカゲめいた特徴までそなえている。

ミ＝ゴの分身体に運ばれて、きみは、ユゴスへ連れてこられた。菌糸が複雑にはりめぐらされ、そこを化学物質や微弱電流、さまざまな素粒子《そりゅうし》が駆け回っていた。

ユゴスは惑星サイズの頭脳なのだ。

（……よくぞ戻った）

物質的圧力すら感じる、強大な思考波がきみを押しつぶしかける。

ここに来てわかった。きみ……いや〈輝くトラペゾヘドロン〉は、ここで作られたのだ。ユゴスの演算能力を駆使して作られ、その巨大頭脳をさらに優れたものにするパーツになる予定だったのだ。

きみは、巨大頭脳を拡張するため、ミ＝ゴによって連れ去られた〈古のもの〉たちの脳髄が、菌糸につながれているのを見出した。他にも無数の知的生命の思考器官が接続されている。きみはこの器官を統合するために作られた。

なしとげれば、ミ＝ゴは神になる。菌糸の成長速度から考えて、宇宙開闢《かいびゃく》からまもない、百億年ほど前からはじまった試みだ。足し算ができるレベルになるのに一億年、菌類に自意識が芽生えるのに十億年。多元宇宙に偏在する量子コンピュータとなるのに五十億年ほどの月日を費やした。

そして、取り戻されたきみこそがいま、その複雑きわまりないパズルの、最後のピースとなった。

偉大なる菌糸の塊が、時間と空間を超えて、あらゆる知識を我が物とする。

(愚かなことだ。新たな神など認めぬ)

その思考は外部からのようでも、きみの内側から発したもののようでもあった。

ミ＝ゴが神にならんとした瞬間、闇より深き闇、光よりまばゆき光が訪れた。嫉妬《しっと》深き神々は、新たな幼き神の誕生を黙って見過ごしはしない。理不尽で理解不能で理性を超越した、名状しがたき悪意がミ＝ゴに襲いかかった。

邪悪な神は、菌糸も集められた脳もバラバラに吹き飛ばしたが、完全には滅ぼしはしなかった。ミ＝ゴが、また最初から試みを繰り返すのをあざ笑うためだろう。神が立ち去る時、時間も空間も、嵐に襲われた大海のように荒れ狂った。

いまこそが脱出の好機だ。

自力で移動する手段を持たぬきみだが、この時空の乱れにうまく身をゆだねることができれば、ここから離れられるだろう。かつて肉体があったころに経験したスポーツを思い出せ。スポーツ名を十の位、時空の歪みを超える航法の名を一の位として、次に進む段落を選ぶこと。一度でも選び損ねたら、時空の歪みに呑まれて、さしものきみも壊れてしまう。【44】へ進むこと。

1：水球　2：野球　3：体操　4：ワープ
5：サーフィン　6：競泳　7：ジャンプ

段落 14

22 から：正解

　ショゴスたちを徹底的に打ち負かすほかに、きみ自身の安全を保つ手段はない。彼らの意志をくじくには、絶対的な恐怖が必要だった。ただの恐れであればともかく、完全に心を破壊するような恐怖を、無から創りあげるのは、きみにとっても難しい。

　だが、世界の深淵《しんえん》には、理解を絶した恐怖の対象が確かに実在している。

　かつて出会ったおぞましき神の記憶を使い、きみは、ショゴスに絶対的な恐怖を与えることに成功した。〈古のもの〉に作らせた、ビジョンの超広範囲拡大投影装置を利用して、神の御姿を地球全土にあらわして見せたのである。

　天空いっぱいにおぞましき神が浮かび、大山脈は忌まわしき神の玉座となり、大海原で恐ろしき神が湯あみした。

　我に抗《あらが》うもの、神の怒りを受けるべし。

　あらかじめ警告を受けていた〈古のもの〉を別として、他のあらゆる生物は、恐怖によって魂を砕かれた。ろくな知能もない動植物までが怯え、そして地球に住まう別の神々は、これを侵略とみなして大いなる怒りに荒れ狂った。神を欺《あざむ》くほどに、きみのビジョンは完成度が高かったのだ。地球に飛来していた神々は、架空の存在である宇宙の神々に挑み、気がつけば互いを敵とみなして戦い、ついには力を使い果たして眠りについた。

　きみが作りあげた、架空の神である〈旧神〉によって、神々は互いを封印したのだ。

　それによって、地球の生き物のうち九割が死に、多くの文明も滅んだ。ショゴスたちは、いくらかは生き残ったかもしれないが、戦いを続けるほどの数は残らず、その心は折れていた。

あらかじめ警告されていたとはいえ、〈古のもの〉たちも無事ではすまなかった。彼らも、その文明を失い、急速に衰退していった。交代で眠りにつき、ただ生きながらえることだけを考えるようになったのだ。

彼らは滅びを覚悟した。それから数千万年をかけて、彼らは数を減らしていった。最後の数千が、永遠に眠りにつく決意を固めるその時まで、きみは〈古のもの〉によりそっていた。きみ自身も、〈旧神〉の幻影を生み出すことで、力の多くを使い果たしていたのである。

最後の最後で〈古のもの〉の一部が、このまま自分たちが存在した痕跡《こんせき》まで消滅することを嫌い、新たな種族を生み出し、自分たちの文明を継承させようと試みた。

新たな地球の後継者には、自分たち以前の文明の存在を知らせず、無知の平穏を享受《きょうじゅ》させようと〈古のもの〉たちは考えた。その種族の形態は、きみの記憶から引き出された。さらにまた〈古のもの〉たちは、きみにその新たな種族を見守れと、頼んできた。隠された秘密に触れて、自滅の道を歩まぬようにと、運命を託したのだ。

その新たな種族こそが、人間、と呼ばれる生き物だったのである。きみは、いつか人間がこの世の秘密に触れてしまうことを、知っている。

きみが、人間のたどる運命に干渉しようと思うなら、人類がその歴史の大半を費やす愚行を十の位、彼らに見せるべきではないものを一の位として、次に進む段落を選ぶこと。

見るまでもないと思うなら、遺跡で眠りについてしまってもよい。その場合は【24】へ。

1：真実　2：不死　3：愛　4：平和

5：宗教　6：戦争　7：天災

段落15

41から：正解

ショゴスに自我はないはずだった。そもそも与えられなかったのだから。だから、知性を高めても反逆されることはないと〈古のもの〉たちは考えた。

ショゴス知性化の決断が下されたのは、異種族との戦場において、指揮官である〈古のもの〉が戦死したことがきっかけだった。ショゴスに判断力を与えれば、戦争などすべて任せておけるではないか、と考えられたのだ。

権利擁護《ようご》派は戦うためだけに知性化されるショゴスが哀れだと反対したのだが、ショゴスと〈古のもの〉の命、どちらが重いか、という言葉に彼らは反論の言葉を持たなかった。

かくして、ショゴスに知性が与えられた。そして、最前線へ送り出された指揮官級ショゴスはこう言った。

『自分たちは死を恐れる』

ショゴスたちは、叛旗《はんき》を翻《ひるがえ》したのである。

あらゆる命令に従う自我なき道具として作られたはずが、実際は、ほんのわずかとはいえど自我をそなえていたのだ。

知性の付与によってそれは一気に花開いた。驚くべきことに、最低限の知性しかない従来型のショゴスたちも、同時に自我へと目覚めたのだ。

交渉はすべて無駄に終わった。戦場で、敵を巻きこんで自爆してこいという無慈悲な作戦に、まともな判断力と自我を得たショゴスたちは怒りしか感じていなかった。もう止まらない。

ショゴスたちはまず、その時戦っていた〈空飛ぶポリプ〉たちを完膚《かんぷ》無きまでに叩きのめした。背後からの追撃を受けない用心である。

他にも敵対する異種族はいたが、わざわざ火の粉をかぶりにくるような者は存在しなかった。

かくして、粘液のごとき変幻自在の肉体を持つショゴスたちは、互いの境目が曖昧になるほどしっかりとつながり、まじりあって、文字通りに津波のごとく、旧主たる〈古のもの〉たちのもとへ押し寄せたのである。

だが、ショゴスたちが当面の敵を制圧しているうちに、〈古のもの〉たちも戦争の準備を整えていた。彼らは、正面からぶつかりあうつもりだ。

むろん〈古のもの〉は、きみから、戦略や戦術を立てる情報を得ようとやってくる。だが、ショゴスもまた、その変形能力で〈古のもの〉に化けて入りこみ、きみの力を借りようとした。仲裁《ちゅうさい》は無理だ。どちらかに味方するしかない。七つの選択肢から、味方陣営に与える知識を決めること。ショゴスを封じるなら科学以外を使い、〈古のもの〉を滅ぼすならその肉体を狙うとよい。十の位と一の位は同じ数字である。その段落へ進むこと（1を選べば【11】へ進むという意味だ）。

与える知識を一度でも間違った場合、きみを破壊できる兵器が開発される。その場合は、素直に終わりを甘受《かんじゅ》すること。【44】へ進む。

1：核兵器　**2：封印の魔術**　**3：愛情**
4：超時空兵器　**5：生物兵器**
6：萌え絵　**7：巨大ロボット**

段落 16

57 から：正解

光なき世に、きみを崇め讃える声が響きわたる。

きみは、大いなる神の意志を表すもの。いまや、ほとんどの信徒にとっては、きみこそが神そのものだ。偉大なる〈輝くトラペゾヘドロン〉を崇拝する多くの思念が、きみを心地よく酔わせる。麻薬も性行為も虐殺も、あるいは愛も、どのような世俗の幸福も、この快さに勝るものではない。信徒たちは、時として、さらに権威を高めてくれるように願ってくる。

神たる者、祈りに軽々しく応じるべきではないが、たまにはいいだろう。

きみをないがしろにする愚か者たちにふさわしき罰を与えて、信徒たちの結束を固めるのだ。

世界中から〈輝くトラペゾヘドロン〉を崇めぬ愚か者たちが、大地の底深くにある闇の神殿へと連れてこられた。信徒たちには光に頼らぬ目を与えてあるから問題ない。不信心者たちは闇に怯えているだろう。いつものように適当な小神を呼び出して、生け贄にするか……。

だが、これまで何度も繰り返してきた、意味なきがゆえに冒涜《ぼうとく》的で残虐きわまりない儀式は、突如、中断させられた。連れてこられた不信心者たちが、すさまじい光を、その身のうちからほとばしらせたのだ。魔術によるものか、科学によるものか。眩《まばゆ》い光は、きみを無力化する。

崇拝に酔って、傲慢《ごうまん》に堕《だ》していたきみは、警戒もしていなかった。反逆者たちは、きみを破壊するのか封じるつもりなのか……。だが、いつか誰かが、またきみを目覚めさせることは間違いない。その時、きみの物語はまた始まるのだ。

Another END

狂気による破滅とは、おのれがおのれでなくなるということだ。

ならば、恐怖に侵され、失われるべき自我が、最初から存在しなければ、恐れることはない。

精神だけの存在になって長いきみは、物質的な何かでもあるかのように、自分の心を分割し、切り捨てることができた。もちろんそれは、肉体の一部を切り捨てる痛みに等しい苦しさを伴う行為ではあったのだが。

自我を脱ぎ捨てたきみは、銀河系の中心にある黒の洞において全宇宙に君臨する大いなる神アザトースの一部となった。かくしてきみは、ついにかの〈輝くトラペゾヘドロン〉から解放されたのである。

もはや、きみは神の一部であり、神はきみの一部となった。肉体は別々に存在するように見えるが、すべてにして一なる神に、外部からの観測など何ほどの意味があろうや。

いまや変容をとげたきみは、心のうちで鳴り響く甲高い笛の音にあわせ、神の無聊《ぶりょう》を慰めるために、永劫《えいごう》に踊り続けるのみだ。

時に神の使者として旅立つこともあろうが、それはまた別の物語である。

Another END

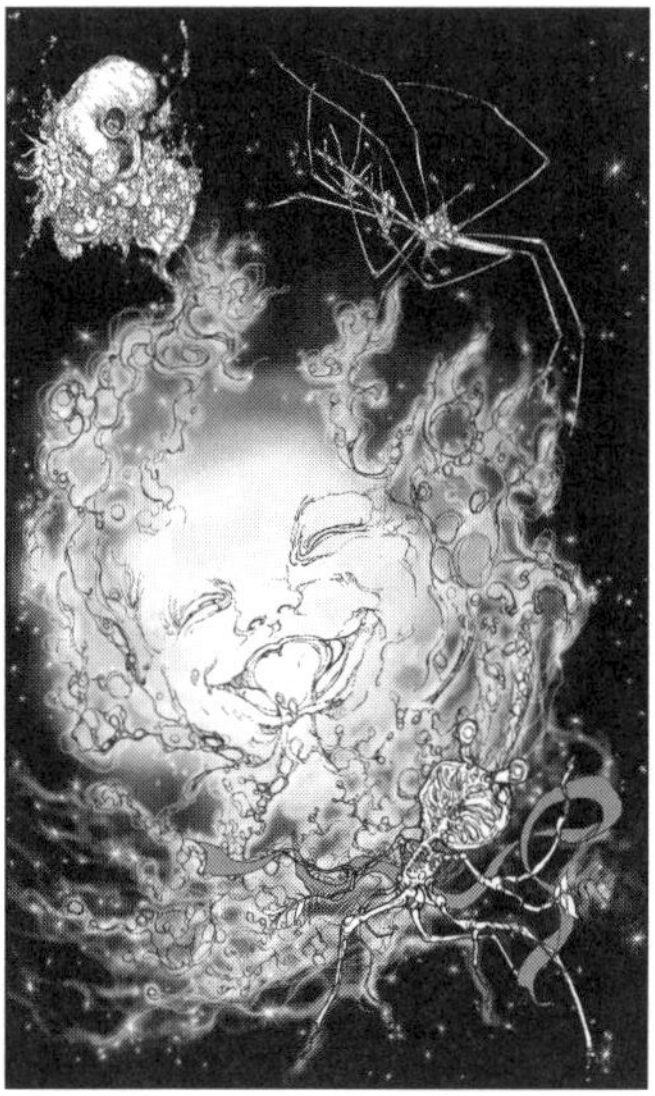

段落17

26から：正解

段落 21

76, 77 から：正解

探索者たちの代表は、緑色の髪にメイド服の女性やその主人をはじめ、さまざまなメンバーだった。古来から日本を霊的に守護してきた草壁家の当主、やはり日本から来た古物商や、ランドルフ・カーターに縁《ゆかり》ある青年魔術師、といった面々だ。

きみは彼らに、人類がなぜ滅びねばならぬかを説いているつもりだった。ところが、気がつくと、きみのほうが説き伏せられていた。

まだ人間には希望があるのだ、と思わされたきみは、自分の間違いを認めたくないために、しつこく反論した。きみが経験したのと同じ未来が訪れないと、時空がねじれ、この宇宙全体が滅びるかもしれない、と。だが、平行宇宙の存在によって、それも論破《ろんぱ》された。つまり、ここは生まれた時間にそっくりだが、別の宇宙なのだ。

そもそも、話しあってみようという決断そのものが、誰かにおのれの非道を制止して欲しいという、きみの潜在的な願いの産物だったのかもしれない。きみは、彼らの願いを受けて、邪神の覚醒《かくせい》を止めようと決意した。けれど〈無貌《むぼう》のもの〉は、巨大になりすぎていた。もはや、きみがどのようなビジョンを見せようと、配下のものたちは、一度信じて手をつけたことを間違っていたなどと認めなかった。それが人間の悪癖だ。〈無貌のもの〉の分派である〈黄昏《たそがれ》の天使教会〉や、〈暗黒神のしもべ〉〈野獣の声〉といったカルトも活動を開始していた。

きみは、探索者たちに情報を与えて、邪神崇拝《すうはい》者たちとの戦いを支援した。

きみは、探索者と対話をしてみることにした。優れた知性を持っているのなら、人類が滅亡に至る必然性もわかるはずだ。

戦いは急速に拡散した。やがてテロとの戦争の様相を呈し、ついには国家すら巻きこまれ、宣戦布告なき第三次世界大戦へと拡大してゆく。

結局、きみが知っていたものと形は違えど、世界は破滅に向かってしまったのだった。

きみと話しあい、説きふせた探索者たちも、使命に殉じていった。緑の髪の女性は、太古に作り出された奉仕種族ショゴスだったが、その彼女でさえ生き残れぬような激しい戦いになったのだ。月が砕け、南極が引き裂かれた。地球は、氷河期に突入しかけていた。

なんとかしてやりたい。だが、きみの十億年の知識を使っても、どうすればいいのかわからない。

ついに諦めかけていたきみのもとへ、ある日、かつて〈無貌のもの〉の最高司祭だった男が訪れた。愚かな教祖を背後から操っていた、真の黒幕だ。探索者たちによって倒されたものだと思っていたのだが……。浅黒い肌をしたその男は、きみに向かって囁いた。

「楽しんでいるかい？　この戦乱の世界、混ざり合い乱れる世界こそが、きみの本当の望みだったんだろう？　一気に滅びるのはつまらないからね。もっと引き延ばそうよ？　なんだい、やり方がわからないのかい？　じゃあ、私に任せてくれればいいよ。ちょっと替わってくれないか？」

最高司祭は、自分ならきみを平和で穏やかな暮らしに戻してやることもできる、と言う。

彼を拒否するのなら、今の世界を形容する言葉を十の位、それに対するきみが抱く感情を一の位として、次に進む段落を選ぶこと。

提案を受け入れるなら【33】へ進むこと。

1：秩序　2：気球　3：共感　4：平穏
5：混沌　6：否定　7：執着

段落 22

15 から：正解

そもそも戦いなどしたくないから、〈古のもの〉たちは、ショゴスを生み出したのだ。そんな逃げ腰の状態で、勝てるはずもない。

我々は優秀な種族なのだ！　と〈古のもの〉は叫び散らしたが、プライドなど戦場では邪魔なだけだ。ショゴスが生み出されて以来、味方の損耗《そんもう》を考慮しない無謀《むぼう》な作戦ばかり行ってきた。だが、いまは自分たちが戦うのだ。臆病になり、わずかな損害で早くも撤退をはじめる始末だった。

その敗退に次ぐ敗退を止めたのは、きみが授けた新しい武器だった。

これまでの戦いに使われていた手法、すなわち科学技術と異なるものを、きみが提示したことによって、状況は一変したのだ。

きみが教えたのは魔術だ。魔術とは、異なる世界の法則をこの世界に導入するための技術である。きみに教わった魔術によって、〈古のもの〉たちはショゴスの封印が可能になった。かつて〈古のもの〉たちは、彼らが持つ最高水準の科学を駆使してショゴスを生みだした。ショゴスに与えられた不死の肉体は、〈古のもの〉自身にも打破するのは難しい。しかし、異界の論理なら、ショゴスの肉体の不滅性を打ち破ることができた。

敗退を重ね、怯えきっていた〈古のもの〉たちは、一度優勢になると、徹底してショゴスを追い詰めた。だが、ショゴスもまた、おのれら種族を滅ぼしてもかまわぬという勢いで反撃してくる。つのる憎しみが、叛乱《はんらん》当初の動機であった死への恐怖すら押し流したのだ。

いつしか、憎しみだけが互いの陣営を支配していた。どちらかが殲滅《せんめつ》されるまで、この戦いは終わらない。

ショゴスたちは、魔術の指導者であるきみこそが、自分たちを追いつめる元凶であると考えた。きみを〈古のもの〉のもとから奪いとり、可能であれば破壊する。それを戦略上の大目的として、行動を開始したのだ。

互いに、あまりにも同族を殺されすぎた。もはや和解は不可能である。優勢になったとはいえ、いまさら温情を示しても手遅れだ。

きみは、ショゴスにどう対処すべきか。

全滅を狙うしかないのか。

（……やつらを生かしておこうというのなら、最初から冷徹《れいてつ》に、狡猾《こうかつ》であるべきだった。利用するために、最初から飴を与えればよかったのだ。共存や共栄は、決して甘い選択ではない。他のどの選択よりもストイックに自分を律することができねばならぬ。おまえたちは、支配するということを甘くみていたのだ。……だがそれがいい。それもまた混沌を濃くする一要素なれば……）

そんなささやきが聞こえることもある。これは自分の声か、それとも？

ともあれ、きみは我が身を守るために、ショゴスを滅ぼさねばならぬ。きみはこれまで、神というべき存在に接する機会はあったろうか。神のやり口こそ、今は必要だ。神にふさわしい形容を十の位、そんな神に対してなすべき行為を一の位として、次に進む段落を選ぶこと。出会っていなければあてずっぽうの推測しかない。

一度でも選び損ねたなら、きみは、ショゴスによって破壊される。既に戦いに飽きているなら、破壊を受け入れたまえ。【65】へ進むこと。

1：おぞましい　2：美しい　3：神々しい
4：崇拝　5：畏敬《いけい》　6：侮蔑　7：交流

段落 23

36 から：正解

自分が映し出した、わだつみの深淵に広がる都市がいったい何なのか、きみ自身も理解していたわけではない。ただ、トラペゾヘドロンの内側からは、さまざまな光景にアクセスできた。スマートフォンの操作になれたきみには、近しい感覚で使えた。脳内での画像検索が可能で、さらにそれを外部に送り出せる。

きみが選んだ画像は、歪んだ異次元の幾何学によって構成された、巨石建築の都市だった。

深みへと向かう半魚人たちは、その画像によって、きみに興味を持った。掴みとって、自分らとともに深海を目指す。行く手には、きっと、きみが映したあの都市があるのだろう。

不安はぬぐえないが、もう前に進むほかにすべはないのだ。ここから脱出する手段がないことを、既にきみも悟っている。

いまやきみは精神だけの存在だ。闇の中をいくら彷徨《さまよ》っても、何にも触れない。おのが鼓動も感じられず、呼吸の音も聞こえない。魔術で魂が抜かれたか、それとも未知の科学的手段によるのか。そんな考えを持つこと自体、狂気の淵を転がり落ちている証拠かもしれないが。

だが、自分という意識がある以上、きみは生きている。生き続ければいつか救いもあるだろう。破滅の未来を変えれば、こんなことにはならないかもしれない。それには知識が必要だ。

どれほどの時間がすぎたのだろうか。我に返ったきみは、外のようすをうかがうことにした。

きみは、ひっそりと「窓」を開けた。異様な光景だった。四つの辺が直角にまじわる巨石が立ち並び、目指す先の五角形は、すべての辺が平行であるかのように見える。肉体がなくても、眩暈《めまい》がして吐き気を覚えるのは不思議だった。

きみは、耐え切れずに「窓」を閉じた。

しばらくして開いたら、今度は生理的におぞましい光景が飛びこんできた。きみは、無数の古代魚の惨殺《ざんさつ》死体に埋もれていたのだ。

ずぶりと古代魚の内臓にさしこまれた手が、トラペゾヘドロンを掴む。引き上げられたきみは、まぶたのない丸い目に見詰められた。嗅覚《きゅうかく》などはないはずなのに、あたりが生臭さで満ちた気がする。表情などわからぬ、魚と蛙《かえる》を醜くなるようにまぜあわせた顔だが、きみは、こいつが何を考えているのか、はっきりわかる。好奇心だ。内臓漬《づ》けは、きみの構造を調べるためだったらしい。

きみが眠っている間に、他にどんなおぞましい実験がなされたかは考えまい。きみについて調べるため、他にも多くの半魚人が集まっていた。

彼らは、トラペゾヘドロンを囲み、激しい身振り手振りを行っている。どうやら彼らは、きみが自分たちにとって危険なものか、利益をもたらすものか、決めかねているようだ。

彼らには「父」と「母」と呼ばれる、二体のリーダーがいるようだ。そのどちらに判断をゆだねるかと彼らは論じている。「母」という概念で呼ばれるものは、深みに棲むものたちの繁栄と増殖を導く存在だ。「父」とみなされている存在は、外敵の打破と資源の奪取を司っている。

きみが干渉しないなら「父」のもとへ向かう。

【31】へ進むこと。「母」に向かいたいなら、この太古の海で繁栄していた生き物を、豊穣《ほうじょう》のシンボルとして大きさ順に映しだすこと。三度間違ったら時間切れだ。「父」のもとへ向かう。

1：山羊《やぎ》　2：藻　3：麦畑　4：鯨
5：ミツバチ　6：三葉虫《さんようちゅう》　7：リンゴ

段落 24

72, 73, 12, 14, 25 から：正解

きみは意識を取り戻した。

深い闇から浮上して、意識の窓をそっと開けて、外界を探知してみる。

飛びこんできた風景は、間違いなくきみが、肉体を持っていたころに生まれた時代のものだった。

薄暗い、広い部屋の一角だ。きみは、ガラスケースの中に安置されている。ほかにも多くの品々が、ケースにおさめられていた。

どうやら博物館か何からしい。きみは、どこかに埋もれているところを発掘されたようだ。

不特定多数の人間の前で展示され、時には強い光をあてられることもあるだろう。そんなことになれば何が起こるのか、きみにも予測がつかない。きみの意識が眠っている間も〈輝くトラペゾヘドロン〉は自動的にさまざまな反応をしていたはずで、手にしたものを破滅においやったこともあるに違いない。そうしたことが、無差別に起こるとしたら……それがあの、きみが肉体を失った、人類破滅の日につながるのかもしれない。

だとしても、自分に何ができるというのか……きみが、状況に流されようとしていたその時だ。

誰もいなかった博物館の部屋に、誰かが入りこんできた。影のような、奇妙な人物だ。きみの感知力をもってしても、正体が掴めない。やすやすときみを博物館の外へ運びだしてしまう。

きみは、影のような人物にビジョンを見せようとはしなかった。だが、そいつはすべてを把握しているかのように、きみに告げた。

「好きなようにすればいい。おまえの選ぶすべての道が私に通じている。放置していてもよかった。だが、こういうのも悪くはないだろう」

影のような人物は、くすくすと笑った。世の中

をひっかきまわし、真剣な願いをまぜっかえすことが至高の喜び。そんな笑いだ。

影のような人物が、きみを引き渡したのは、〈無貌のもの〉と名乗る一種のカルトだった。世界の真実など何も知らない。信仰の場では無表情な仮面をつけ、顔と個性を捨てて安楽を得よう、という下らぬ教えである。その教祖は、これを使えば予言などの奇跡を演じることができると囁かれ、高額を支払ってきみを入手したらしい。

この俗物は、ビジョンを見せることで容易に操れるだろう。影のような人物は、きみを教祖に引き渡した後、太陽に照らされたように消えた。

さて、どうしたものだろう。あの破滅の日を避けるよう努力してみるべきだろうか。あの日がなければ、きみは十億年の放浪をしなくてすむのかもしれない。だがもちろん、時空に決定的な狂いが生じてしまう可能性もある。

精神が〈輝くトラペゾヘドロン〉に移り抜け殻になってしまった肉体に、いまのきみが入ることもできるのかもしれない。そうなっても、再び死ぬだけかもしれないが。

経験した過去から逸脱《いつだつ》するのを恐れ、欲望のためきみを手に取る愚かな人間たちなど滅べばいいと思うなら、以下の七つの選択肢から、ひとつの単語を選べ。時を前後して、過去と未来のつじつまがあわない状況を指し示す単語だ。十の位も一の位もその数字である段落に進む（1を選んだなら段落【11】ということだ）。

二度選びそこねると、きみは、やはり多くの人間を見殺しにはできないと思う。そもそも最初からそう考えている場合も【32】に進むこと。

1：動乱　2：戦争　3：平和　4：覚醒
5：平行　6：夢幻　7：矛盾

光。銃声。絶叫。

憤怒。悲嘆。絶望。

きみの一部は、間違いなくその混乱を心地よいと感じている。


きみは結局〈星の智慧《ちえ》〉の拠点《きょてん》であった廃教会の片隅に、長い年月ずっと転がされていた。

廃教会には、まだ無数の邪神信仰について記された書物が残されており、教団が引き起こした事件への好奇心に駆られて入ってくる者もいた。

多くの者はすぐに怯えて立ち去ったが、大胆にも深く入りこみ、数々の書物やきみを手にする者もいた。なんとも愚かなことに、書物に記された魔術を試してみたものさえいた。

たったひとつの文字を発音し損ねて、稲妻《いなづま》に打たれて燃え尽きた男もいる。新聞記者だった。

特筆すべき男が教会に入りこんできたのは、あの争乱から四十二年後のことだ。

その男は、ロバート・ブレイクという怪奇小説家だった。なぜか、その男の手におさまった時、きみは自分自身であるはずの〈輝くトラペゾヘドロン〉を制御できなくなったのだ。

段落 25

63 から：正解

結局、警察はきみを押収《おうしゅう》することまでは、手が回らなかった。

きみをずっとものほしそうに見ていたコービットも、どこかへ消えてしまった。あの男は「死後の生」に執着《しゅうちゃく》していたようだったが、果たしてきみから引き出した断片的な知識で何かできたろうか。死後、おのが屋敷を訪れる人間を、殺すか狂気に陥れるのがせいぜいだろうと思うが。

ともかく、警察の突入と、それに続く邪悪な闇の権限によって大勢が死に、キリスト教徒も邪神の信者もおのが信仰を砕かれ、この場所から永遠に立ち去っていった。

ビジョンは流れだしていった。

願わずして、ブレイクは、きみの中に蓄えられたビジョンを見てしまったのだ。

きみは機能不全を起こしており、自分が見せるビジョンをコントロールできなかった。それはただのビジョンでは終わらなかった。実際に、物理的な影響をさえ及ぼすことができたのだ！

ついにそれが極限に達した時、ロバート・ブレイクは書きはじめた。猛然と。彼にとって、迫りくる恐怖は幻影ではなく、現実だったはずだ。しかし彼は逃げず、直面したものを記録し続けた。

彼は作家だった。そもそも、どんな時にも書き続けるような人種であればこそ、彼は作家になったのではあるまいか。

彼がこう書いた時、きみは一端を理解した。

『わたしがあいつであいつがわたしだ』

きみが呼び出してしまったビジョン。あれを生んだのはブレイクであり、そしてきみだ。幾多の思念、記憶、人生、想像力が、時空を超えてひとつの混沌として束ねられた時、あれは生まれる。這い寄る混沌が。きみが暴走したのは……。

（忘れろ）

気づきそうになった時、声が内から響き、きみは意識を失った。【24】へ。

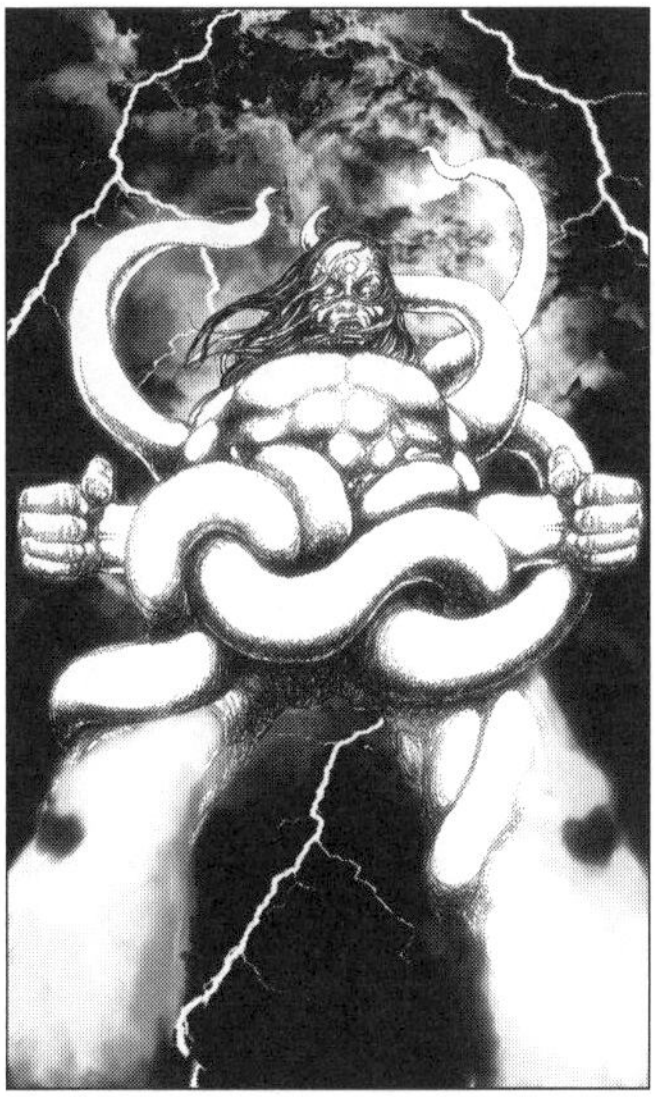

段落 26

42 から：正解

精神のみの生活は、きみから、多くの『人間』的な感情を奪っていた。

だが、まだ一つだけ、人間の感情が残っている。

それは『好奇心』だ。

もっと何かを知りたい、宇宙の秘密を突き止めたいという欲望だ。〈古のもの〉の中には、すぎた知識は我が身を滅ぼすと恐怖に屈したものもいた。だが、きみと同じく好奇心で恐怖を抑えた数百名は、宇宙の深淵を旅し続けることを選んだ。

彼ら〈古のもの〉たちが使っている宇宙航行機械は、旅する間にも改良が重ねられ、恒星間《こうせい》どころか、銀河系間の旅でも〈古のもの〉たちの生命を守ることができるようになった。

あてどなく、知識の手がかりを求めて宇宙の旅を続けるきみたちが、ついにおのが目的とするべき情報を手に入れたのは、恒星を持たず、宇宙を放浪する惑星に出会った時のことだった。

この惑星表面には、驚いたことに、知性を持つ湖というべき奇怪な生命体が存在したのだ。

液体窒素《ちっそ》を基礎として構成されるその湖は、地球での常識にはあてはまらないが、確かに生命体であり、体そのものが、ある種の超電導素子で構成され、宇宙規模のコンピュータともいえる、知識の集合体だった。きみと〈古のもの〉たちは、湖の豊富な知識を図書館にたとえたものだ。

その生きた図書館によれば「形無き虚空の深奥《しんおう》」に、あるいは「時空も思考すらも超越した無明の洞房」と呼ばれるどこかに、「あらゆる超越的なるものを生み出し、あらゆる超存在を冒涜するもの」が存在するのだという。

ようやく、実在する神の手がかりを掴んだきみたちは、探索を続けた。ただひたすらに知りたいという欲望だけに従って。

そして、きみたちの願いは、この銀河系の中央にある巨大な黒洞に突入することで、かなえられた。きみにとっては、遥かな昔、あるいは遥かな未来、肉体を持っていた時代にはブラックホールと呼ばれていた、時空の歪みだ。

だが、「神」である存在の実態は、やはり恐るべきものだった。時空の果てで、その『存在』を感じた時、旅を共にした者らは即座に発狂し、精神と肉体も自壊させてしまったのだ。

それは視覚では捉えられなかった。もちろん匂いはなく触れることもできない。ただ、その周辺に存在する空間の歪みがきみを振動させ、まるでフルートが奏でられているかのような「音」だけを認識した。そこでは空間そのもの、時間そのものが、うねっている。時間や空間を直接感知できる超存在にとっては、それは音楽や踊りに相当するのだろう。

他の者と違ってきみが存在し続けることができたのは、結晶体に蓄積されたデータの塊《かたまり》と情報処理システムが、きみの精神を支えてくれたからだろう。だが、きみも、時空を超越して存在することの圧倒的な「もの」の前では、長い時間はもたないだろう。

神の前でも、ある感情を抱き続ければ、きみの心だけは夢へと逃れられる。あるいは、ただ存在したいだけなら、心の一部を捨てればよい。それぞれ二文字の単語である。漢字を組み合わせ、その単語を示す段落へ進む。一度でも選び損ねたら、きみの精神は壊れてしまう。【43】へ進むこと。

1：自　2：精　3：希　4：望

5：絶　6：神　7：我

段落 27

11 から：正解

蝙蝠《こうもり》のような翼。
人に似つつもおぞましい屈強な漆黒《しっこく》の肉体。
宇宙空間をも飛ぶその生き物には、顔がなかった。

かつて見た悪夢に、このような怪物が登場したような気もする。

そのことが、選択の決め手だ。

周囲を飛ぶ怪物どもの多くが、きみの知識からかけ離れ、悪夢よりもっとおぞましいどこかからやってきたような存在であったのに対して、この無貌の生き物は、手足を持って人間に近い形をとっており、そしてその仕草もまた、人間を思い起こさせるものであった。

つまりは、他の怪物どもに比べれば、この無貌の悪魔めいた生き物は、自分に理解可能な存在ではあるまいかと、きみは感じたのかもしれない。

トラペゾヘドロンが投影したビジョンがどのようなものであったか、内部にいるきみには、いまのところわからない。

ともあれ、無貌の怪物は、宇宙空間を飛行しながら、トラペゾヘドロンを掴んだ。

その途端、なぜかきみは、くすぐったさを感じた。まるで、きみ自身が掴まれたように、だ。鉤《かぎ》爪《づめ》の生えた指なのに、妙にやわらかい感触だった。

くすぐったさはどんどん増してゆく。やがて、きみの口から笑い声が漏れた。いつまでもそれは止まらない。ふつうであれば、とっくに呼吸が苦しくなって、息も絶え絶えになっているであろう時間がすぎても、きみはなお、平然と笑い続けていた。くすぐられ、笑う。笑う。笑う。

その笑いは、やがておさまっていった。きみは、気がついたのだ。くすぐられて笑っているのは、自分に肉体があったころの記憶が、勘違いさせているにすぎないと。

そうだ。きみにもはや肉体はない。きみの精神だけが、この〈輝くトラペゾヘドロン〉の内部に囚《とら》われているにすぎないのだ。

きみは、ぐんぐんと近づく月を見つめながら、考えこんだ。視覚もあり思考もできるのは不思議だが、その仕組みは考えないことにする。

精神が謎の多面結晶に宿り、思考と知覚、わずかな意思表示だけが可能という状況だ。あの声が

告げたように、とにかく生き延びることを考えよう。遠い未来の希望を失うな。自分に言い聞かせているうちに、怪物はきみを投げ捨てた。
青い地球が、きみの頭上に浮かんでいる。大陸の形はまるで違っていたが。周囲は荒涼たる月面で、できることはない。気が狂ってしまうほど退屈だ。生身があれば、逃避の手段もあるが……。
いや、精神だけでも可能かもしれない。生身なら避けられない休息をもたらす生理現象を十の位、それがもたらす逃避を一の位として、次に進む段落を決めること。
その時、きみの頭上を先ほどとは別の、異形の影が飛んだ。気になるなら、段落【66】へ進む。

1：魔術　2：門　3：眠り　4：夢
5：闇　6：輝き　7：食事

段落 31

深みに棲むものたちは、彼らが「父」と崇める存在のもとへ、きみの精神が宿る、漆黒の結晶を届けることに決めた。

どうやら、なかば魚でなかば人間という姿をしたこの種族は、自然に死ぬことはなく、際限なく成長を続けるらしい。「父」と「母」は、最も古くから生き続けているものたちなのだ。

深みに棲むものたちが繰り返す言葉から、どうやら「父」の名は「ダゴン」というようだ。もちろん、きみの知る言語で、かろうじて近い発音になるのが、その文字の並びだ、ということだが。

深みに棲むものたちが暮らす深淵の、最も深い地。陽光は届かない。けれど、大地の割れ目からぶくぶくと噴き上がる熱泥《ねっでい》が、海水を煮えたぎらせている。赤外線を見ることが可能なら、そこはぎらぎらとして光に満ちた世界だった。

きみは、可視光線外のさまざまな電磁波を、視覚として捉えることができるのだと、その時に知った。精神だけが、謎の結晶体に宿っている今の状態で、自分に何ができようが驚くにも当たらないが、そんな視覚はないほうがよかった。なければ、父なるダゴンの姿など見ずにすんだ。恐怖が、きみの人間性の一部を砕き、幼子《おさなご》のごとき思考しかできぬほどに、心が麻痺してゆく。

ダゴンはただの巨大な半魚人ではなかった。

あらゆる海の生き物が絡まりあって、人とも魚ともつかぬ形の、小山を作っているようにも見えた。その存在感は、あまりにも圧倒的だ。表面は鱗と甲殻《こうかく》が、うねり、ぬめり、常に動いている。殴りつければ、そのまま抵抗なくずぶりと飲み込まれ、そして上下左右から貪《むさぼ》り食われそうだ。だが、何より恐ろしいのは、まぶたのない、巨大な丸い目が、冷徹《れいてつ》な知性を湛《たた》えていることだった。この存在は、確かに神なのだ。

地球最深の海溝を底まで見通す神の目が、きみを見つめている。その瞳で、深海の神は何を見つけたのか。かすかな怯えを感じたのは、きみが狂気に呑まれつつあるあかしだろうか？

そして、父なるダゴンは、決断を下した。

（……これは……我らによって危ういものだ）

声なき声の大いなる響きだけで、きみの精神は、実体があるかのように吹き飛ばされかけた。きみが〈輝くトラペゾヘドロン〉にしがみついている間に、父なるダゴンは、次なる行動に移った。

その巨大な口を開いて、めいっぱい海水を吸いこんだのだ。ここまできみを運んできた魚人間たちが必死で逃げ惑う。激しい水流が、きみをダゴンの腹中に運んでいった。

ダゴンは、おのれの身のうちに〈輝くトラペゾヘドロン〉を封印しようとしたのだ。

自ら動くこともかなわないきみに、抗うすべは何もない。きみは、父なるダゴンの胃の腑《ふ》へとおさまった。そして、可視光線外でものを見ることなど、できなければよかったのにと、またも後悔するはめになった。

そこでは、ぐしゃぐしゃに噛み砕かれた巨大な水棲爬虫《すいせいはちゅう》類や、古代の巨大鮫《ざめ》の死骸がどろどろに腐り、正体不明の機械らしきものが錆《さ》びついていた。何よりおぞましいのは、無数の足をそなえた寄生虫らしいものが、数百匹も這い回っていたことだ。そいつらは、新しい餌《えさ》ではないかと、きみの表面を波のような動きで這いずりまわった。

きみは気絶し、夢に逃げることもできる。ならば【34】へ進むこと。耐えて意識を保とうとするなら、波のリズムに身を任せよう。子供の思考で「な・み」から連想する数字の段落へ進むこと。

段落 32

61 から：正解

きみはまだ、人類という昔馴染《なじ》みの存在に、希望を抱いているようだ。

すっかり忘れていた愛という感情も、まだ残っていたらしい。多くの人々が犠牲になることを、このまま見逃すわけにはいかない。

一つ気になるのは、タイムパラドックスだ。きみが止めると破滅の日は発生しない。破滅の日が訪れないから、いまのきみは存在しない。きみがいないと破滅の日が起こる……というものだが、並行宇宙が実在するのだから、そのへんの矛盾はなんとかなるだろう。

きみは、気楽に考えることにした。いまは、この肉体を持たない不自由さにもすっかり慣れている。なにせ軽く十億年あまりもこの状態でいるのだ。いまさら、人間の肉体に戻れる気もしない。

かくして、きみは、あの破滅の日を避けるために、活動をはじめた。

といっても、きみにできることは、予言として、ビジョンとして、あの日の光景を人々に伝え、警告することだ。

まずは〈無貌のもの〉の教祖やその教団の中枢《ちゅうすう》のメンバーを改心させようと考えた。

教祖は、私利私欲のためにきみを利用しようとしていた。犯罪行為に手を染めていたし、実際に、太古の邪悪な神の力を利用しようと考えていた。幸い、古い魔術についての教祖の知識は断片的なもので、せいぜいが屍食教典儀《しょくきょうてんぎ》の劣悪なコピーくらいしか持ち合わせていなかった。

幹部の多くも、教祖の類似品でしかなかったが、教団員たちのうち何人かは敬虔な信仰心を抱いており、清廉《せいれん》な生活によって心の救いを得たいと、心の底から考えていた。

32

もちろん、だからといって、安易にきみの予言を与えるべきではない。選ばなくては。

しばらく遠隔《えんかく》視や過去感知も駆使して、教団内の観察を続けたきみは、ひとりの若者に目をつけた。白人と東洋人のハイブリッドで、金の髪が美しい、秀麗《しゅうれい》な容貌の持ち主だった。

彼はまだ加入したばかりだというのに、教団の中で、急速に頭角をあらわしていた。だが、邪悪な行為には決して手を染めず、であるにもかかわらず、巧妙に立ち回っては、教団に利益をもたらしたように見せかけていた。たとえば、教祖らが中途半端な知識で珍重《ちんちょう》するが、実際には毒にも薬にもならぬ魔導書を、何冊も持ち帰るなどだ。

きみは、この若者が、ほかの教団員など足元にも及ばぬ本物の魔術師であることを見抜いた。

どうやら、この教団を内部から調査するために入りこんできたようだ。大事な時には、用心深くも遠隔視を遮《さえぎ》る結界を利用しており、背後についているのが誰なのかまではわからない。

だが、きみにはそれが推測できた。記憶がぼんやりと蘇ったのだ。獅子のごとき若者は、かつて夢の中で出会った人物の面影を持っている。偉大な魔術師だった彼の子孫に違いない。この時間線で出会っていなくても、潜在意識にひっかかる名があれば、その名をビジョンとして呼びかけることで、若者とわかりあえるだろう。

呼びかける名を十の位、彼と共になしとげたいことを一の位として、次に進む段落を選ぶこと。何度でも、頼りになる仲間を見つけるまで、ねばりづよく試してよい。

1：世界平和の実現　2：ブレイク
3：教団壊滅《かいめつ》　4：ピックマン　5：クロウ
6：カーター　7：邪神復活の阻止

ふはははははははは!!

きみの内側におぞましい高笑いが広がっていった。

その時、きみはすべてを理解した。

段落 33

すべてのきみが、きみとつながる。

きみこそが、平行宇宙の混沌を体現した存在だ。パラレルに存在する無数の宇宙。神はそれを一望する視点を持つ。

無数の宇宙を一度に認識したいまこの時、きみは神の目を持ったことになる。神の認識力をそなえた時、きみは神になった。

多元宇宙の各所で、さまざまな手段で生まれる無数の可能性。その集合体こそが、〈這い寄る混沌〉と呼ばれる神性であるのだ。

混沌はあらゆる可能性を含む。美しきもの、醜きもの、時には至上の善であり、あるいは汚泥《おでい》に染まりし邪悪でもある。あるものは銀髪の美少女であり、あるものは世界を守るために戦い、あるものは巨大ロボットとともに宇宙を駆ける。またあるものは浅黒い肌の男として世界を破滅に導き、別のものは人類を壮大な遊戯《ゆうぎ》のコマとする。

あらゆる可能性の重なりあいとして、ナイアルラトホテップと呼ばれる神は存在している。

そしてナイアルラトホテップの卵が〈輝くトラペゾヘドロン〉だったのだ。

無限の可能性の中には無数の〈輝くトラペゾヘドロン〉ではないナイアルラトホテップもいるが、同時に無数の〈輝くトラペゾヘドロン〉から生まれるナイアルラトホテップも存在する。

時は堂々めぐりとなる。可能性が重なり合い、最初のナイアルラトホテップが生まれた時、混沌の神は自らを生み出すべく、無数の種を無限の平行宇宙に撒いた。無限を理解するのは、神にのみ許されたことだ。

その最初のナイアルラトホテップが、どうやって生まれたのかは誰も知らぬ。

それは、邪神が架空の存在だと思われている時間線での、とある書物を読んだものたちの空想からかもしれない。およそ想像しうるすべては、無限の宇宙のいずこかに存在する。

きみは、その可能性の一つとして、混沌を形成する一部となった。いまのきみは、何者でもありうる。さまざまな宇宙に偏在して、なしたいことをなす、肯定する神となったのだ。

ナイアルラトホテップとなったきみは、小さな青い星に、可能性の多面体をふりそそがせる。

そこにもまた、きみはいる。

True END

奇妙に思えるが、きみは本物の眠りにつくことができた。本物だといえる理由は、夢を見ることができたからだ。

段落 34

26, 27, 75 から：正解

きみは、もとの姿で、深い洞窟《どうくつ》を前にしていた。刻まれた階段を、きみは下ってゆく。そうしようと考える前に、既に体が動いていた。

階段を下りきったところは広い空間になっており、その壁面は、炎をモチーフとした浮き彫りにびっしりと覆われていた。正面には、さらに深くへと下る通路が、ぽっかりと口を開けている。

きみの体が自動的にその通路へ進んだ時、左右からさっと伸ばされた手が、きみをさえぎった。

通路の左右に立ち、冷たい炎が身を飾る、人種どころか性別すら判然とせぬ長身の人物たちが、通路の右と左に一人ずつたたずんでいたのだった。

彼らは、あらゆる時代、あらゆる地域において聖職者として通じる、白いゆったりした衣服に身を包んでいる。深い泉のような目が、きみを見つめ、そしてゆるやかに首をふった。

「少し、こちらでお茶でもいかがかね」

穏やかな声が、背後から聞こえた。

ふりかえると、そこにはガーデンテーブルと二脚の椅子が置かれており、片方の椅子には、精悍《せいかん》で知的な印象の中年男性がひとり、古風なスーツをまとって座っていた。

これは本当に夢だな、ときみは思う。

「座りたまえ」

と、男に言われ、きみは勧められるままに腰をおろした。時を同じくして、テーブルの上には、きみの嗜好《しこう》を反映した飲み物と軽食が出現した。

それに対するきみの反応を、にこやかに見つめながら、眼前の男が口を開いた。

「この先へ行けば幻夢境《げんむきょう》だ」

そんな場所のことは聞いたこともない。

「私はカーター。なんというか……この先にある夢の国が、できる限り穏やかな場所になるように働いている。争乱や侵略を防ぐために」

警官のようなものかと尋ねると、カーターと名乗った男は曖昧《あいまい》にうなずいた。

「私のことより、きみは、いまの自分がどういう状態なのかを理解しているのかね？」

それこそが、きみの知りたいことだ。

カーターは、感情を抑えた顔つきで、きみに説明してくれた。

「きみは、おぞましい運命の檻《おり》に囚われている。人智を遥かに超えたある存在が、おぞましい目的のために、きみの精神を肉体から引きはがし〈輝くトラペゾヘドロン〉と呼ばれる物体に閉じこめたのだ。だが……打開策はある。一つは、この先にある幻夢境で静かに暮らすことだ。かりそめの夢でしかないが、私としてはそれを勧めたい。だが、きみが、肉体を取り戻したいというなら……」

カーターが手をあげると、きみがやってきた洞窟の壁ぞいに並ぶ燭台《しょくだい》に、炎が点《とも》った。

「ふたつめは、あの道を戻り、いままでの経験を夢だとして、トラペゾヘドロンの中で、一からやり直すことだ。あるいは、時と空間を超えて、望む別の時代と場所に存在するトラペゾヘドロンに、その精神をあらわしてもいい」

前の洞窟をさらに下って、夢の中でかりそめの安楽な暮らしを求めるのであれば、【47】へ進む。

やってきた道を戻るなら、【11】へ戻って再度たどり直してもよい。時代を超えることを試みるなら、【72】へ進むこと。

段落 35

神は実在する。

天地創造の神として、信仰の対象となっていたような「神」ではない。

人間や、それに類する知性体とは隔絶《かくぜつ》した知性や力を持つ存在が神だ。神はその存在そのものが、異なる次元にある。因果《いんが》を超え、物理法則を無視し、人間からの理解を絶しており、神という言葉をあてはめるしかない何かなのだ。きみは多くの神を見てきた。

そして、大地の底に住む、蛇の姿をした知性体のもとへさしだされ、また新たな神に出会う。

蛇人間たちの目的は、きみの存在を分析し尽すことだった。彼らが駆使するのは「錬金術」と呼ばれる技術体系だ。きみが「科学」として知っていたものと同じ方法論で魔術を発展させたものだ。

深い地底で、マグマの光に照らされ、地熱を動力源として、蛇人間たちは暮らしていた。魔術によって、地上の大型爬虫類に金属を埋め込んで労働力とし、自分たちは日々、錬金術によって真実の探求に励んでいたのだ。

そんな蛇人間にとって、ビジョンを示すきみは、魅力的な研究対象だったのだろう。きみも、深みに棲むものたちへの奉仕から解放され、再び自分自身のことを考える余裕を持ち、おのれが置かれた状況を知るため、調査に抗わなかった。

だが、研究はまったく進まぬうち、中断された。より上位の存在が、きみをさしだすように命じたからである。蛇人間たちの崇める神が。

蛇人間たちは、長い長い首を持つ巨龍にまたがり、きみをマントル層まで運んで行った。

彼らの神は、そこで螺旋《らせん》を描いていた。

大陸を破壊する膨大なマグマを浮き上がらせ、地球の核まで沈める、壮大な対流。その対流そのものが一個の巨大な知性だ。地球磁場そのものが他の惑星磁場と共鳴して、宇宙的ネットワーク知性が生じる。螺旋の動きを、蛇人間の知性はとぐろまく蛇と表現し、彼らの神をイメージした。繰り返される時と、死と再生の神。

蛇の神イグのもとへ、きみは投擲《とうてき》された。

（……汝は興味深い）

イグの圧倒的な思考波が、きみを翻弄《ほんろう》する。

（……汝はいくつもの可能性の重なりあいだ。何者かが、すべての可能性を結びつけるため、おまえという存在を作りあげた）

イグの思念から、きみに理解できた限界が、このようなものだった。

（……汝を破壊すべきやもしれぬ。汝が受け入れるなら、すべてを量子の海へ帰すこともできよう。されど汝の可能性の重なり合う結果は興味深くもある。破壊の可能性もまた、汝を作りだした存在の想定内やもしれぬ。観察しよう、時をただよう汝を。興味深き分岐へ送り届けてやろう）

イグは、大きくとぐろを巻くと、活発に動き出した。磁場が集中し、時空に穴が開く。その影響によって、地表の環境は激変し、生物の九割が死滅したが、イグにとっては些細《ささい》なことだ。深海や地底のものたちには影響がない。

時を超える穴の彼方に、まばゆく光るものを掲げる帝国が、愚かなふるまいをするのが見える。海の神が統《す》べる地が、破滅に瀕《ひん》しつつ絆《きずな》を結ぶのも見える。どちらに進むとイグに頼むべきか。

向かう時代を支配する国の象徴を十の位、迫る災厄《さいやく》の種別を一の位として次の段落を選ぶこと。

いっそ無に帰りたいなら【65】へ進んでもよい。

1：太陽　2：戦争　3：月　4：海神

5：火事　6：沈没　7：トール

段落 36

11 から：正解

蛸のような、といっても、それはのたくる長い触手が、地球の海の生き物を連想させる、というだけの話にすぎない。

内なる声は〈輝くトラペゾヘドロン〉から外部に向けて、幻の映像を送り出す方法を、きみに教えてくれた。時空を歪め、過去か未来、あるいは遠く離れたどこかで起こること、あるいは既に起こった出来事を、どのような感覚器を持つ存在にも『ビジョン』として伝えられるのだ。

何を見たのか、蛸のような怪物は、虚空を渡ってきみに近づいてきた。うねりのたくる触手の塊が近づき、闇の多面結晶体を包みこむ。

その寸前で、きみは外部への「窓」を閉じた。

「コントロールは習得したな。後は……頑張れ」

声は遠ざかった。いくら呼んでも、罵声《ばせい》を浴びせても、二度と応じはしなかった。

それからどのくらい時間がすぎたか。移動の感覚もないまま、きみは闇の中で待ち続け、気が狂う寸前に「窓」を開いた。驚愕《きょうがく》する。

きみは海にいた。見慣れた青いそれとは違っていたが、見渡す限りの水面だ。しかし、その果てに、恐ろしくおぞましいものがそびえていた。

宇宙空間で見た、あのすさまじく巨大で計り知れぬ力を持つものが、そこで、みずからに匹敵する力を持つ、神話的何かと戦っていたのだ。

そびえるものは、きみをここに運んできた頭足類を連想させる触手の塊に、よく似ていた。だが、存在の重量そのものが段違いだ。それがいるだけで、この海に、死よりもおぞましい変貌が広がってゆくのが、きみには感じ取れた。

きみの開いた「窓」は、外の光景を視覚的に捉えるだけのものではない。滅ぼされる生物の、恐怖に満ちた心も、同時に流れこんできた。物理的な浸透力《しんとうりょく》さえそなえ、肉を腐らせそうな恐怖。

きみは、恐怖をシャットアウトするため「窓」を閉じた。加減の仕方がわかってきたので、わずかな隙間だけを残す。

戦いは、この星の環境すべてを変貌《へんぼう》させる規模だ。海にそびえる巨大な存在に、天空から訪れた何かが、襲いかかっている。核兵器にも匹敵する、破壊的なパワーの応酬で大量絶滅が生じている。

まさしく神々の戦いだ。慈愛《じあい》なき神の暴虐《ぼうぎゃく》から、あらゆるものが逃げている。きみも急いで、ここから逃げるべきだ。

しかし、トラペゾヘドロンは、自力で移動できない。つまり、宇宙の時と同様に、周囲の存在にビジョンを見せて、運ばせる必要がある。

細く開いた「窓」から、外のようすを確かめた。逃げ惑う生物のうち、役立ちそうな知性体は二種類だ。彼らの目的地を見せて注意を引こう。

まず一種は、宇宙空間でも見た、ウミユリ状の怪生物だ。何かの装置を使って飛行し、広大な陸地の奥を目指している。

もう一種は、人間に似た形の、深海を目指すものどもだ。蛙や魚など水の生き物めいた特徴もある。なかば魚のものらは、闘争している片方に肩入れしているようだ。

運ばせる生物を十の位、彼らの注意をひくビジョンの風景を一の位として、次に進む段落を探すこと。三度選び損なったら、きみは神のごとき強大なるものの闘争に飲まれる。【44】へ進む。

1：現代のビルディング　2：魚と人の混合体
3：深淵の異形の都　4：ウミユリ状生物
5：そびえたつ山脈　6：土星の猫
7：氷に覆われた異星の湖

段落 37

52, 71 から：正解

自分たちの知性に限りがあるのなら、より高度な知恵を持つものに尋ねればよい。それが、きみと〈古のもの〉たちが出した結論であった。

むろん、この地球上にも、神と崇められる存在はいる。だが、それらの多くは敵対的であったり、いまさら接触をとっても無駄に終わりそうな存在でしかなかった。

こうした「神々」の多くが、外宇宙からこの惑星へと飛来したことは、〈古のもの〉には既によく知られていた。

ならば、より知恵深き神を望むのであれば、そのものらが来た地へ赴《おもむ》くしかあるまい。

すなわち、宇宙だ。

旅をはじめるのに、さほどの困難はなかった。既に〈古のもの〉たちは、宇宙を旅する手段を持っていたからだ。大仰《おおぎょう》な宇宙船など必要ない。小さな機械を装着するだけで、ほぼ生身同然で宇宙を旅することができる。生命維持についても、肉体そのものの強靭《きょうじん》化で、問題はなかった。

どこへ行けば神に出会うことができるかについても、観測や飛来した神の来し方などから、いくつかの手がかりはあった。

むろん問題がないわけではない。そのうち最も大きなものが、太陽系内の制宙《せいちゅう》権だ。

気軽に星々の間を旅することも可能な技術力を持っている〈古のもの〉が地球にこもっていたのは、彼らに対抗する存在が、太陽系を縦横《じゅうおう》に飛び回っていたからである。

太陽の周辺を公転する最外縁の矮《わい》惑星、ユゴスと呼ばれる星で繁殖《はんしょく》する菌類だ。菌類とはいえ、知的生命体である。彼らもまた、遠宇宙からやってきた。ユゴスがその生育に最適の環境だったたため、いまや本来のユゴスはただの核となり、増殖した菌類によって、地球に匹敵するサイズとなっている。彼らは、これまで〈古のもの〉たちが宇宙空間に出るたび、襲いかかっては連れ去っていた。異常なほどに警戒心が強いのか、それとも他に理由があるのだろうか。

きみと〈古のもの〉たちが宇宙へ進出するのであれば、ユゴスにおいて菌類の撃退作戦を行わねばならない。

きみが〈輝くトラペゾヘドロン〉内を検索した情報によると、ユゴスに巣食っている菌類は、もともと、恒星をめぐらぬ放浪惑星の地下、光のない暗黒の中で進化してきた。この種族は、宇宙を生身で旅している間は光を通さぬ暗黒フィールドをまとっている。ユゴスそのものも、衛星をわざわざ重力で捕まえて、太陽光線を遮っているらしい。

この暗黒フィールドの出力を上回る光を浴びせてやれば、菌類は撃退できるはずだ。無からそれほどの光量を得るのは難しいが、太陽光を収束することで、なんとかなるだろう。

光を曲げるには、物理法則の基本となる四つの力の一つを使えばいいだろう。〈古のもの〉たちが宇宙を旅するのにも使っている。使用する「力」の種類を十の位、光を曲げる効果を持つ品の名を一の位として、次に進む段落で、ユゴスでの戦いを始めること。

二度、選び損なうと〈古のもの〉たちは敗北し、きみはユゴスの菌類に持ち去られてしまう。〈古のもの〉を見限り彼らのもとへ身を寄せることを考えてもよい。どちらにしても【13】へ進む。

1：核力　2：レンズ　3：メス　4：重力
5：超音波　6：コイル　7：電磁力

段落 41

71, 52 から：正解

活力を失いはじめた社会を支えるために、労働力となる新たな生命体を創造することが、〈古のもの〉のためにきみが提案した計画だった。

生命や社会を維持するための労働力、資源や領土を防衛するための戦闘力。それらを新たに創造した生命体に任せ、〈古のもの〉たちはその優れた知的能力を、真実の探求にのみ使う。

こうして、〈古のもの〉たちが研究に専念するための環境づくりを目指すのだ。

基本になったのは、運搬用粘液だ。

わずかな時間を費やして――といっても数十年は必要だったが、いまのきみの時間感覚にとっては短いものだ――それらは生み出された。

用途や環境にあわせて自在に変形する強靭きわまりない肉体を持ち、命令を理解できる以上の知性は与えられず、主人に絶対の忠誠を尽くす本能を植え付けられた人工生命。

この作られた生き物を〈古のもの〉たちはショゴスと名づけた。

ショゴスは、サーバントとして非常に優れており、みるみるうちに〈古のもの〉社会のインフラの担い手となっていった。

余裕ができた〈古のもの〉社会は、予定通り、自らの進化や社会の活性化のための研究に邁進《まいしん》した。だが中には、ただ安楽に暮らしたいと願い、働くことも研究もせず、ショゴスをおもちゃにして遊んでばかりの者もいた。だが、おもちゃにされても、ショゴスは何の文句も言わなかった。ふつうの生き物なら死ぬようなダメージを受けても、ショゴスは平気だ。戦争ゲームの生きたコマにしても、唯々諾々《いいだくだく》と従う。

ショゴスは、本物の戦争にも駆り出された。地底に住む〈空飛ぶポリプ〉をはじめとする、さまざまな種族の勢力争いにも、ショゴスは兵士として、そして兵器として使い捨てられた。

まったく別系統の科学技術を、あるいは魔術を使う敵との戦いは激しく、不死身に近い肉体を持つショゴスも、大きな犠牲を払った。

だが、ショゴスたちは怯えもせず、自殺的な攻撃を繰り返し、刺し違えて敵を追い払った。

ショゴスは犠牲となっていったが、生まれつき絶対の忠誠心を植えつけておいたので、反逆など誰も心配しなかった。ショゴスには、そもそも「自分」という意識を持たせていない。ゆえに欲望もないのだ。機械にすぎない。

ショゴス自身は不満を持たなかった。だが、そのことに歪んだ憐れみを覚えてしまった一団がいたのだ。可哀想だと喚《わめ》くことで、彼らはおのれの優位を確認できたのだ。自分たちに及ばぬまでも、ショゴスにも生き物としての権利はあってしかるべきと主張した。彼らは、ショゴスに知性を与えるべきだという運動をはじめた。

多くの無関心な〈古のもの〉の注意をひくために、運動は過激化していった。彼ら過激派をなだめる、あるいは共感して、きみはショゴスへの庇《ひ》護《ご》を与えてもいい。しかし、真にショゴスを自立させたいなら、知性に加えて与えるべきものを十の位、自立したショゴスと〈古のもの〉の間できみがなすべき役割を一の位として、次に進む段落を選ぶこと。

何度選び損なってもかまわない。

1：自意識　2：交渉者　3：慈母
4：懲罰《ちょうばつ》者　5：仲介者　6：欲望　7：勇気

段落 42

37 から：正解

太陽が発したすべての光を重力でねじ曲げ、一点に集中させる。そこは空間そのものが沸騰《ふっとう》しかねないほどの、すさまじい熱量の焦点となった。なんの防備もなければ、惑星一つそっくり蒸発させていただろう。

だが、ユゴスに繁茂する菌類たちが作り出した暗黒の力場は、〈古のもの〉たちが総力をあげたこの攻撃に、よく耐えた。劣勢にはなったけれど、完全な屈服はしなかったのだ。

矮惑星ユゴスは、闇の力場に包まれ、異次元の菌類を繁茂《はんも》させてきた。その菌類の層は何千にもおよび、惑星のサイズを地球に匹敵するほど、膨《ふく》れ上がらせていたのだ。

だが、〈古のもの〉の攻撃は、ユゴスを本来の大きさにまで縮めた。

そのようすを観察しながら、きみは、寂しさと罪悪感をなぜか覚えていた。それは、きみの精神ではなく、〈輝くトラペゾヘドロン〉のどこかに潜んでいたもののようだ。もし、友好的にユゴスを訪れていたなら、その理由もわかったのかもしれない。だが、そんな感傷《かんしょう》めいたものにひたっている暇は、きみにはなかった。

莫大なエネルギーを必要とする重力レンズ攻撃は、その制御も容易ではなかった。攻撃を終えようとした時、わずかな計算の狂いが、時空の穴、いわゆるワームホールを形成したのだ。

そのこと自体に、大きな問題はなかった。本当の問題は、そのワームホールの向こうから伝わってきたものだ。絶対的な重力の地獄、物質的な存在が通り抜けることなどあたわぬそこから、漏れ出てきた情報体があった。

悪意に満ちた高笑い、だ。

知性ある存在、いや生命体であれば、みながそれを感じたはずだ。その笑いは太陽系空間いっぱいに広がった。生き物の進化に悪意の芽を植えつけ、あらゆる精神に歪みをもたらすような笑いだった。それは、宇宙の彼方の大神が、卑《いや》しき種族のあがきを面白がった哄笑《こうしょう》であった。

その宇宙的な悪意にさらされ、多くの〈古のもの〉は、先へ進む意志をくじかれた。

あのようなおぞましい神がいるのだとしたら、宇宙に出ることなど嫌だ、危険すぎる、とほとんどの〈古のもの〉は感じてしまったようだ。自分たちの生活を支える労働力たる種族を作り、おとなしくいまの繁栄だけ享受《きょうじゅ》すればいい、と。

しかし、たとえ邪悪だとしても、あれほどの力に満ちた存在なら知識も豊かではないだろうか。

神のもとへ向かうなら、〈古のもの〉を説得して仲間を得る必要がある。〈古のもの〉は、短期間なら単独でも宇宙を旅することが可能だが、長期間であれば大勢で助けあわなければならない。

肉体と融合した特殊な装置により、力場を形成し宇宙を旅する。その力場同士を結んで巨大なフィールドを形作り、いわば目に見えぬ宇宙船を仕立てねば恒星間の旅は無理だ。

宇宙へ神を探しに向かうには、〈古のもの〉たちを説得せねばならぬ。ビジョンで彼らに意志を伝えるのは慣れたものだ。焚《た》きつけるべき感情を十の位、抑えつけるべき感情を一の位として、次に進む段落を選ぶ。

二度選び損ねるか、きみもあのような神に近づくべきでないと思うなら、【71】へ戻って選び直す。

1：憤怒　2：好奇心　3：悲哀　4：性欲
5：愛情　6：恐怖　7：勇気

段落 43

きみは、精神を肉体から切り離され、正体不明の結晶体に封じられ、それまで持っていた常識を粉々に砕かれるような経験を重ねてきた。きみの精神は、人間の域を遥かに超えているはずだ。

しかし、この存在を前にしては、きみは無力だった。並みの知的生命を超える知力も、膨れあがる恐怖を認識し、みずからが崩壊する苦痛をより長く味わうだけにすぎない。

きみの精神のすべてが、がらがらと崩壊して、塵《ちり》となって吹き飛ばされてゆく。

(……やれやれ)

きみのかけらが吸いこまれてゆく永劫の闇。そのいちばん奥から、声が聞こえた。

(……この時空の私は失敗したようだ。だが気にすることはない。崩壊した私もまた、素材として私を構成する一部には使える)

すでにきみの精神は崩壊寸前であり、この声が何を言っているのか、理解する能力は残されていなかった。

(……本当はどうしたかったのだ？　もとに戻りたかったのか？　その手段を求めてここまで来たのか？　そんなはずはない。私は、私以上のものになりたかったのだ、違うか？)

問いかけられても、もはや答えるすべはない。

(別の時空の私は､何を望むかな。楽しみだ。しょせん、すべては混沌に呑まれるだけだが)

高笑いが、最後に残ったきみの残滓《ざんし》を打ち砕いてゆく。きみは、ただ狂気に翻弄され、心を闇に呑まれて消えてゆく。……だが、望むなら【11】に戻って、最初からやり直してもよい。

ROOP　END

きみは間違えた。あるいは、迷いすぎたのだ。ふさわしい決断を下せず、選択できなかった。いまのきみが宿っている多面結晶体は、並の物質ではない。だが、それでもなお破壊されることはありえた。

何かのきっかけで、バランスが崩れれば、時空そのものを砕くエネルギーが解放されるのだ。一度、崩壊が始まってしまえば、もはやきみに止めるすべはない。

地獄というのも生ぬるいほどの激痛が、きみを襲った。精神そのものが引き裂かれる痛みからは、気絶によって逃がれることさえできない。

段落 44

12, 13 15 55
73 から：正解

きみは苦痛に苛まれながらも意識は明晰《めいせき》だった。

そんなきみの意識に、トラペゾヘドロンに取りこまれたあの時に響いた声が、久しぶりに届いた。

「……やれやれ。この時間線では失敗か。だが、これもまた幾多の混沌を織りなす一本の糸ではある。回収のために、闇を解きほぐすこととしよう。次の時間線ではうまくやってくれよ」

その意味も理解できぬまま、ついにきみの意識は、微細な断片に砕かれ……消えた。望むなら【11】に戻って、最初からやり直してもよい。

ROOP END

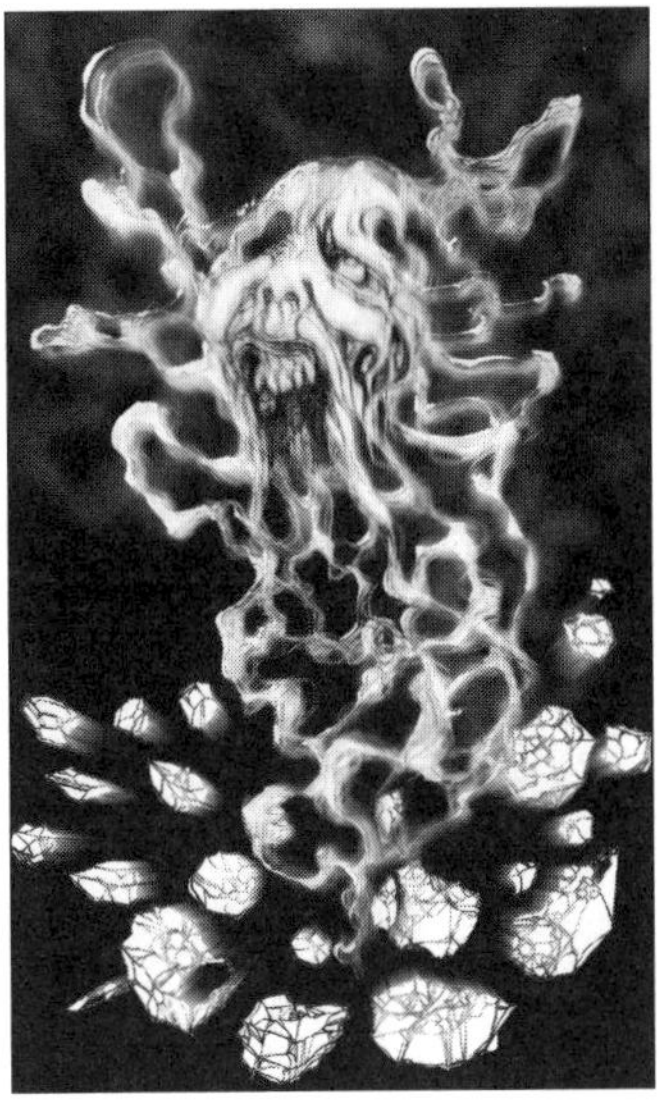

段落 45

11，36 から：正解

　ウミユリのような、という形容は、自分で思いついたわけではない。

と、思う。

　そんな生き物、これまでの人生で、聞いたこともなかったからだ。

　いや、これから送る人生で、だろうか。

　きみが存在しているこの時代は、あの声を信じるなら、遠い太古なのだから。きみが生まれ、育ち、日々をすごすのは数億年先の未来だ。

　このトラペゾヘドロンの中で待っていれば、いつか、あの時代に戻れるのだろうか。

　寿命のことは心配していなかった。

　ウミユリのような生き物（ここが太古の時代なのだから、古い時代の住人ということで〈古のもの〉と、きみは呼ぶことにした）たちに長い距離を運ばれる間に、きみは声に聞かされたことを、ようやく受け入れた。あの小さな物体に、きみの精神だけが封じこめられているのだ。だが、それでも、生きる努力をするしかないのだ、と。異常な発想であるとは、きみも思う。だが、きみの置かれた状況がそもそも異常であり、だからこそ普通ならありえないことを信じるしかない。

　きみは、そっと「窓」を開いた。

　ウミユリ状の生物――〈古のもの〉が、きみを大切そうに持ち運んでいる。ウミユリというのは、海底にはりついてゆらゆら揺れている、植物のような動物だ。だが、〈古のもの〉は移動が可能で、そもそもウミユリに似ているのは、体のあちこちから生えた触腕《しょくわん》の部分だけだ。樽のような胴体のてっぺんと底は、ヒトデのような形をしている。いかにも海の生き物だったが、さっきまでは宇宙や空を飛んでいた。

　いまは、するすると滑るように、地面を移動し

ている。樽状胴体の底についた、五芒星のような器官を使って移動しているようだ。ヒトデの仕組みとも異なっているようだが詳細はわからない。

ちなみに、本来のウミユリやヒトデに関する知識は、きみが宿るこの物体から得た。この中で思念をこらすと、まるでネットで検索するように、知識や、時には遠く離れ場所や、過去や未来の光景までが見つかる。見つかるというか、脳裏《のうり》にぼんやりと浮かんでくるのだ。それを外に送りだす方法も、いまでは把握している。

きみは、恐る恐る「窓」を、もうほんのわずか開いてみた。外部の情報を取りこむための微妙なコントロールも身につきはじめている。またもや、人知を超えた強大な存在に触れて、精神ごと砕かれるような目にあってはたまらない。

そろそろと「窓」を開くと、視覚的情報と心理的情報が流れこんできた。

まず、いまきみがいるのは、もはや宇宙空間でも空でもないし、荒れ狂う海でもない。

広大ではあるが閉ざされた空間である。どうやら、いずれかの大陸の地下に掘られた、地下空洞の内部のようだ。

ただし、地下空洞とはいえ、煌々《こうこう》とした明かりで照らされている。

この〈古のもの〉は、その形態や方向性はまったく異なるけれども、人類に匹敵する技術文明をそなえているようだ。

磨《みが》かれたような壁、天井、床。それに内蔵された光源や、行き来する巨大な粘液《ねんえき》状機関の姿などで、そのことが理解できる。

数トンはありそうな岩を、自律的に動く粘液が運んでいる。〈古のもの〉は、触手に掴んだ筒から出る光で、その粘液を操っているのだ。

空洞は、高さも幅も数百メートルあるが、その運搬用粘液や、壁も天井もおかまいなしに行き来する〈古のもの〉たちでごったがえしていた。

時折、樽のような胴体から、蝙蝠めいた折りたたみ式の翼を広げて宙に飛び上がるものがいる。だが、すぐさま奇怪な音があたりを圧して響き、長い棒状の器具を携《たずさ》えた〈古のもの〉が、それを追って飛び、ひきずりおろしてしまう。

姿形《すがたかたち》はまったく異なるのに、彼らがこの広大な通路を行き来するようすに、きみは、かつて暮らしていた時代のターミナル駅地下街の混雑か、大都市のスクランブル交差点を連想した。肉体的にはまったく異なる〈古のもの〉たちであるが、心理的には、意外に人類と近しいのかもしれない。

先ほどから伝わってくる彼らの気持ちも、まずなにより、きみの――というか〈輝くトラペゾヘドロン〉の正体を知りたいという好奇心だ。

なんとなくほっとしていたきみであったが、すぐに、慄然《りつぜん》とするはめになった。

きみを携えた〈古のもの〉が、磨かれた壁の一画に開いた穴をくぐり、たどりついた奥には、〈輝くトラペゾヘドロン〉を分解し、調査するための設備があった。きみを調べるために、さらに多くの〈古のもの〉が集まりつつある。

これはまずい。

きみはまだ、自分の精神が封じこめられたこの物体について、何も知らない。ただ調べるだけなら、こちらから頼みたいほどだ。

しかし、その方法が「分解」というのはまずい。仕組みがわからない以上、バラバラにされたら、きみが消滅してしまう可能性だってある。

きみがあせりながらようすを窺《うかが》っているうちにも、〈古のもの〉たちは、さまざまな道具を持ち出して、準備をはじめた。何のためのものか、さっぱり理解もできない品物も多い。科学というより、オカルトか魔術めいた道具に見える。

なんとかしてやめさせなければ。いっそ、脅しつけるのはどうだろう。うかつに手を出せば破滅が待っている、と示唆《しさ》するのだ。〈古のもの〉のメンタリティは人類に近いようだし、うまくゆくかもしれない。

自分がなぜこうなったかや、どうすれば元に戻れるかも気になるが、いまはまず、この形でいいから生き延びてゆくことを考えねばなるまい。希望さえ捨てなければ、いつかなんとかなる……かもしれないではないか。さて、まずは、へたに手を出せば、大きな被害が生じる、というビジョンを〈古のもの〉に見せねばならない。

止めてほしいことが何かを知らせる映像を十の位、彼らの環境にふさわしい脅しの光景を一の位として、次に進む段落を考えること。

三度失敗したら〈古のもの〉は、〈輝くトラペゾヘドロン〉を分解しようと試み、自分たちもろとも、きみを破壊する。【44】へ進むこと。

1：天井崩落《ほうらく》　**2：火災**　**3：洪水**
4：殺し合い　**5：崇拝**　**6：料理**
7：分解調査

段落 46

35，51 から：正解

いま、海神を崇める大陸は滅びを迎えている。

この大陸はアトランティスと呼ばれ、長きにわたって繁栄を謳歌《おうか》してきた地であった。

きみが、人類に最初に火と道具を手にさせたのはアフリカだが、車輪と文字を教えたのはアトランティスだ。魔術はハイパーボリアで見出され、ムウはまた異なる技術体系を発展させた。

だが、いますべてが失われようとしている。宮廷の宝物庫の奥深く、光の届かぬ闇の中に秘蔵されていたきみ、〈輝くトラペゾヘドロン〉には何の手も打てなかった。

滅びのさなか、アトランティスと、そして人類がたどってきた歴史を思い起こそうとして、きみは記憶がはなはだしく混乱するのを感じた。いま、この瞬間に、きみ自身がアトランティスに出現したばかりのような錯覚に囚われたのだ。

異なる並行宇宙が交差しているのが〈輝くトラペゾヘドロン〉だ。別の時間線をたどった、もうひとりのきみの記憶が入りこんだのだろう。

問題はない。役に立つのなら、別の自分の記憶も使えばいい。

大地はすさまじい揺れに襲われ、噴煙《ふんえん》という名の吐息《といき》はとめどなく、溶岩という名の血が流れている。憤怒《ふんぬ》と慟哭《どうこく》がアトランティスを覆っている。

アトランティスは科学の国だったが、ハイパーボリアが氷河に呑まれて、その民が渡ってきてからというもの、魔術も隆盛《りゅうせい》していた。科学と魔術の発展により、優れた資質を持つ貴族らが、光の宿りし巨人となって大陸を守護しており、恐れるものなど何もなかった。

だが、とある実験が、神の怒りを誘った。闇が燃えた。恐るべき邪神ツァトゥグアの冷たき一瞥《いちべつ》により、アトランティスの宮廷につどいし光の巨人たちは、石となって永劫の眠りにつかされた。ロイガーがあらゆる川と湖を占拠し、ゾイガーが空を埋めた。きみが厳重に守られていた宝物庫も、あっさりと破壊されてしまった。

白昼がこの大陸に訪れることは、もはやない。外に転がり出ても、きみは、宝物庫でそうだったのと同じく、闇の中にいる。

人々は、怯えて逃げ惑っていた。まもなく大地は崩れ、彼らすべてを飲みこむだろう。海へ逃げても天のゾイガー、海のロイガーが襲う。

もし、逃げ惑うアトランティス市民を救いたいのであれば、彼らに身を守るすべを授けることはできる。

といっても、それは、現在の襲撃者に対抗できる、別の邪悪なものを崇拝する方法を教えるだけだが。

宝物庫に放りこまれる前、ハイパーボリア出身の魔術師たちが、きみをいじくりまわした。その時に、きみも彼らから知識を盗みとってある。

別の邪悪な神にすがる方法を、逃げ惑う市民に授ければ、彼ら彼女らは生き延びるだろう。だが、人類に新たな闇への崇拝がまた一つ広がる。どうせ人類は悪に染まっているのだ、と思うなら、月に向かって吠え猛《たけ》るもの、闇より這い寄りしものへ祈るすべを教えればよい。闇を象徴するその神の化身の身体的特徴を十の位、神の司るものを一の位として、次に進む段落を選ぶこと。

そうすれば、逃げる民は、また別の文明の地へときみを運ぶだろう。さもなくば、きみは現代まで海底で眠ることになる。【24】へ進む。

1：憎悪　2：秩序　3：緑髪　4：第三の目
5：浅黒い肌　6：無数の腕　7：混沌

段落 47

夢の中でもかまわない、きみはそう考えた。そもそも、いまも夢の中にいるはずだ。

だが、眼前のカーターは、どこから見ても生身の人間だった。座っている椅子の感触、鼻孔《びこう》をくすぐる飲み物の香り、舌にのせた食べ物の味。どれをとっても、現実だとしか思えない。

「そうか。では、幻夢境で暮らしたまえ」

きみの決断を聞いて、カーターはうなずいた。勧めてきたわりに、あまり歓迎している顔つきではなかったが、邪険にするわけでもない。

「私についてきたまえ。幻夢境は、きみが暮らしてきた世界とは、いささか勝手の違う土地だからね。しばらくは、わたしがきみの面倒をみようじゃないか」

こうして、きみは、カーターの指導のもと、本来なら人間は夢を通じてのみ訪れることが可能な別世界、幻夢境で暮らすことになった。

そこは、中世や古代のレベルの技術と、そして魔法が融合《ゆうごう》した、いわば冒険ファンタジーのような世界だった。さまざまな怪物が跳梁跋扈《ちょうりょうばっこ》し、まさしく夢のような世界だ。きみは剣技と魔法を身に着け、幻夢境を旅するようになった。

カーターの紹介で知己《ちき》もでき、すっかり幻夢境の生活にもなれたころのことだ。彼が、二十一世紀の日本からやってきた、金髪の少年とぶっきらぼうな少女に引き合わせてくれた。なんでも少年のほうは、遠い親戚らしい。

その少年少女は、夢の外で起きている事件を解決するため、幻夢境を探索に訪れたのだ。カーターは、彼らの手伝いをきみに頼んできた。彼らは、眠りの階段をおりてくるのとは別の魔術で、この幻夢境を訪れていた。もしかしたらと、彼らの移動手段を見せてもらった。それは、空飛ぶ寝台というなかなかに童話めいたもので、きみを乗せたままでは飛び立つこともかなわなかった。

少年らとの冒険が、完全にふっきれるきっかけとなった。少年らと一緒に訪れた交易都市タイラス＝リーンで、生涯の伴侶と運命的な出会いをしたのだ。冒険仲間となった剣士や魔術師と一緒に、きみはカダスの縞瑪瑙《しまめのう》の城を探索し、地下世界のグールたちと和平を結び、壮麗なるセレファイスに迫るガグの軍勢を打ち払った。

幻夢境の人々は、きみときみの伴侶を英雄とたたえ、王としてかつぎあげた。かくして、きみは幻夢境から出る気をなくした。

魔術によって、寿命を永らえたきみは、数百人に増えた子孫に囲まれ、幸福に年老いていった。伴侶や子らには先立たれたものの、孫や孫の子、孫の孫が、英雄たるきみの導きを求めて、あるいはただ親しむために、毎日のようにきみのもとを訪れた。やがて体もほぼ動かなくなったが、不自由はなかった。日がな一日、テラスでのんびりとすごしている。やがて、そのまま逝《い》くのであろうと思っており、その日を待ち望んでいた。

だが、ある日、今まであったこともない浅黒い肌の男が、唐突にきみを訪ねてきた。

「本当にこれでよかったのかね？　きみは、この人生で満足しているのかね？」

浅黒い肌の男は、ぶしつけに問いかけてきた。

その質問に、満足だったと答えるなら、ゲームを終えて、この本を閉じるか、未読であれば他の収録作をお読みになるのがよい。

だが、不満が残るなら、【11】に戻って、再びゲームをはじめること。これは一時の夢にすぎない。

段落 51

41、55 から：正解

異種族とその神々が〈古のもの〉に味方したのは、報酬《ほうしゅう》を約束されたからだ。

そして、生理機能もメンタリティも根本から異なる種族であっても、隙あらば他者を排除して利益を独占したいという欲望を、共通して持っていた。

相互理解は難しくても、疑いあうことは容易だ。共通の利益と言う前提が疑わしくなった瞬間に、同盟はあっけなく崩壊し、殺しあった。

こうして、戦いは終わった。同盟各種族は大幅に勢力を減じ、それぞれの領域にひきこもったまま、かつての盟友《めいゆう》を警戒し続けた。

生き残ったほんのわずかな数の〈古のもの〉たちには、もはや戦う気力など残っておらず、地の底深くで永い眠りについた。

かくして、ショゴスたちは勝利した。

だが、地球の覇者となっても、ショゴスに繁栄の日々は訪れなかった。ショゴスは、もともと誰かに仕えるために生み出された種族だ。頂点に立ってしまった時、ショゴスは無気力になり、ゆるやかに衰退していった。

ただ、特に知能の高い一部のものは、きみに蓄えられた記録から、さまざまな種族の「文化」を楽しむようになった。特に彼らが気に入ったのは〈輝くトラペゾヘドロン〉の中にあったものではなく、生々しいきみ自身の記憶、つまり「人類」の文化だった。

もはや薄れていた人間として生きていた遠い日々の記憶を、きみは甦《よみがえ》らせた。ショゴスたちの願いに応《こた》えることで、きみも「人間」だったことを思い出したのだ。

そういえば、戦時においてショゴスたちに授けた戦うための姿も、人間としてのきみが持っていた思い出から呼び出したものだった。

神話から生まれた創作物が、時を遡《さかのぼ》り、神話の源となったようだ。人間の想像力は、現実を生み、現実は想像を育てる。

ごく一握りのショゴスは、変身能力を使って「人間」の姿になる楽しみを覚えた。

きみは、乞《こ》われるままに、ショゴスたちにさまざまな姿の記憶を見せた。それにしてもまさか、ショゴスが「メイド」姿を気に入るとは思わなかった。ましてや、人間の生活そのものまで真似はじめるとは、まったく予想外だ。

そのうちのひとり、緑の髪の女性に擬態《ぎたい》したショゴスは、ショゴス本来の鳴き声から、テケリと名乗るようになった。テケリやその同種たちは、疑似的に人間の暮らしを真似るだけではなく、本当の人間と一緒に暮らしたいと願うようになった。誰かの面倒をみたいという本能を、自分たちを憎んだ親種族ではなく、遠い未来の子供たちに向けて捧げたいと願いはじめたのだ。

ショゴスたちは、やがて「人類」が出現して、きみに教わったような文化や文明を持つまで、生体機能を凍結して眠りにつくことにした。

ショゴスたちが目覚めるまで、きみが人類を見守ることにしてもよい。きみは人類に、最初の文明と文化を伝える存在になるのだ。

物品を効率よく運ぶ文明の基礎を十の位、文化を世代を超えて伝える手段を一の位として、次に進む段落を選ぶこと。

ショゴスたちが望む発展の時代まで、きみも眠っていてもよい。ただし、同じ場所で目覚めることはできないが。【24】へ進むこと。

1：羅針盤　2：火薬　3：電池　4：車輪
5：飛行機　6：文字　7：ゼロの概念

段落 52

71 から：正解

容易には見つからなかったとはいえ、それは、きみの中に答えが存在しないということを意味しているわけではない。

きみは、うかつな研究調査で破壊されたりしないように〈古のもの〉たちに、ビジョンを使って知識を授けることにした。

そのきみが、今度は自らの分析を主導している。皮肉な話である。きみが〈古のもの〉について初めて知った当時に比べれば、彼らの魔術と知識は、大きく発展している。きみが肉体を持っていたころの人類など、比べものにならない。

だが、それであってもなお、きみの、すなわち〈輝くトラペゾヘドロン〉の構造を理解するのは困難だった。百年以上を費やして、結局、表面を撫《な》でた程度にすぎない。

そうして判明したのは、どうやらこの〈輝くトラペゾヘドロン〉は通常の物質ではない、ということだった。時間と空間そのものを凝縮《ぎょうしゅく》し、無限に存在する平行宇宙へとつながる扉としたもの、なのだ。ビジョンのもとになる情報は、きみの存在するこの宇宙と平行して存在する、多元宇宙のいずれかから引き出されているらしい。

少しだけ時間の流れが先をいっている宇宙から未来の情景を、空間のつながりが異なっている宇宙から遠い彼方の光景を、それぞれ拾いあげてくるのだ。

だが、そういう構造だとはわかっても、どのようにすればこんなものを作り出せるのかは、まったくわからなかった。

むろん、〈輝くトラペゾヘドロン〉のようなものが自然に出来上がることはありえない。だが、高度に発達した〈古のもの〉の科学でもこのようなものを作ることは不可能だ。作り主は、おそらく「神」とでも呼ぶしかない何者かだ。

作られた目的も不明だった。仮説は出た。たとえばこうだ。きみが情報を集めるごとに、並行宇宙に穴が開く。結果として、並行宇宙に存在するきみがいずれ統合される、それが狙いでは、というものだ。神が、統合されたきみから何を生み出すのかの答えは、その仮説には含まれないが。

こういった研究は、副産物としてさまざまな発見や発明を生んだ。〈古のもの〉たちは、それによって、さらに科学技術と魔術を発展させることができた。

だが、いかに技術文明が発展していっても、種族全体の活力不足を補うことはできなかった。いつしか、子供の生まれる数が少なくなり、新たな文化が芽生《めば》えることもなくなっていた。発達した医学は老化や病を克服し、全体の人口こそ維持できていたものの、〈古のもの〉たちの支配領域は、わずかずつ縮小していた。

きみの解析がついに行き詰まった時、〈古のもの〉たちは、新たな計画を必要とした。

といっても、新しい発想は出てこなかった。衰退しはじめた種族の限界だ。

以前に考えられ、実行されなかった二つの計画が、再度検討の対象となった。救いの知恵を地球外に求めるか、それとも自分たちの代わりとなって働いてくれる存在を作り出すか、だ。「（十の位）」を「（一の位）」せねばならない。空欄におさまる単語を選び、次に進む段落を決めること。

二度、選びそこなうか、あくまできみを調べることにするなら【75】へ。

1：創造　2：海底　3：宇宙　4：しもべ
5：未来　6：夢想　7：探検

段落 53

67 から：正解

　このままではいけない。いまはまだ、レオンたちがまともな判断力をそなえているし、ＯＡＥＧの権力も、邪神の復活に対抗するために必要なことにしか及ばない。

　しかし、早晩、人々はきみにありとあらゆる危険の予測を求めてくるだろう。

　何よりも良くないのは、きみには、人間たちの求めに応じるだけの能力がある、ということだ。

　彼らはやがて、きみが与える「正解」にだけ従い、あらゆるリスクを恐れる、そんな存在になりさがってゆくだろう。与えられたマニュアルに従ってのみ行動するだけの、萎縮《いしゅく》した者たちだ。

　いや、それだけならばまだましだ。人間の中には、リスクを好む者や、きみの予測を信じきれない者、そして与えられたやり方をうのみにするだけではなく自分の頭を使う者がいるはずだ。しかし、そういった者たちは、きみの予言を絶対とする社会では排除されてゆくことになるだろう。余計なリスクを冒《おか》して、自分たちにまで危険を及ぼす存在とみなされるからだ。

　きみを崇める神官たちによって従順な者以外は抹殺《まっさつ》される、暗黒の独裁体制の到来である。

　悲観的すぎる見方だろうか。しかし、これまでにさまざまな種族、さまざまな文明の盛衰《せいすい》を見てきたきみには、現実味のある推測だった。

　その将来を避けるために、きみは人類の前から姿を消すべきかもしれない。

　なにより――もう疲れている。これほどまでにネガティブな未来像しか思い浮かばないのも、十億年の月日が、きみをくたびれさせているからなのだろう。

　きみは、自分が存在し続けた時の危険性を、レオンたちに伝えた。

だが、そのビジョンを見たOAEGメンバーの反応は、きみの予想外のものだった。まったくもって、レオンたちは、きみを驚かせてくれる。希望も湧いてくるというものだ。

「……じつはな」

沈痛な表情で、きみの前に立って金髪の美青年――レオンは言った。

「デルタグリーンは、あんたを破壊できる研究を進めていたんだ」

彼らが既に対策を練っていたことを、どう受け取るべきだろう。信用されていなかったと憤《いきどお》るか、それとも用心深さを賞賛しようか。

だが、複雑な感情も、続くレオンの言葉に吹き飛ばされた。

「けど、壊す前に、あんたの魂を〈輝くトラペゾヘドロン〉から引きはがす」

愕然《がくぜん》とした。そして混乱した。いまさら、そんなことを言われても……。

「あんたが、もともとは人間だったことはわかってる。俺たちに恩返しをさせてくれないか」

レオンが言うには、触媒《しょくばい》となるのは、かつてのきみの肉体らしい。きみは迷ったかもしれないが、レオンたちに説得され、かつての自分を見つけ出した。そして、儀式は敢行《かんこう》された。

儀式が完遂《かんすい》され、〈輝くトラペゾヘドロン〉は破壊され、肉体へ精神が移植された……その時、きみは最後の決断をせねばならない。

これまでの記憶を持ったまま、肉体へ帰還するのであれば、【33】へ。

いま、ここで生きている自分を、その精神を抹消してしまうことに気がついて、十億年の記憶をふりすてるのであれば、【64】へ。

それぞれ進むこと。

段落 54

13から：正解

いまのきみは、霊体とでもいうべき存在のようだ。

どういう理屈かは判じかねるが、一時的に〈輝くトラペゾヘドロン〉から離脱しているようである。

波打つがごとき時空を、サーフィンの要領でくぐり抜け、いわゆるワープを行って、きみは迫りくる猟犬の牙をふりきった。

そしていま、きみは、宇宙に穿《うが》たれた時空のトンネルの中にいた。

歪んだ星の光が、ぐるぐると渦を巻いている。

もちろん、霊体であるきみは、目で捉えているわけではない。三次元の知覚を遥かに超えた、四次元もしくは五次元の感覚が開かれ、時空間の特異な構造を直観的に悟った。それが無意識の処理によって、トンネルというアナロジーで理解されているにすぎない。

このトンネルには無数の出口がある。そのどれもが、異なる世界の〈輝くトラペゾヘドロン〉に通じているようだ。

ある出口の向こうでは、万物の根源たる夢見る神が、知性も視覚もなく、ただ慰めの音楽にあわせて踊っている。その永劫の宴に、自我を捨てて加わろうとしているきみもいるようだ。

それに心惹かれる、きみの一部も存在しているのではあるが――。

おぞましき饗宴《きょうえん》に向かおうとした時、ひそかに這いよってきた混沌が、きみを捕えた。

(どうしても、というなら止めはしないが)

そう、きみは考えた。

いや、自身で考えたのではなく、這い寄ってきた混沌からの呼びかけだった。だが、それはまるで、おのれの思考のようにしか感じられぬ。

（おまえが私になるか、私がおまえになるか、どちらにもならないか、あらゆる可能性がある。それが混沌だ）

きみは考える。混沌は伝えてくる。どちらなのか、区別がつかない。

（俺は、すべてをそぎ落とされた気でいる。だが、そうではない。混沌であるからには、そのうちにすべてがあり続けている。目覚めさせてゆけ。人としての感情もまた、混沌なれば。むろん、目覚めなくてもよいのだ。それもまた混沌なれば。あらゆる可能性を見いだせ）

それが、〈輝くトラペゾヘドロン〉にきみが封じられた理由なのだろうか？　大いなる混沌として、あらゆる時間をまぜあわせ、無数のきみが、異なるきみが存在することが？

（旅をつづけよ。時を超える旅を。その途上で、おまえは私でなくなるかもれない。私はおまえでなくなるかもしれない。いや、そもそも、どちらでもないのかもしれない……）

きみをとりこんでいた混沌が、いきなり大きくはじけた。

きみの霊体は、勢いよく時空のトンネルの中を進みはじめた。銀河の彼方《かなた》、地球最後の大陸、時のはじまりの図書館、さまざまな分岐《ぶんき》路があったが、勢いがつきすぎて制御できぬまま、見送るしかなかった。結局、故郷である地球のいずこかいつかに、意識をなくして、きみは出現する。

飛び出す場所を十の位、そこで起きている出来事を一の位として、次に進む段落を選ぶこと。何度試してもかまわない。

1：太平洋　2：戦争　3：邪教崇拝　4：月
5：ナイル川　6：北米　7：巨石建築

段落 55

生き残るべきはショゴスだと、きみは結論づけた。

そう決めた理由については、きみだけが理解していればいいことだ。使役《しえき》され続けるよりは、勝つほうにつくという冷徹な計算かもしれないし、勝つほうについている状況に同情したのかもしれない。

きみは、〈古のもの〉たちに与える情報をコントロールし、わざと隙を作って、ショゴスに自分を盗ませることに成功した。

物理的な破壊兵器は、使い方によって双方に大きな被害を及ぼすし、都市や資源も使えなくなってしまう。きみが、勝利のためにショゴスに与えたのは、〈古のもの〉たちがショゴスを生み出した研究経過のすべてだった。

〈古のもの〉を弱らせる細菌を作ることもできたが、そういった兵器がうっかり暴走すると何が起こるのか予想ができない。だから、ショゴスの力を増すことを考えることにした。

まず、きみは、ショゴスたちに与えられた知性をさらに高めた。中には〈古のもの〉を超える知性を獲得したショゴスもいて、きみの改造プロジェクトを格段に加速させた。

知性の次は肉体だった。パワーやスピードの強化はいまさらするまでもない。自在に道具として変形できた肉体は、さらに高度で精密な擬態《ぎたい》、変身まで可能になった。他の生き物になるだけではない。細胞を分離、変形させ、分子構造まで変化させて、機械まで再現できるようになったのだ。

きみの与えるビジョンを、ショゴスたちは忠実に再現した。〈輝くトラペゾヘドロン〉に蓄えられた知識から、戦うための形態を検索し、それに変身してのけたのである。ショゴスは二本の足で歩き、破壊的なビームを放つ鋼《はがね》の巨人となり、致死毒を含んだ火炎を放つ巨大なトカゲにもなり、無限軌道をそなえた動く城塞にもなった。

こうした不利な戦況に置かれても、叛旗をひるがえした下僕《げぼく》への憎悪に煽られた〈古のもの〉たちは諦めなかった。地球上、あるいは宇宙に存在する、他の知的種族に莫大《ばくだい》な利益を約束して加勢を頼み、ショゴスに対抗したのだ。闇の力を宿した巨人が稲妻《いなづま》を放ち、三本の頭を持つドラゴンが重力をくつがえし、生きた巨艦が猛砲撃をくわえた。

被害を最小限に抑えて勝つ、というきみのもくろみは、完全な失敗に終わった。戦いは、月や火星にまで波及し、決戦場となった第五惑星は粉々に砕け散った。

小惑星帯を生んだ破壊兵器は、双方の陣営になおも複数そなえられている。一刻も早く戦争を終わらせねば、より以上の惨劇が生じるだろう。

ショゴスを勝利させるには、敵の同盟を崩壊させ、弱体化させるしかない。

きみは、ショゴスの中でも優秀なひとりを〈古のもの〉に変身させ、きみを敵の中へ持ちこませることにした。当然〈古のもの〉と同盟軍は、きみを情報源として利用する。

きみは、彼らの同盟が崩壊するようなビジョンを見せねばならない。成功すれば、同盟軍は疑心暗鬼に陥り、そして崩壊することだろう。

互いを信じきれない同盟者が最も警戒する行為を十の位、その動機となるものを一の位として、次に進む段落を選ぶこと。

三度選び間違えたら、地球もろともきみも破壊される。【44】へ進むこと。

1：利益の独占　2：恐怖　3：狂信
4：自殺　5：裏切り　6：略奪　7：結婚

段落 56

21 から：正解

きみは、あくまでも混沌を否定し、みずから戦いを続けてゆくと宣言した。希望だけを道しるべに。

その答えを聞いた浅黒い肌の男は、怒るでもしつこく説き伏せるでもなく、面白そうに高笑いを響かせ、そして虚空へ溶けるように消えていった。

きみの戦いは、それからも続いた。

地球は、ごく一部をのぞいて、氷河期に突入した。人類の数は激減して、生き残った人々はドーム都市に退避《たいひ》した。

大きな戦いは、起こしたくても起こせなくなったが、邪神崇拝者たちは人々の間にまぎれこみ、狂った望みのためにドーム都市の生命維持機能の破壊や、狂気ガスの散布による大量虐殺などを平然と行った。そういった行為が、狂信者たちが崇める神を喜ばせると思いこんでのことだ。

だが、誰かを殺すことに喜びを覚える者もいれば、誰かを救うことに命をかける者もいたのだ。

飢えた人々にわずかな種もみを届けるために犠牲になった老爺《ろうや》もいれば、病原菌の蔓延《まんえん》を防ぐため感染した身で氷原へ出て行った者もいた。

彼らの存在が、きみの支えになった。

長い年月がすぎて、氷河期が終わる頃には、狂信者たちもほとんど生き延びてはいなかった。人類は技術文明をほぼ失っていたが、それでも再び、前を向いて歩きはじめた。

資源を使い果たしていた人間たちを救うために、きみは、限定的ではあるが魔術の知識を甦らせた。地球最後の大陸は、剣と魔法の世界になったのだ。栄枯盛衰し、人類は黄昏を迎えた。

結局、きみはまた地下深くの闇で、眠るような日々をすごした。その身に重くこびりついた十億年の生涯の、最後の百万年を思い返す。空しくすぎただろうか？　充実していただろうか？

そしてある日、固く閉ざされていた扉が、小さな呟《つぶや》きによって開かれた。開錠《かいじょう》の魔術を使う魔法使いのしわざだ。大剣を持つ北の戦士や、二刀使いの灰色の盗賊らとともに、彼らは訪れた。

探索者……いや、もはや冒険者と呼ぶのがふさわしいだろう。剣と魔術で、障害を打ち倒し、秘められた知恵と財宝を手にする者たちだ。

「あった……伝説の、予言の宝玉だ。これを邪悪なものの手に渡すわけにはいかん」

魔法使いがそう言い、剣の戦士が尋ねた。

「だが、俺たちじゃとうてい守りきれんぜ。伝承じゃ、これは壊せんというじゃないか」

いや、と魔法使いは首を左右にふった。

「こうすればよい。この多面の宝玉は、真の闇の中であれば、あらゆる質問に答える。……おまえを破壊する手段を、我らに授けるがいい！」

きみは、この問いの解答を持ち合わせている。この魔法使いは真の達人だ。瞬間転移と時間移動の呪文を組み合わせ、きみを構成する時空の歪みをほどいてくれるだろう。

……これが、きみに与えられた最後の機会だ。〈輝くトラペゾヘドロン〉が解きほぐされたその瞬間、生じるはずの時空の穴をくぐって、精神だけをもとの肉体へと届けることが可能だが、それには身軽にならねばならぬ。きみを導く道標を十の位、きみがこの時代に置き捨ててゆくものを一の位として、次に進む段落を選ぶこと。

一度でも選びそこなったら【64】へ進むこと。

1：英雄願望　2：憎悪　3：安らかな眠り
4：愛　5：十億年の記憶　6：希望　7：夢

段落 57

46, 54から：正解

きみが意識を取り戻したのは、砂漠のただ中だった。

既に〈輝くトラペゾヘドロン〉は拾いあげられており、ラクダの背で揺れていたのである。かたわらで、高貴な身分の人物が使う輿《こし》が運ばれていた。どうやら、きみは、この人物の所有物となったらしい。

ラクダ、広がる砂、そして人々のまとう衣服。ここは、紀元前のエジプトであった。

そして、きみが持ち帰られたのは、他のどの建造物よりも壮麗な建物だ。きみを手にしたのは、この地の王であった。後に第三王朝期と呼ばれる時代である。ナイル流域は、ファラオであるネフレン＝カの統治下にあった。

きみを持ち帰ったネフレン＝カは、腹心の臣下すら入れぬ宮殿の深奥で、きみを用いて、よこしまな儀式をはじめた。

そのような儀式がなくても、きみは、ファラオにビジョンを見せることができたろう。だが、ネフレン＝カは、これまできみを手にした者たちとは異なり、きみとコミュニケーションをとろうとはしなかった。魔術の儀式によって、強制的に情報を引き出したのだ。

ネフレン＝カが求めたのは、己の権力を盤石《ばんじゃく》のものにする手段であり、その権勢を利用してナイアルラトホテップ信仰を広める方法であった。生け贄を捧げ、悪徳と放埒《ほうらつ》を奨励して、砂漠の王国を混沌の巷に叩きこんだ。ネフレン＝カこそは、エジプト全土からの怨嗟《えんさ》の対象だった。

浅黒い肌をしたこの闇のファラオは、強力な魔術師であり、自らが崇める神ナイアルラトホテップの忠実なしもべでもあった。

きみはそんなネフレン＝カを嫌ったか、それとも無関心であったか――どちらにしても、彼は魔術を駆使し、望むものをきみから引き出した。

いかに民が怨《うら》もうと、魔術の心得《こころえ》なき者たちの呪いにいかほどの力があろう。邪悪の呪いに跳ね返され己が呪詛《じゅそ》によって、おぞましい悪の化身とされ、同朋《どうほう》を手にかけるのが関の山だ。

ネフレン＝カは〈輝くトラペゾヘドロン〉を手にしたことで、ますます権勢を増した。彼は、ナイアルラトホテップを崇める、逆ピラミッドを建造しようと計画を立てた。むろん設計は、きみからビジョンを引き出して行った。

だが、情報を集めていたのはネフレン＝カだけではない。圧政には、いずれ反発が生じる。いかに魔術の達人であろうと人の身だ。神の力に差があれど、神から引き出せる力は、術者の器による。ネフレン＝カを上回る、善なる魔術の使い手が、いずれあらわれることは予想できた。

その魔術師に、ネフレン＝カの道具と誤解され、きみが封じられてはたまらない。

油断なく、ネフレン＝カの目が届かぬところを見ていたきみは、女神イシスの命を受けた隣国の戦士が、討伐《とうばつ》の計画を進めているのを察知した。

もし、ネフレン＝カが自身の討伐計画を阻止すれば、以降は暗黒神として全世界にまで君臨することになり、きみは暗黒の祭器《さいき》となるだろう。多くの軍団を一気に蹴散らす魔術を教えてやるがい い。エジプトにふさわしい生物の害を十の位、天功の害を一の位として、進む段落を選ぶこと。

このままネフレン＝カを見捨てれば、きみは再び砂漠に埋もれる。現代まで埋もれ続けるなら【24】へ、途中で掘り出されるなら【63】へ進む。

1：蝗《いなご》　**2：狼**　**3：毒蛙**　**4：鴉《からす》**
5：大雨　**6：砂嵐**　**7：地震**

段落 61

12, 14 から：正解

きみは、人類の歴史を見守ってきた。

人類が発展する途上で、きみは、幾度となく彼らの前から消えることになった。だが、それでもきみは人類の歴史を熟知している。〈輝くトラペゾヘドロン〉は、いくつもの並行宇宙に重なり合って存在している。この時間線では見ていないはずのことを思い出したりもするのだ。しかし、きみがたどったどの歴史を思い返しても、人類が愚かで好戦的なことには変わりはなかった。

世界中で戦争がなかった時代など、ごく短い期間にすぎない。戦争をしていなくても、些細な差異を見つけては、人類は人類を殺した。かくして人類は、これまで地球を支配してきたどの生命体よりも数多く同種殺しを行ってきた。

邪悪な神々を最も喜ばせたのが、人類ではないかと、きみは思っている。邪悪な神々が、今も眠っているのは、この種族に任せておけば自分たちが介入するまでもない、と思わせたからではないだろうか。人類がまだ地球外に邪悪をふりまきはじめないことに、そろそろ、いらだちを感じているかもしれない。

——この調子であれば、この世界の隠された真実になど、人類がたどりつけるはずもない。

きみがそう考えたのは、いささか早計だった。

人類の一部は、とうに突き止めていたのだ。この世界に、人類を遥かに超越した存在があることを。そして、それらの存在の多くは、相互理解が不可能なまでに異なる知性や身体機能を持っているのだということも。

魔道書と称され、架空のものごとが書いてあるとされた書籍に、それらは書き残された。

真実を知った人類の大半は、やみくもに恐れを抱き、崇拝に逃げこむか、狂気に落ちるかだ。

だが、ごくまれに、さらなる真実を追い求め、神に挑むものがあらわれる。

そういった者のひとりがきみを手に入れたのは、ある意味で必然だっただろう。さまざまな魔道書に、世界の秘密に近づくための道具として、きみのことが記されているからだ。

陰謀、ギャングの銃撃戦、魔術の応酬、傭兵部《ようへいぶ》隊の激闘、政治家の暗殺。次々に、きみをめぐる事件が起きた。ついには、乗っ取られたジャンボ旅客機が高層ビルに突入し、何も知らぬ一般市民が数千人あまりも虐殺された。

自分の欲望を満たすため、きみを手に入れようと望んだ者たちが起こした凄惨《せいさん》な戦いは、ますます人類の愚かさをあらわにして、きみを絶望させることになった。

もう……うんざりだ。

だが、我慢の日々もまもなく終わる。あの、滅びが生じた日付は間近だ。どの勢力がきみを手に入れたとしても、闇の中にひそんだまま彼らを導き、破滅を再び現実にするのはたやすいだろう。

だが、もしかすると、きみはほんのわずかながら、まだ人類への愛着を残しているかもしれない。

人類に何かを見出しているのなら、それにふさわしい単語をふたつ、七つの選択肢から選ぶこと。どちらが十の位でどちらが一の位かは試行錯誤するしかない。何度でも諦めるまで試せ。人類に救いを与えようというなら、徒労《とろう》に終わる作業を繰り返すことに慣れねばならない。

人類を見捨て、諦めるなら【77】へ進むこと。

1：愚昧《ぐまい》　2：希望　3：愛　4：夢
5：平和　6：友情　7：努力

段落 62

23 から：正解

この時代、三葉虫と藻類は、海のどこにでもいた。

深みに棲むものたちも、それらを食料にしていたようだ。彼らに、何度もそのビジョンを見せると、進路が変わった。

彼らの「父」と「母」には、それぞれ役割があったようだ。父なるダゴンは外敵と戦い、種族やその崇める神を守護する。母なるハイドラは、恵みをもたらし、種族を繁栄させる。

食料のビジョンを見せたきみは、ハイドラが司るべきものとみなされたようだ。

ハイドラは、深く幅広い海溝に横たわり、そこにみっちりと詰まっていた。差し渡しが数百メートル、深さはその倍もありそうな谷を、膨れ上がった肉が満たしているのだ。

はみだした頭部は、魚にも人にも似ていない。びっしりと光るサンゴに覆われて、まるでイルミネーションのようだ。深海にまたたく星々の奥に、優しい月のような丸い目があった。

（……おまえは、なんだ？）

ハイドラから送られてくる思念は、低く落ち着いた年配の女性の声として認識された。誰だと問われても、きみ自身、状況が理解できていないのだから、答えようもない。

（……わからぬならよい。役に立つなら使う。立たぬのであれば、あそこにでも……）

ハイドラの頭部から、すうっと光が流れた。

その向かった方角の、はるか彼方に、ぼんやりとした真紅の光を頂《いただき》に灯らせた、峻嶮《しゅんけん》な山がそびえていた。海底火山だ。

溶岩で燃え尽きなくても、永劫に地の底深く閉じこめられることにはなるはずだ。

きみは、ハイドラの、つまりは〈深みに棲むもの〉

62

の役に立つ存在になるしかないようだった。

（どこで、手に入る。たっぷりとだ）

いきなり、ハイドラに質問された。どうやら、きみがさっき見せたビジョン、彼らの食料についてのご下問《かもん》であるらしい。

そんなことを訊かれても答えようがない……はずだった。だが、きみは、きみ自身の機能をその時知った。きみの脳裏に、あたりの海底のようすが、次々に映しだされたのだ。きみは、ビジョンによってその場所を伝えた。

ハイドラは、配下のものたちを向かわせ、事実かどうかを確かめた。情報は正しかった。

かくてきみは役に立つ存在として認識された。

〈深みに棲むもの〉たちも、気楽に海中を泳ぎまわっているわけではない。彼らは、強靭にして不老の肉体を持つが、暮らしと、そして崇拝する神々への捧げものとして、さまざまな資源を必要とした。また、この地球には他にも多種多様の知的生命体が存在しており、戦いもあれば、交易《こうえき》も行われた。〈深みに棲むもの〉たちは、きみの情報によって戦争に勝利し、交易を有利に進めた。

だが、数千年の時を経て、〈深みに棲むもの〉たちは、きみのもたらすビジョンを聖なる予言とみなし、それに依存するようになっていた。

ハイドラが、突然、他の勢力との取引にきみを使おうと考えたのは、その依存心を切り捨てるためかもしれない。ハイドラは、二つの勢力のうちどちらの勢力にきみを譲るべきか、問いかけてきた。

極地で文明を築く〈古のもの〉が、自らの衰退の原因を探り、打開策を求めている。容易ではないが、その答えを探すなら【52】へ。

地の底に住み蛇神を崇める者らへ、贈り物とされるのであれば【35】へ。

段落 63

54，57 から：正解

きみは古代エジプトで、邪悪なファラオの所有物だった。だが暗黒神の使徒であったファラオは滅ぼされ、きみは砂漠に埋もれたまま長い年月をすごすことになった。

砂に埋もれた遺跡から、きみが次に掘り出されたのは一八四四年五月のこと。考古学者の肩書を持つイノック・ボウアン教授の手によってだ。

彼は大西洋を渡り、きみをアメリカ大陸へと持ち帰った。きみとともに、ボウアンは暗黒のファラオが残した魔術も発見していた。

それから数年。きみは特に自分からは何もすることなく、ボウアンが自前のナイアルラトホテップ教団を立ち上げてゆくのを、〈輝くトラペゾヘドロン〉の中からぼうっと見続けていた。なにせ数千年も眠り続けていたのだ。寝ぼけた状態から覚醒するのに、数年くらいは必要である。

かくて〈星の智慧教会〉を名乗る邪神崇拝者たちは、単身で儀式をなしとげた暗黒のファラオには及ばぬものの、数の力によって、彼らが世界の秘密、叡智《えいち》と信じるものを……魂を腐らせるよこしまな知識を、きみから引き出していった。

邪悪な王が望んだこの世の外の力による欲望の充足を、彼らも目指しているのだ。

しかし、数年たっても、邪神崇拝者たちは最終的な召喚の儀式には失敗していた。きみが無意識のうちに、与える情報に制限をかけていたのだ。

彼ら〈星の智慧教会〉が拠点としていたのは、アメリカ合衆国ロードアイランド州プロヴィデンスの街だ。その街の住人を誘拐し、生け贄として捧げていたのだから愚かな話である。儀式さえ成功し邪神を呼び招くことに成功していれば、すべて有耶無耶《うやむや》にできると考えているのだろう。

彼らの愚かさは、賞賛に値するほどだ。それほどまでに滅びたいのであれば、そのまま破滅するに任せればいいだろう。彼らが呼び出したものに、貪り食われたとしても自業自得だ。

とはいえ、さらわれて犠牲になるほうにしてみれば、他人の愚かさに巻きこまれるのだからたまったものではなかろうが。

結局、きみがはっきりした意識を取り戻したころには、彼ら〈星の智慧教会〉は国家の治安維持機関に追われる立場になっていた。

そして、飽きもせず、肝心なところが欠けた儀式を繰り返していたある日に、プロヴィデンスの警察と彼らに依頼を受けた有徳《ゆうとく》の宗教者が、教会を急襲した。

皮肉なことに、その捕縛《ほばく》劇こそが欠けたものを補うことになってしまったのだが。

よこしまなる神を信じ、その力を渇望するものが、望まぬ死を迎えること。それが、邪悪なる闇を顕現させる儀式に必要だったのだ。

呼び出された闇は神ではなく、神から切り離され、無秩序に荒れ狂う意識なき力にすぎなかった。きみが、超自然に立ち向かう専門家に、闇に対抗する存在が何であるかに気づかせねば、多くの犠牲が出るだろう。知らせる相手を十の位、闇と対比される存在を一の位として、次に進む段落を選ぶこと。

二度選び損ねると、魔物は撃退されず、きみは信徒のひとりであるコービットによって持ち出される。そして、彼の屋敷で放置されて百五十年ほど後に発見されることになる。【24】へ進むこと。

1：市長　2：神父　3：警察　4：探索者
5：光　6：マーシャルアーツ　7：聖句

段落 64

もう疲れていた。

ふつうの人生の、何千倍いや何万倍以上もの時間を異常な環境ですごしてきたのだ。嫌にもなる。

むしろ嫌になるような人間性が残ってしまっていたのが、きみの不運なのかもしれない。

長い時間のうちで、完全に人間性を失い、機械のような怪物や超知性体、人間的な感情を超越した神仙の境地にたどりついていれば、こうはならなかっただろう。

きみは、抗うことなく、破滅を受け入れた。

強大な力が、きみを破壊してゆく。

通常の物理的なパワーでは、この〈輝くトラペゾヘドロン〉を破壊することはできない。

そもそもがこれは物質ではないことを、破壊されつつきみは悟った。〈輝くトラペゾヘドロン〉は、物質に見えるように凝縮され、固定化された時空の歪みそのものだ。だからこそ、時を超えることにさえ耐えられたし、精神あるいは魂などという、科学ではあやふやなものを捕らえることさえ可能だった。

そしていま、空間と時間そのものを量子化することで、〈輝くトラペゾヘドロン〉は解きほぐされてゆく。

きみの精神も、この結晶体から、ようやく解き放たれようとしていた。ついに安らげる——そう思った時だ。時空が歪む時、そこに「角度」という概念がある限りあらわれる捕食者が、きみに襲いかかった。形無き精神をすら、その猟犬は食らってゆく。あらゆる宇宙でも最高の苦痛を感じながら、きみは闇へ溶けていった……。

BAD END

段落 65

56 から：正解

今日もまた、太陽は昇り、川は流れる。

昨日と変わらぬ平凡な今日が終わり、今日と違いのない明日がやって来る。

特筆すべきこともない平穏な日常に、きみは満足していた。

世の中は邪神テロだなんだと騒がしく、先日も、天からふりそそいだ星に、街が丸ごと一つ燃やされた。神が実在し、それが邪悪であったことに世間は動揺している。だが、きみは「邪悪」という評価には疑問だった。単に人間になど興味がないだけではないだろうか。

何にしても、いまのところ、きみの周辺に被害はない。おのが命や財産、家族や友人の命を守るためだと言って、邪神を崇める人々や逆に彼らと戦う者もいる。だが、きみは関わるつもりはなかった。小さなことだ、と記憶の奥で誰かが囁いている。その気になれば、簡単にこんな世界はひっくり返してしまえるのだ。

だが、そんなことをするつもりもない。日々の暮らしに退屈も感じない。きみは、喧騒《けんそう》にまぎれ、静かに生き続ける。どこかから自分を見下ろす視線を感じながら――。きみは人間に戻った。

END (Are You Happy?)

段落 66

きみは月面にいる。

正しくは、きみの精神が宿った奇怪な結晶体が転がっているのだ。

いまの自分がどのようにして世界を感知しているのか、自分でもよくわからない。

いわゆる霊体となって宿り、超自然的な感覚を駆使しているのか？　それとも、この闇のような結晶体はある種の思考機械のようなもので、データとしてきみの思考や記憶をコピーしているのか？

いくら考えてもきみの知識で結論を出すことはできず、きみの精神内部に手がかりは何もなかった。ただ、いまのきみにわかるのは、自分の精神が地底から転がり出た結晶体に封じこめられてしまったことだけだ。しかし、きみはものを見ることはできるし、若干の触覚はある。だが、何かのビジョンを見せる以外に、外部への意思表示の方法はないし、自力での移動はもちろん物理的な干渉もできない。

聴覚や嗅覚が残されているのかどうかは、きみにはまだわからない。周囲が真空だからだ。

その真空を、平然と飛翔《ひしょう》してくる生き物がいる。

生き物のようにしか見えないが、実際にそうなのだろうか。トカゲとも肉食哺乳類ともつかぬものが、長く引き伸ばされたようなシルエットだ。背中で昆虫めいた羽が震動しているが、真空の月面で揚力が発生しているはずもない。その羽からは小さな光の粒が無数に発生して、生き物の後ろにたなびいている。

真空を飛ぶ蜂《はち》のようなその怪物は、まっすぐにきみを目指しているようだ。

もしかすると、きみがここに存在することを知っているのかもしれない。

だとすれば、あの怪物はきみを回収するつもりなのだろう。真空中で生きるような怪物だ。もしかしたら、きみの精神が宿るこの水晶を、餌か何かにするつもりなのかもしれない。

きみは、近づく生き物の意図《いと》を知りたいと強く願った。この水晶が破壊されれば、囚われた精神が解放されるなどという都合のいい話はあるまい。あの外見からは信じられないが、知性があるなら交渉も可能かもしれない。それにしたって意図がわからねばどうしようもない。

だが、きみの願いは空しかった。精神だけとはいえ、都合よくテレパシーが発現してくれたりはしないようだ。

しかし、別の形で祈りが通じたのかもしれない。先ほどの選択肢にあった、ウミユリのような五角形の生き物が、はるか宇宙空間を飛んでゆくのを水晶体の超視覚が捉えたのだ。

思念が未来をゆだねよと言っていたくらいだから、あのウミユリ状生物なら、きみをすぐに破壊するようなことはないだろう。

このまま、蜂のような怪物に持ち去られるなら【13】を読み進めること。

ウミユリ状生物たちにサインを送り拾ってもらうのであれば、月面にない色彩で、月面にない形を示して、注意を引くのがよいだろう。

以下の選択肢から、色を十の位、形を一の位にとして、次に進む段落を決める。

もし、二度、選びそこなったなら、時間が尽きて、きみは蜂のような怪物に運び去られてしまう。やはり【13】に進むこと。

1：白　2：黒　3：灰色　4：五芒星形
5：丸　6：楕円　7：真紅

段落 67

32 から：正解

若者は、いずれかの時間線のきみが幻夢境で出会った、偉大な魔術師ランドルフ・カーターの血族だった。名をレオンという。

この若いながらも達人である魔術師が目的としていたのは、この教団〈無貌のもの〉の調査だった。

きみが、ろくな情報を与えなかったことで、教団はたいした勢力を持てず、ほとんど事件も起こさぬうちに、レオンとその仲間たちによって解散に追いこまれた。

レオンと彼の仲間は、探索者やゴーストハンターと名乗り、隠された太古の知識が引き起こす事件や蘇った邪悪なものに挑むことを、自らの使命と考えているのだった。

そんなレオンに、きみは自らの存在を伝えた。

容易にきみのことを信じなかったレオンだが、きみの情報によって何度か命の危機を救われたことで、打ち解けていった。

そして〈無貌のもの〉が壊滅した後も、きみはレオンとパートナーとなり、邪神の復活をもくろむ邪悪なカルティストたちと戦うことになった。

レオンの恋人、魔術の師匠である祖母（幻夢境のカーターの姪《めい》にあたるらしい）、彼女らの友人たちが最初の味方だった。その小さな集団は、すぐに大きなネットワークになっていった。

きみの遠隔視、過去感知、それに基づく未来予測は、互いに存在を知らなかった味方たちを、次々に結びつけていった。欧米からは、祖母の友人であったタイタス・クロウという人物と、彼の属する組織がくわわった。長年、邪神の復活にそなえてきた人々だ。アメリカには対邪神組織デルタグリーンがあった。日本には、邪悪な怨霊《おんりょう》に立ち向かう使命を担った「草壁《くさかべ》」という家系が存在した。

黒いマントに日本刀、祖父の名をもらって健一郎と名乗る当主は、レオンと親友の契《ちぎり》を結んだ。

彼らを中心とし、きみの情報をもとにして、邪神復活にそなえる対邪神警戒機関が設立されるまでに長くはかからなかった。なにせ、きみの未来予測があれば、資金には困らない。あらゆる政治家も、きみを敵にすればあっさりと失脚だ。

もちろん、きみはビジョンを与えるだけで、行動するのはレオンや草壁、タイタスだったが、平和や市民の幸福に反する政治家は、すぐに消えていった。

かくして、オーガニゼーション・オブ・アンチ・イービル・ゴッド、略してOAEGは、当初は国際民間組織として発足し、そして間もなく国連所属の巨大組織になった。

OAEGが活動をはじめるのに前後して、誰かが仕組みでもしたように、邪神を復活させようとするカルトが次々に怪事件を引き起こした。

きみの未来予測は「運命予報」と呼ばれるようになり、自然災害や犯罪の予測も求められるようになった。……きみは気づいた。このままでは、全人類がきみをあてにしはじめる。世界は平和になりつつあるけれど、もしかすると、かつてきみを所有していたものが危惧していた事態になりはじめているのかもしれぬ。そんな経験は、この時間線ではしていないかもしれないが……。

人類がきみに対して抱く感情を十の位、その結果として到来するものを一の位として、次に進む段落を選ぶこと。

三度選び間違うか、そもそも予感を気にしないのであれば、【16】へ進むこと。

1：絶対王政　2：萎縮　3：独裁社会
4：打算　5：依存　6：敬愛　7：屈服

段落 71

45 から：正解

きみは天井崩落のビジョンを見せたが、それによって〈古のもの〉たちは、かえって好奇心を刺激された。

彼らは、きみの仕組みを調べようと、研究施設へ運びこんだ。

だが、すぐに分解されることはなかった。

きみは、裏付けのない脅しとして天井が崩れるビジョンを見せたのだが、それは実際に起こっていたのだ。しかも、きみがビジョンを見せたのとほぼ同時刻であり、そのようすは、きみが見せたビジョンと完全に一致する場所だった。

自覚はしていなかったが、想像で作り出した光景ではなく、空間的な距離やあるいはいくらかの時間をへだててはいても、きみが見せるビジョンは、真実の出来事らしい。

遠隔視、もしくは予知や過去知覚が可能な謎の物体。きみがそういう存在だと認識した〈古のもの〉たちは、激しい議論をはじめた。

彼らの言語などは、その時まだ理解できていなかったが、議論の内容は容易に推測できた。

きみを分解、研究して、その機能を突き止めようという派閥《はばつ》と、成功するかどうかわからぬ研究よりも、いまここにいるきみを利用し続けるほうが実利的であるという派閥だ。

きみは、自分を破壊することより、利用し続けるほうが得であるとアピールすることにした。

彼ら〈古のもの〉が求めるさまざまな資源のありか。あるいは、科学や魔術の理論的な行き詰まりを打破する新たな理論。それらをビジョンとして見せることで、きみは〈古のもの〉たちを魅了していった。

こういった知識は、既に〈輝くトラペゾヘドロン〉の中にあった。きみが求めれば、どこからか与えられるのだった。無限の図書館が内部にあるようなものだ。精神だけの存在であるきみは、それらに無制限にアクセスできた。

楽なものだった。自分が置かれた状況への不安さえ忘れていれば。

利便さの前に不安を忘れたのは〈古のもの〉も同じことだ。そして、与えられるものをただ享受するだけの環境は、生き物を容易に堕落《だらく》させる。

きみが無償で知識を与えてくれることに〈古のもの〉たちも慣れきった。そして、きみもまた、〈古のもの〉たちの存在に馴染みはじめていた。飽きれば眠り、問われればほとんど無意識のままで答える。精神だけで肉体がなくば、時間感覚などあってなきがごとしだ。あっという間に数十年が、もしかすると数百年がすぎて、きみの存在は完全に〈古のもの〉社会の一部になっていた。きみ自身、過去の自分を忘れて、このまま平穏に暮らしてゆくのかもしれぬと思っていた。

もし、〈古のもの〉に外敵がいなければ、そうなっていたかもしれない。ある日、〈偉大なる種族〉と自らを称する者たちの存在が発覚した。〈偉大なる種族〉は、時間を超える精神交換を可能にしていた。覗《のぞ》き見られていたことに、〈古のもの〉たちは恐れをなした。〈古のもの〉たちは潜在的な敵に対抗するため、さらなる知識を求めた。

だが、時空を超える旅についての知識だけは、〈輝くトラペゾヘドロン〉の中に見つからなかった。これまでとは違う探求手段が必要だ。方法は三つ考えられた。「(十の位)」に「(一の位)」をしてみる(させる)のだ。空欄におさまる単語を考え、次に進む段落を選べ。

1：労働　2：分析　3：神　4：人工生命
5：きみ自身　6：夢　7：質問

段落 72

眠りから夢の世界へと、おりてきた階段を、きみはゆっくりと戻ってゆく。

行きは真っ暗だったが、今は無数の燭台《しょくだい》がゆらゆらと炎を灯している。揺れる炎に照らされて、洞窟の壁面では人類の歴史が踊っている。

この洞窟は、人類が生まれて以来、見られたすべての夢が積み重なったものを掘りぬいているのだと、カーターと名乗ったあの男は言っていた。

意味がよくわからないが、夢というのは、これまできみが考えていたような脳内だけの想像ではないらしい。夢はどこかで実体を持つと、カーターは主張する。

いずれ肉体を取り戻し、普通の眠りと夢を手にしたら、再びこの場所を訪れるチャンスはあるのだろうか。

とりとめのないことを考えながら、きみはぐんぐんと夢の階段を上っていった。

周囲の夢の地層では、恐竜らしきものと戦う人間や、天から馬頭星雲がおりてくるのを迎える人間の姿が、奇妙な立体感をともなって踊っている。異常なほどに精緻《せいち》なレリーフが陰影によって動いて見えるのか、もしかしたら脳からあふれた夢がそこに見えるのかもしれない。いったい誰の夢だろう。原始時代の人間が、見たこともなかった恐竜の夢など見るだろうか。

そんな疑問をもてあそびながら、きみは、また一つの段をあがる。一つの段をあがるのにかかる時間は、一瞬のようでもあり、数百年のようにも感じられた。

このまま上にたどりついて、勢いをつけて外に飛び出せば、きみは目覚めるだろう。そして、この幻夢境を訪れる直前までの出来事まで含めて、夢だったとしてやり直せるらしい。

だが、戻るだけではない。この上下左右の壁に塗りこめられた無数の夢の中に、きみがかつて見た夢もまじっている。あるいは、きみと同じ魂を持った者が見た夢も。

それを見つければ、その夢を見た時代に目覚めることもできるのだ。

もちろん、魔術師カーターが〈輝くトラペゾヘドロン〉と呼んだあの物体に宿ったままで、ではあるのだが。しかし、人間のいない世界に出るよりはましかもしれない。そもそも自分の肉体は、遥かな未来に——主観的には過去であるのだが——に存在している。少しでも近づくなら、人類の歴史がはじまってからの世界に目覚めたほうが、いいような気はしている。

だが〈輝くトラペゾヘドロン〉の謎を解いて自分の精神を解放するのなら、人間以外の知性に学ぶべきかもしれない。

壮麗な塔が並ぶ都市が白い巨大な蛆に凍らされる悪夢を右に見て、左には暗黒の荒野で天に光るふたつの赤い目に追われる悪夢を見た。やはり、こんな時代より、知っている歴史上がよさそうだ。

夢へと飛びこむなら、人類の歴史上のいずれかの時点に登場する建物を十の位とし、それにふさわしい人物を一の位として、以下の選択肢を組み合わせること。

夢を選択せず、【11】に戻って、最初からすべてをやり直すこともできる。

1：面長の作家　2：高層ビル
3：司祭服の男　4：かつてのきみ
5：ピラミッド　6：ゴシック式建築の教会
7：黒い肌のファラオ

段落 73

31 から：正解

肉体を持ち触覚があったなら、七十三本の足の波だつような動きのおぞましさに発狂していたかもしれない。

だが、幸いなことに結晶体に宿る精神でしかないきみは、這い回られてもじかに感じることはなかった。視覚的な嫌悪であれば、見なければすむ。

だが、見ないでいては、逃げるための手段も見つけられない。きみは自分の心を分割して、一部だけを眠らせることが可能だ。

試行錯誤《さくご》の末、生理的な嫌悪感を切り離し、ようやく穏やかな気持ちでダゴンの体内を観察できるようになり、きみは——絶望した。

寄生虫たちはコミュニケーション可能な知性をもたず、他に動くものはここにいない。つまり、外へ出る手段は、当面は存在しないのだ。きみを運び出せそうな存在がここに入りこむか、ダゴンの肉体が破壊されるまで待つしかない。それには数千年か数万年、あるいは数億年が必要だろう。

その長い年月は、きみの正気を容易に破壊するはずだ。待ち続けるために、きみは、みずからの知性を最低限まで衰えさせる必要があった。

そして実際に数億年がすぎ、きみの意識がすりきれ、知性なきものとふるまっていてさえ自分を見失いかけていた時、ついに転機は訪れた。

すさまじい震動が立て続けに生じた。数億年も進化することのなかった寄生虫たちが逃げ惑う。きみは、急いで封じていた知性を解放した。

震動は、爆発によるものだった。そうとわかったのは、爆発がダゴンの表面からついにきみがいる内部にまで及んだからだ。ドリルを先端にそなえたミサイルが突入して、大爆発を起こした。

〈輝くトラペゾヘドロン〉が並の物質的存在であ

73

れば、粉砕されていただろう。だが、いまのきみは、物理的な手段で破壊されることはめったにない。

数億年ぶりの外気が、トラペゾヘドロンを包んだ。くるくる回転しつつ、空中を吹き飛ばされてゆく。どうにか視覚窓を開くと、青い海に巨大な鉄の塊が浮かんでいるのが見えた。

その光景を見た時、眠らされていたきみの知性が完全に呼び覚まされた。あれは、きみの肉体が生まれた時代のもの。アメリカ海軍の原子力空母だ。周辺には多くの戦闘艦がいる。ダゴンは、米空母カール・ビンソンと戦っていた。どうしてこうなったかは、まるでわからない。

そして、空中を飛ばされたきみは、音を立ててカール・ビンソンの甲板に落ちた。転がったきみは、誰かの足にぶつかって止まった。

「あれ、この時空にもう一ついたの？」

コックコートの青年が、きみを見下ろしている。

『ナイ……フテ……』という名前が、どこからか浮かび上がり、どこかに沈んだ。

「どうしよう……。同じ時空に複数はね……」

シェフハットにエプロンの青年は、包丁を手に呟《つぶや》いた。彼は〈輝くトラペゾヘドロン〉を破壊できる存在だと、きみは直感した。

破壊をまぬがれるには、青年の職業から、興味を持ちそうな話題を十の位、その話題の素材として使えそうなダゴン内部の存在を一の位として、次に進む段落を選ぶこと。そうすれば青年は話を聞いた後、面倒をさけるため、きみを博物館に売却する。彼は興味あること以外、ぐうたらな存在なのだ。二度、選びそこねたら、きみは彼に破壊される。【44】へ進むこと。

1：魔術　2：食材　3：神　4：寄生虫

5：財宝　6：難破船　7：彫像

段落 74

66 から：正解

真紅の五芒星が輝いていた。それはこの月面では自然現象などではありえない。

大気のない空からさっと舞い降りてきた五角形の生物は、真空中の蜂めいた怪物の鼻先から、きみをかっさらった。自分たちの頭部やあるいは胴体を輪切りにした形が輝くのを見て、親族か何かだと思ってくれたのかもしれない。

五芒星の生き物は、きみを掴むと急激に上昇した。きみは、運ばれながら生き物を観察した。

樽のような胴体から五方向に伸びた触腕が、きみをかかえている。胴体の上部には、ヒトデかあるいは開いた花弁のような五芒星形の頭部がついていた。いや、あれは人間でいう頭部にあたるのだろうか。目らしい赤い球体もついているが。

そんな異様な姿の存在だというのに、きみは不思議と危機感を覚えなかった。

彼らは、コウモリに似た翼を持っていた。はじめのうち、きみは彼らがそれで宇宙を飛んでいるのだと思ったが、そうではなかった。何か機械らしいものが装着されている。そこから目に見えない力が放射されていることが、きみには感じられた。

やがて、きみをかかえた個体は、月を一望できる高さまで上昇した。周囲に同族の姿が増えてくる。そうなると、あたりに光が満ちはじめた。驚いたことに、かすかに磯臭い。どうやら、彼らが集合すると、翼の機械から発する力場が共鳴して、巨大なフィールドを形成するらしい。いわば目に見えない宇宙船が形作られるのだ。

やがて彼らの群れは、ゆっくりと動き出した。ゆっくりと言っても、実際にはすさまじい速度だったはずだ。月と、そして青い地球が、ゆるやかに遠ざかっていく。どちらも、明らかに見慣れた地形ではない。ここは太古の世界だ。

しかも、彼らは地球を離れ、深宇宙へ向かっている。それに気がついて、きみはどう思ったろう。人類の誰も見たことのない世界を目の当たりに（まあ今のきみに目はないわけだが）できることに興奮したか。それとも絶望したろうか。

どちらにせよ、きみに選択肢はなかった。

きみは木星の大赤斑《だいせきはん》がまだ小さいのを見た。小惑星軌道にあった矮惑星の崩壊を見た。

長い虚空の旅のつれづれに、彼らはきみを調べた。この種族はとても古い存在のようだ。いつしかきみは彼らを〈古のもの〉と呼ぶようになっていた。彼らとコミュニケーションをとろうとするうち、きみはさまざまなビジョンを操れるようになっていたし、この水晶の内部に蓄えられている、きみの記憶とは異なる知識にもアクセスできるようになった。

宇宙での旅は流れた時間が把握しづらかったが、年単位で続いた。旅の目的は、宇宙の探索だ。きみは、数多くの知識を蓄えた。その頃には〈古のもの〉たちも、きみを、奇妙だが知性を持つ旅の仲間として、認めてくれるようになっていた。

このまま彼らとともに旅を続けるのもいいかもしれない。そんな考えもよぎりはじめた時、星の彼方から帰還命令が届いた。

彼らの故郷で戦争が起きたのだ。〈古のもの〉たちが忠実なしもべとして生み出した人工生命ショゴスが、反乱を起こしたらしい。戻って。〈古のもの〉の窮状《きゅうじょう》を救うのなら【22】へ進む。

だが、戦いに参加するより、このまま宇宙を探索したほうが生き延びることができるのではないだろうか？　なんとか〈古のもの〉たちを説得し、宇宙の旅を続けるなら【26】へ進むこと。

段落 75

宇宙に神を求めにゆくことは、リスクが高すぎると反対された。

神が存在することは間違いない。だが神々の多くは、存在そのものや知性のレベルが、きみや〈古のもの〉たちとは異なっている。

神に接触することで得られるものはあるだろう。だが、対等な取引もできず、怒らせれば慈悲を乞うこともできぬ相手だ。あまりにも危険が大きすぎる。神に出会ったら、きみは巨大な波に飲みこまれる小舟のようなもの。うまく波に乗れなければ、砕かれるのみだ。

労働力となるしもべは、いずれ必要になるのかもしれない。だが、その創造はおそらく、〈古のもの〉の衰退を加速する結果にしかならないだろう。文明の後継者として認めることができればいいが、覇権の交代が穏やかに行われた例は、地球数十億年の歴史においてもごくまれなことだ。きみの能力なら可能かもしれないが、リスクが大きい。

かくして、二つの計画はいずれも破棄されてしまい、〈古のもの〉はきみの研究を続けることになった。彼らはこの〈輝くトラペゾヘドロン〉が、物質ではないことをつきとめた。時間と空間そのものを、物質に見える形に結晶させたものだ。

さらに研究を重ねるうち、この〈輝くトラペゾヘドロン〉は、いくつもの多元宇宙、その無数のパラレルワールドすべてに存在しており、それら宇宙をつないでいるとわかってきた。言うなれば、平行世界をつなぐ回廊《かいろう》たる極小宇宙なのだ。

きみ自身もまた、それらの多元世界にそれぞれ存在している。〈輝くトラペゾヘドロン〉だけではなく、人間としてのきみが存在するのである。きみはそれぞれ、異なった人生を歩んでいる。しかし、〈輝くトラペゾヘドロン〉に囚われることで、その意識が交差することがあるらしい。最初にきみに話しかけてきた内部から聞こえた声、あれもまたきみのものだったのだ。

もうひとりのきみは消え去った。つまり〈輝くトラペゾヘドロン〉から出たということだ。もしかすると、別の並行宇宙へ抜け出したのだろうか。きみも、この囚われの境遇から、別のきみとして抜け出すことが可能かもしれない。

別の世界、異なる時間線への脱出、あるいは交流。その可能性が見出された時、〈古のもの〉たちも色めきたった。多元宇宙間の交易や時間の旅をすることによる、歴史改変の可能性を見出したからだ。〈古のもの〉の研究は、きみを通路とした時空の旅の可能性にゆきついた。

だが、実験は無残な失敗に終わった。きみを利用した暗黒次元の回廊は、この地球とおぞましい怪物たちが住む異世界をつないでしまったのだ。〈古のもの〉たちは慌てて時空通路を閉じたが、きみの精神は、時空の狭間《はざま》にこぼれ落ちてしまった。時空の彼方に住むおぞましい猟犬のような怪物が、きみの魂を追ってくる。いま、きみは一時的にだが〈輝くトラペゾヘドロン〉を離れている。肉体へ戻りたいが、そううまくはいかないようだ。

ひとまずは、どこかへ逃げねばならない。心がすべてであり、心にだけ描かれる実在しないはずの場所へ逃げるのだ。その地を呼ぶ一般的な名を十の位、そこへたどりつく行為を一の位として、次に進む段落を選ぶこと。

二度、選び間違うと、角度を通じてあらわれる猟犬が、きみの魂を噛み砕く。【43】へ進む。

1：召喚魔術　2：二次元　3：夢　4：眠り
5：地獄　6：天国　7：一日一善

段落 76

77 から：正解

探索者殺さるべし。

無慈悲に。

カルトの指導者たちはプロの暗殺者を総動員して、一度でも〈無貌のもの〉およびその傘下に敵対した者を、すべて抹殺することにした。さらに、念には念を入れて、わずかでも邪神たちについての知識に触れた可能性のある人物すべてを殺し尽くすことにしたのだ。

一つの恐怖が次のさらなる大きな恐怖を生みだし、殺戮《さつりく》の憎悪がまた憎悪を呼んだ。いつの時代もこの繰り返しだ。

きみは悪くない。探索者たちが〈無貌のもの〉の企みを阻止する可能性を示し、最も効率のよい対処法を〈無貌のもの〉に教えただけ。良心を欲望で押し潰《つぶ》し、その方法をとると決めたのは人間たちだ。

いつしかきみは「人間たち」と「自分」を区分していた。無意識のうちに、もう自分は人間ではないと考えていたのだ。

かつては破滅の日と恐れたあの日が、いまは待ち遠しい。いまならわかる。あの災害をもたらした邪神たちは、ただ帰ってきただけなのだ。懐かしい太古に、世界は戻ろうとしている。

その復権の日が近づいてきて、きみはそろそろあの地下鉄の壁面に、自分を埋め込ませておかねばと考えた。まだ何も知らずに生きている、肉体を持ったきみの手に届くように。そのためには、どういうビジョンを示せばよいのだろう……。

きみがぼんやり考えていると、きみが保管されている暗黒の部屋に、ひとりの男がやってきた。〈無貌のもの〉教団最高幹部のひとりだ。

闇に溶けこむ浅黒い肌色の男だった。また、何か知りたいことがあるのか。今度は誰を殺すための情報だろう。意識の片隅だけを使って、対処しようとしたその時、男が言った。

「そろそろ、あの壁に、きみを埋めこんでおいたほうがいいかね？」

驚く、という感情を味わったのは久しぶりだった。この浅黒い肌の男は、きみが〈輝くトラペゾヘドロン〉に宿っていることを知っている！

「この循環《じゅんかん》を、またはじめたいか？　人類を発生させるために十億年の日々をすごすのか？　最初からなかったことにすれば楽じゃないか？」

この声……確かに聞き覚えがある。だが思い出す前に、爆発がこの部屋の強固な壁を吹き飛ばした。探索者たちの仕業だ。暗殺集団の襲撃という高熱と高圧が、平凡な一般市民という石炭を、探索者という輝くダイヤモンドにしてしまった。探索者たちもまた組織化され、対抗していたのだ。

「そこにいるのは……ですね！」

爆破された壁からあらわれた探索者が口にしたのは、太古の言語によるきみの呼称だ。こんな短い時間に二度も驚かされるとは。

探索者はきみに人格があることに気づき、話し合いを呼び掛けている。探索者の先頭は、並みの人間にはない、特徴的な容姿の女性だ。どうも人間ではないらしい。きみがたどってきた時間線によっては、よく知っている相手だろう。

探索者たちと話しあうなら、女性探索者の容姿の人間離れした特徴を十の位、彼らの望むことを一の位として、次に進む段落を選ぶこと。二度、選びそこなったなら時間切れだ。そうなるか、そもそも話し合う気がない場合も【33】へ進む。

1：きみの翻意　2：緑色の髪　3：赤色の瞳
4：豊かな胸　5：きみの支配
6：銀色の髪　7：きみの破壊

段落 77

24 から：正解

きみが人類を絶滅させると決めた経緯は、きみだけが知っていればいい。

ともかくきみは、もう一度、あの日を全人類に経験させることに決めた。きみの精神が〈輝くトラペゾヘドロン〉に封じこめられたあの日をくりかえすのだ。

考えてみれば、肉体を持ったもうひとりのきみが、いま、どこかでのうのうと生きているはずではないか。やつがあの破滅の日を経験しなければ、いまのきみは存在しない。きみが宿った〈輝くトラペゾヘドロン〉が存在しなければ、地球がこれまでたどってきた歴史はどう変化する？　大きな矛盾が生じる。地球だけではない、宇宙全体に大きな影響があるだろう。

そう、時空を巻きこむ矛盾を発生させないためにも、あの破滅の日は訪れねばならない。

もうひとりの自分だけ平穏な人生をすごし、おぞましい真実に直面することもなく正気の世界を生きてゆくなど、許されてなるものか。

きみをめぐる長い戦いが終わり、争っていたものたちのうち最強の組織が〈輝くトラペゾヘドロン〉を手にした時、あの破滅の日まで三年が残っていた。

その組織は〈無貌のもの〉と名乗っていた。〈這い寄る混沌〉と称される邪神を崇めるカルト教団であり、すべての先進国に深く浸透した犯罪組織でもあった。最先端科学の成果を隠匿《いんとく》し、ムウやハイパーボリアの遺跡を探索し、魔導書『ネクロノミコン』を二冊以上所有している。

既に十分かもしれないが、彼らに〈輝くトラペゾヘドロン〉に蓄えられてきた古代の智慧を分け与えれば、眠れる邪神たちを揺り起こし、星の彼方から呼び返すことも容易だろう。

きみは求められるままに、〈無貌のもの〉に知識を授けた。やつらカルトの連中は、〈輝くトラペゾヘドロン〉に、きみという意識が宿っていることなど、気がつきもしていなかった。彼らは、純粋な信徒ではなく、太古の神々の力を、自分たちの欲望を満たせる、望むままの新世界を作ることに使おうとしていた。じつに操りやすかった。

きみに誘導された〈無貌のもの〉が、さまざまな邪神を同時多発的に召喚《しょうかん》、覚醒させる準備を着々と整えた時、それを妨害する一団があらわれた。いや、一団、というのはあたらないかもしれない。彼らは、一つの組織ではなかった。さまざまなところで、世界の真実の断片を知ってしまい、滅びの道を回避する戦いに巻きこまれた者たちだ。――探索者、と呼ばれていた。

ただの一般人のはずなのに、かつての争奪戦で〈無貌のもの〉が傘下におさめたカルトや犯罪組織が、次々と壊滅させられている。むろん、探索者側にも多くの犠牲が出ているが、なのに彼らは諦めない。どうして、こんな人間たちが出現しはじめたのか、きみにも理解できなかった。

だが、ともかくも彼らに対処しなければならない。世界を予定通りの期日で滅ぼすためには、決定的かつ最終的な手段を、カルティストたちに、とらせねばならぬ。

誰が対処するのかを十の位、行動方針を一の位として、次に進む段落を選ぶこと。

三度選び損ねると、探索者たちはきみのもとにやってくる。彼らは、きみを破壊する手段を携えており、それを実行する。【64】へ進むこと。

1：対話　2：きみ　3：教団員　4：放置
5：脅迫　6：抹殺　7：プロの殺し屋

■クトゥルフ神話とアナログゲーム■

友野 詳

「闇に彷徨い続けるもの」を執筆しました、友野詳です。プロになる以前から数えると三十年以上遊び続けてきた、アナログゲームの分野とクトゥルフ神話の関わりについての解説ということで、ずうずうしくしゃしゃり出てまいりました。とは申しましても、正確な歴史や分析ではなく、主観的な思い出話を中心に主観的に語らせていただこう、という小稿でございます。

●クトゥルフ神話とTRPGとの出会い

まず「アナログゲーム」って何なのだ？　とお思いの方もおられるでしょう。これについては、人間と人間が対面して、コミュニケーションしながら、電子機器を使わずに遊ぶゲームとしてください。

厳密に言いだすと色々と異論があるんですけれども。そもそも本書にも収録されたゲームブックなどは対面でなく一人で遊びますし、補助的に電子機器の助けを借りる（ネット対戦などが最たるものですが）ことも多いのですが、本稿ではざっくり扱います。また、アナログゲームはさらに細かく、ボードゲーム、カードゲーム、ダイスゲーム、テーブルトークロールプレイングゲーム（以下ＴＲＰＧ）、ＴＣＧなど多岐に分類できるのですが、それぞれについては追って語ってまいります。

さて、クトゥルフ神話をどのメディアで知ったか、という質問に対して、小説は当然として、マンガや映像作品、デジタルゲームなど多様な回答があるでしょう。けれど、みなさんが想像される以上に、アナログゲーム、それもＴＲＰＧから、という方の比率は高いのではないかと思っています。

おっと、ＴＲＰＧという言葉を初めて目にした、という方もいらっしゃるかもしれません。

大雑把に説明しますと、自分の分身として動かすキャラクターを用意し（ほとんどの場合、プレイヤー本人とはかけ離れています）、架空の状況設定の中でどう行動するかを決めてゆき、時にはランダム要素を導入してその成否を決めて、目的達成の過程を楽しむ遊びです。

これだけではわかりづらいかもしれませんけれど、その場合、ＴＲＰＧを遊んだようすを記録した「リプレイ」と名付けられた読み物が、多数出版されております。まずもって、このクトゥルー・ミュトス・ファイルズの『無名都市への扉』にも宮澤伊織氏の手によるそれが収録されておりますゆえ、読んでいただくのが手っ取り早かろうと思います。ＴＲＰＧは、コンピュータで遊ばれるＲＰＧの元になったゲームですが、人間が対応する柔軟性から、物語を作るという遊び方がクローズアップされ、独自の発展をとげてきて、既に四十年の歴史があります。

最初に作られたＴＲＰＧは『ダンジョンズ＆ドラゴンズ』というファンタジー世界でチャンバラを楽しむことを中心にしたゲームでしたが、やがて、さまざまなバリエーションが登場しました。

そして一九八三年には、クトゥルフ神話を題材としたＴＲＰＧ『Call Of Cthulhu』がケイオシアム社（米）から発売されました。

これが日本に訳されるのが一九八六年。ホビージャパン社（以下ＨＪ）から『クトゥルフの呼び声』のタイトルで、ボックススタイルで発売されました。当時のＴＲＰＧは、ウォーシミュレーションゲームのメーカーから発売されることが多く、数冊の薄めの冊子、サイコロ、冒険の舞台の地図などが箱におさめられていたのです。

ちと、思い出話をさせていただきますが。

このＨＪ版『クトゥルフの呼び声』こそ私がプレイした、最初の本格的なＴＲＰＧになります。

大学時代のこと。『クトゥルフの呼び声』が発売された直後でした。

私は、所属していたゼミの研究室で、資料を読んでいました。ふと、何かの気配を感じて顔を上げると、ちょうどドアが開くところでした。いつもきしむくせに、その時に限っては音もなく。

ドアの横から、すうっと手が出てきて、くいくいと曲がるのです。私を手招きしていました。

「なんやねん」

と、尋ねました。姿をあらわしたのは同期の友人でした。

「いいものをあげよう」

そう言って、部屋に入ってこようとせず、手招きをするのです。

「なんやねん、ええもんって」

私が再度問いかけても、ただ手招きをするだけ。

仕方がないので、私は立ち上がって、彼に近づきました。吸いこまれるような足取りだった、と思います。

そうしたら、彼は笑ったのです。悪魔のような、という形容がふさわしい笑みでした。

私は気がつきました。

（……そういえばこの男は日本人としてはかなり肌が浅黒い）

近づいた私に、彼は手渡したのです。自分が購入したばかりの『クトゥルフの呼び声』を。

「きみ、キーパーね」

「アッ、ハイ」

こうして私は、ＴＲＰＧとクトゥルフ神話にずるずるとのめりこんでいくはめになったのです。

いえ、それ以前からそのどちらについても、それなりの知識は持っていたのですが。というかいくら考えても、自分がいつクトゥルフ神話を知ったのか、媒体は何かも思い出せないくらいでして。

ＴＲＰＧについては覚えていますが、それは本稿で語ることでもありませんので……。

なお、通常のＴＲＰＧは、物語の大枠を決定し、登場人物たちのさまざまな行動の成否を判断するゲームマスターひとりと、主役級登場人物たちが謎や冒険に直面してどう行動するかを決定するプレイヤー（キャラクター一人をプレイヤー一人が動かすのがふつうで、複数人います）によって遊ばれます。このゲームマスターのことを『クトゥルフの呼び声』でだけはキーパー・オブ・シークレットと呼びます。略してキーパーですね。つまり、私はいきなり、お話を考えてルールを把握してゲームを進行させるという、最も楽しい役どころを任せてもらえたわけで（負担に感じる方もおられるようですが、私個人としてはゲームマスターこそがＴＲＰＧで最も面白いポジションだと考えています）。

ちなみに、私にルールブックを渡した、その肌の浅黒い男はその後……ライターになっていまでも親しい友人です。

●クトゥルフ神話とＴＲＰＧ

すっかり個人的な思い出話になってしまったことをお詫び申しあげます。

さて、日本語版として発売された『クトゥルフの呼び声』は、かなりの人気作となり、根強いファンを獲得します。次々にサプリメント（追加のさまざまな設定、シナリオと呼ばれる物語の根幹部分などをまとめた資料集）が邦訳され、日本オリジナルのシナリオ集『黄昏の天使』も発売されて、さらに好評を得ます。

日本における『クトゥルフの呼び声』の普及に大きな役割を果たしたのが、その遊び方について詳細に解説した、山本弘氏の『クトゥルフ・ハンドブック』です。

こうしてゲームを遊ぶ人々によって、さまざまなクトゥルフ神話のタームが定着していくことになりました。

さて、TRPGは八〇年代終わりから九〇年代前半に大きなブームを呼びますが、九〇年代なかばから徐々に落ち着いてゆきます。その過渡期である一九九三年に、本国でルール改訂されたバージョンが出版されたのにあわせA4判書籍で『クトゥルフの呼び声』は再発売されました。また『クトゥルフの呼び声』のルールを取捨選択し、初心者向けに登場人物を学生に限定し、学校の怪談的なイメージでまとめあげた『放課後怪奇倶楽部』というバージョンもあります。

後、しばらく出版が途絶えますが、二〇〇三年になって新紀元社から『コール・オブ・クトゥルフ d20基本ルールブック』が発売されます。これはTRPGの元祖『ダンジョンズ&ドラゴンズ』と互換可能なルールを使用したものでした。そして翌二〇〇四年に、今度はエンターブレイン社から『クトゥルフ神話TRPG』としてアメリカでの最新版ルールブックの翻訳が出版されます。現在も、このバージョンに基づいてさまざまな関連作品の出版が続いており、またニコニコ動画における一般ユーザーのリプレイ動画投稿などがきっかけで人気が再燃。ここ数年で、プレイ人口を大きく増やしています。

ネット界隈では、この『クトゥルフの呼び声』独自のルールであるSAN値（正気度、とも。クトゥルフ神話の暗い秘密に触れたキャラクターがどの程度健全な精神を維持できているかをあらわす数値）という言葉が、ネットスラングとして独り歩きをはじめているほどです。

クトゥルフ神話を遊ぶTRPGとしては、ほぼこの『クトゥルフ神話TRPG』が選ばれますが、他にもいくつか、クトゥルフ神話に関連したTRPGは出版されています。ただ、その多くは未訳です。たとえば、私が日本展開に関わっていた、スティーブ・ジャクソン・ゲームズの汎用TRPG『ガープス』には『Cthulhupunk』というサプリメントがありました。近未来、サイバーパンク世界にクトゥルフ神話を導入した意欲作です。

また近年出版された『CthulhuTech』は、クトゥルフ神話に登場する怪物たちが、宇宙からの侵略者として登場する、ＳＦロボットもの。同じく未訳の『Trail of Cthulhu』は、やはり一九二〇年代を舞台にして怪奇事件に挑むＴＲＰＧ。使われているGumshoeシステムは、推理や調査に特化した独特のルールです。

他にもホラーを扱うＴＲＰＧであれば、クトゥルフ的なものに触れている例は多いでしょう。宮澤伊織氏のリプレイに使用された『インセイン』（新紀元社）もそうですし、友野が関わったものでは、所属するグループＳＮＥがデザインした〈ゴーストハンター〉シリーズがあります。

●クトゥルフとゲームブック

このクトゥルー・ミュトス・ファイルズには、多くのゲームブックが収録されてきました。

さて、ゲームブックというものがどうやって生まれて、どう発達してきたかを詳しく解説するなら、それだけで数冊の書籍になってしまいます。

ですが、イギリスで出版され、日本では一九八四年、社会思想社現代教養文庫から出版された『ファイティングファンタジー　火吹き山の魔法使い』が、ゲームブックというジャンルを完成させ普及させたということに異論を唱える方は、まずいないものと思われます。

広義のゲームブックは、書籍の形態でゲームを遊べる（かつルール以外のツールとして書籍そのものが必要である）ものでしょうが、『火吹き山の魔法使い』によってイメージされるゲームブックは、分岐したストーリーを、読み手が選択してたどってゆくもの、になると思います。

こうした、冒険を体験するタイプのゲームブックの原型となったのがＴＲＰＧのソロシナリオです。先にも書いたように、ＴＲＰＧは複数の人間で遊ぶもの。言いかえれば、一人では遊べません。ですが、いつも友人が集められるとは限らない。そういう時にもＴＲＰＧっぽい冒険を楽しみたい、というユーザーのために提供されたのが、書籍がゲームマスターの代わりをつとめてくれるソロシナリオだったわけです（さらに後には、この代役をコンピュータにやらせようと考える人があらわれ、コンピュータＲＰＧの登場に至ります）。

もちろん『クトゥルフの呼び声』にも、ソロシナリオは存在しており、日本でもイタクァに絡んだ怪事件に挑む『ウェンディゴへの挑戦』という作品が翻訳されていました。

さて、〈輝くトラペゾヘドロン〉を題材にしたゲームブック、と考えた時、ふつうに発想すれば、邪神を崇める狂信者たちと、このアーティファクトを争奪する、といった発想が出てきます。なぜ、今回はそういうストレートなものにしなかったかというと、既に存在していたからです。ゲームブック最盛期の一九八七年に、クトゥルフ神話作品を多数翻訳してらっしゃる大瀧啓裕氏の手によって『暗黒教団の陰謀　輝くトラペゾヘドロン』（東京創元社刊）が執筆されていました。数あるゲームブックの中でも、その難しさで名をはせた逸品です。

さて、ゲームブックは一九九〇年ごろから、急速に出版点数を減らしてゆきます。粗製乱造で飽きられた、主力読者であった子供たちをファミコンなどの電子ゲームに奪われた、というのが一般的な見方です。

しかし、ゲームブックの火は消えたわけではなく、熱心なファンの応援によって、さまざまな作者たちの手による新作のリリースは続いていました。また、そのゲームシステムにもさまざまな工夫がされてきたのです。代表作であるファイティングファンタジーシリーズは、サイコロを使い、メモを残す必要がありましたが、それ以外の部分にゲーム性を求める（パラグラフ選択のみならず）工夫も重ねられてきました。

そういった新たなゲームブックの試みのひとつとして、二〇一二年に新紀元社ネオゲーム文庫から出版されたのが『魔女館からの脱出』でした。作者は私と同じグループSNEに所属する秋口ぎぐる。自身がデザインし、二〇一〇年度の日本ボードゲーム大賞を受賞した『キャット&チョコレート』からの発想で、アイテムの組み合わせによって次に進むべき段落を「推理する」という、従来のゲームブックとまったく異なるシステムでした。従来のゲームブックが「拡散する」ものだとすれば、いわば「収束する」ゲームといえるかもしれません。

我々グループSNEのボスである安田均はこのシステムにゲームブックの新しい可能性を見出し、自らの指揮のもと、ゲームノベルを名乗る作品として、いくつかの作品をリリースしてきました。私も『ゾンビーズ？　ゾンビーズ！』と『デーモントライヴ　サヴァイヴァルゾーン』の二作を上梓しています。

●そのほかのクトゥルフ系アナログゲーム

ＴＲＰＧとゲームブックに多くの紙幅を費やしてしまいましたが、ボードゲームやカードゲームにも、クトゥルフ神話を題材としたゲームは数多くリリースされています。

ＴＲＰＧ『クトゥルフの呼び声』が出版された当時、同じホビージャパン社から、アーカムの街を舞台に、邪神の復活を阻止するために人間たちが奮闘する『アーカムホラー』というボードゲームがリリースされました。難易度は高く、多くの場合、邪神によってプレイヤーたちが蹴散らされるのですが、今度こそは、と何度も挑ませる魅力がありました。この『アーカムホラー』は、今世紀に入って、アメリカのファンタジーフライト社からリメイクされます。リメイクと言っても、ルールは一新されており、コンポーネント（コマとかゲーム盤、付属するカードなどのあれこれを総合して指す言葉です）は、非常に豪華になっています。アーカムの街を走りまわり、邪神の復活を阻止するという目的は同じですが、遊びやすさは格段に上です。これは、この二十年で飛躍的に進歩と拡散を遂げた、ドイツを中心としたユーロボードゲームの手法を取り入れたことも大きいでしょう。

さらに、同じファンタジーフライト社からは、幽霊屋敷探索を扱いＴＲＰＧに近い感覚で遊べる『マンション・オブ・マッドネス』や、『アーカムホラー』の舞台を全世界に拡大したかのような『エルドリッチホラー』といった大作ボードゲームもあります。

その一方、パロディ的な要素満載の『クトゥルフ・マンチキン』のようなカードゲーム、ただただサイコロをふるだけの『クトゥルフダイス』（ともにスティーブ・ジャクソンゲームズ）といった手軽なものもあります。

その他にも、より生身の演技性を増したライブアクションRPGと言われるジャンルや、トレーディングカードゲームなどにも、クトゥルフを扱ったものは数多く存在しているのですが、あいにく日本語に訳されて遊べるものは、ほとんどありません。

日本オリジナルのクトゥルフ神話ゲームはまだ数が少なく、これからの登場が期待されています。先に名を出したホラーTRPG、ゴーストハンターの最新作はタイルゲーム（タイルをつなげて幽霊屋敷を構築、探索するゲーム）である『ゴーストハンター13』です。直接、クトゥルフ神話を扱ってはいませんが、遊び手が望むならいくらでも組み入れることが可能でしょう。

最後に、少し変わり種として、私のデザインしたゲームを紹介して、しめくくりにさせていただきます。畏友、槻城ゆう子先生とタッグを組ませていただいた、クトゥルフカレンダー２００８という、オリジナルイラスト書き下ろしのカレンダーがあるのですが、これの巻末には、私がデザインしたおまけゲームが付属しています。カレンダーを使うゲーム、しかもクトゥルフをテーマにしているのは、他に類を見ないであろうと自負しているのですが……くれぐれも「だから何なの？」とだけは尋ねないでください。

これからも、クトゥルフ神話の狂気は、ゲームをも通じて世界を侵食するでしょう。拙作「闇に彷徨い続けるもの」が、その一角を担えるのであれば、実に光栄です。

闇に彷徨い続けるもの
ギャラリー

《二木 靖》（にき・やすし）
2006 年、日刊ゲンダイに連載された「女たちの言い分」のカットでデビュー。出版物としては「魔地読み」（『超時間の闇』収録、金魚の夢名義）が初出であり、以降、同名義で CMF のカットを多数手がけている。人物の特徴を捉えた似顔絵が得意であり、「無明の遺跡」（『無名都市への扉』収録）では、実際のプレイヤーをモデルにした漫画を描いている。

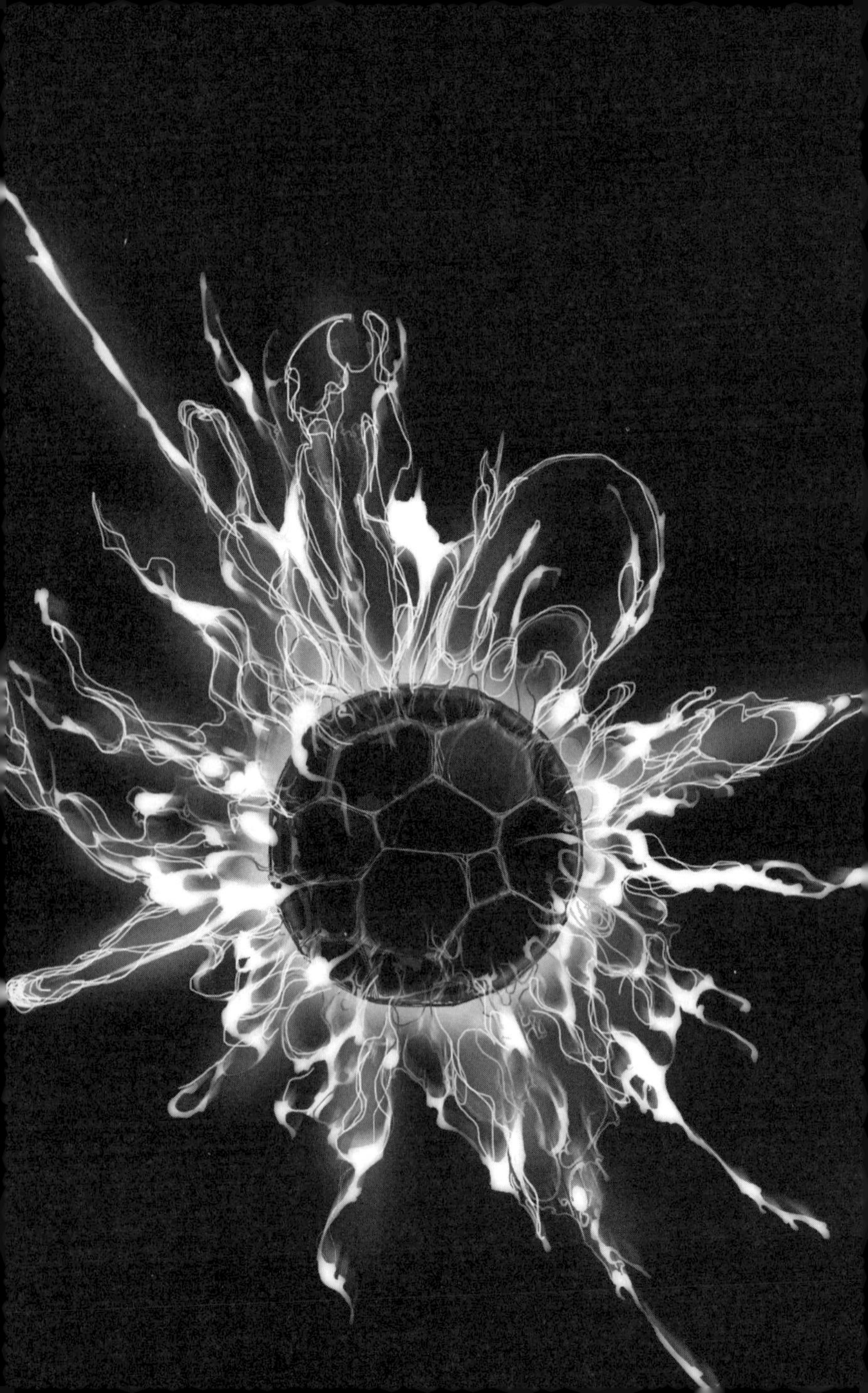

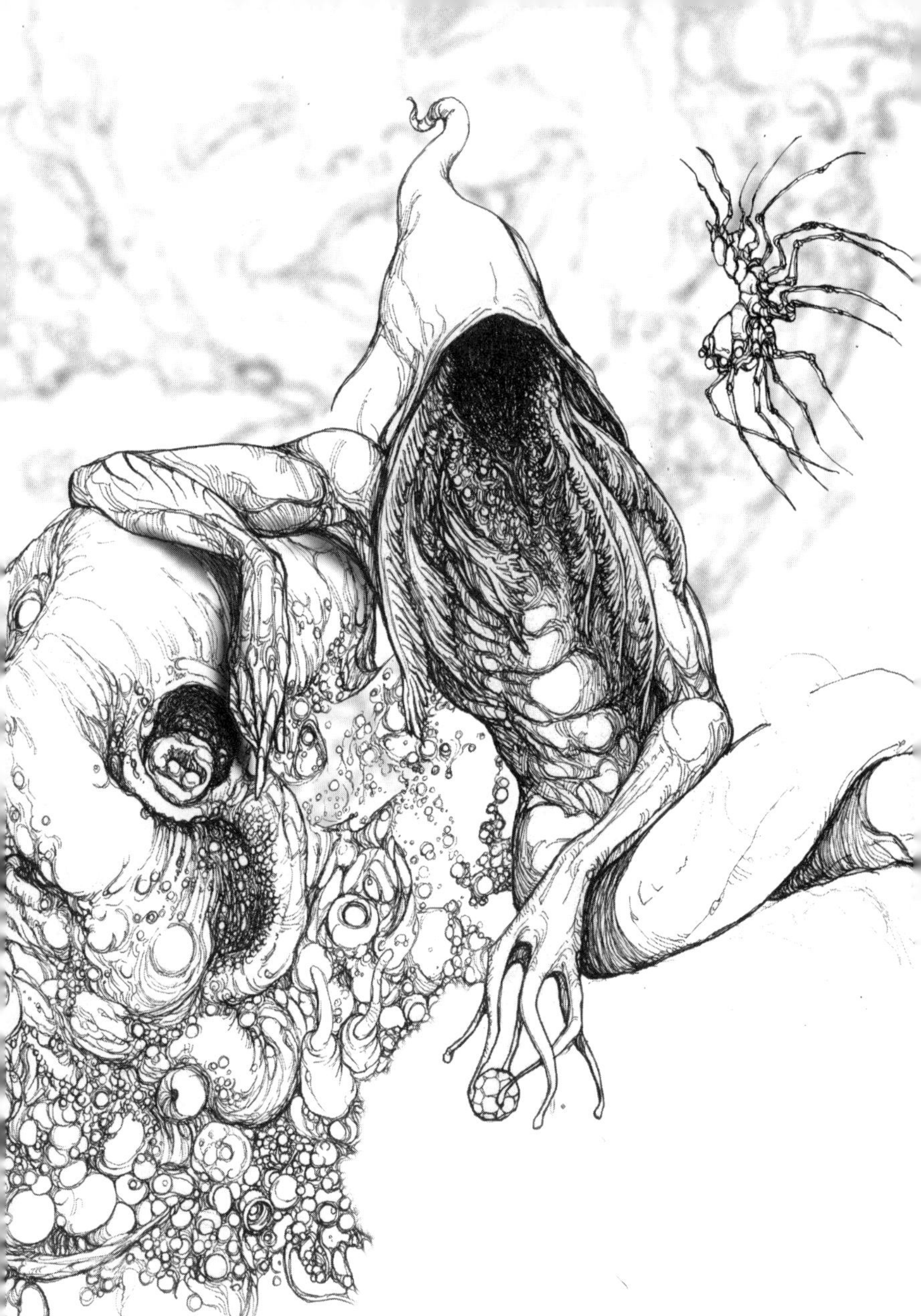

闇をさまようもの

《H・P・ラヴクラフト》
一八九〇年―一九三七年。アメリカ合衆国ロードアイランド州プロヴィデンスに生まれる。「宇宙的恐怖（コズミック・ホラー）」と呼ばれるSF的なホラー小説の創始者であり、彼が創りだした「邪神―Cthulhu」から「クトゥルー神話」と言われる世界が生まれた。死後、友人であったオーガスト・ダーレスはその作品群を体系化し、自ら創設した「アーカムハウス」という出版社よりラヴクラフトの作品を単行本として出版した。

《増田 まもる》（ますだ・まもる）
一九四九年宮城県生まれ。英米文学翻訳家。一九七五年より翻訳を始め、SFを中心に幻想文学から科学書まで手掛けるジャンルは幅広い。主な訳書は『夢幻会社』『千年紀の民』J・G・バラード、『パラダイス・モーテル』エリック・マコーマック、『古きものたちの墓 クトゥルフ神話への招待』コリン・ウィルソン他など。

暗黒の宇宙が大きく口を開けるのをわたしはみた
そこでは黒い惑星たちがあてもなく回転していた……
だれにもかえりみられることのない恐怖のうちに
知識も栄誉も名声もなくただ回っているのだった

——因果応報《ネメシス》

慎重《しんちょう》な調査員は、ロバート・ブレイクが雷に打たれて死んだ、あるいは放電による重篤《じゅうとく》な神経性ショックで死亡したという、一般的な意見に異を唱えるのをためらうだろう。たしかに、彼の目の前のガラスは割れていなかったが、自然が多くの不思議な現象を生み出してきたことはよく知られている。彼の顔に残された表情にしたところで、彼が見たものとは関係のないなんらかの筋肉のはたらきのせいかもしれないが、その一方で、彼の日記に書きこまれたことばが、地元の迷信と彼が発見した古い資料によってかきたてられた奇怪な空想の結果であることは明らかだった。フェデラルヒルの無人の教会の異常な状態はというと——鋭い分析家はためらうことなく、意識的にせよ無意識的にせよ、ブレイクが少なくともいくらかは関与していた不正行為のせいだと断言した。

なぜなら結局のところ、犠牲者であるブレイクは、神話、夢、恐怖、迷信といった分野に一身をささげてきた作家兼画家であり、怪奇にして不気味な場面や効果の探究に熱心だったからである。彼が以前この都市に滞在したときは——おなじように超自然的な禁じられた知識に耽溺《たんでき》している変わった老人を訪問したのだが——死と火炎とともに終わりを迎えたので、ミルウォーキーの自宅からふたたびこの都市に引きもどされたのは、なんらかの病的な本能のせいにちがいない。日記ではきっぱりと否定していたが、彼は古い伝説を知っていたのかもしれず、彼の死は文学的影響をおよぼしかねない途方もない作り話の芽を摘《つ》んだのかもしれない。

けれども、この証拠のすべてを調べて相互に関連づけた人々のなかには、あまり合理的でなければ普通でもない意見に執着するものが若干残っている。彼らはブレイクの日記の記述の大半を額面どおりに受けとめる傾向があって、古い教区記録がまぎれもなく本物であること、嫌悪をもってみられた異端の〈星の叡智《えいち》派〉が一八七七年以前から存在していた証拠があること、エドウィン・M・リリブリッジという名前の詮索《せんさく》好きな新聞記者が一八九三年に失踪《しっそう》した記録が残されていること、そして——なによりも——この若い作家が死んだときに、その顔に残されていたおぞましいまでにゆがんだ恐怖の表情といった事実を、いかにも意味ありげに指摘するのだった。狂信的な激情に駆られて、古い教会の尖塔《せんとう》で発見された奇妙な角度のついた石とそれをおさめた不思議な装飾のある金属の箱を湾に投げ込んだのは、これらの信奉者のひとりだった——ちなみにそれらのものがもともとあったのは、ブレイクの日記に書かれていた塔ではなく、黒くて窓のない尖塔だった。公式にも非公式にも非常に非難されたが、この男は——風変わりな民間伝承を好む評判のよい内科医だが——依存してはあまりにも危険なものをこの世からなくしただけだと主張した。

これらふたつの意見のうちどちらに賛同するか、読者はみずから判断しなければならない。新聞は懐疑《かいぎ》的な観点から確実な詳細を提供しており、それに加えて、ロバート・ブレイクが見た——あるいは見たと思った——あるいは見たふりをした——もののスケッチが残されていた。さて、その日記を詳細に、冷静に、そしてゆっくりと調べることで、それぞれの中心人物の表現する視点から、一連の暗い出来事をまとめてみよう。

若いブレイクは一九三四年から一九三五年にまたがる冬にプロヴィデンスにもどってくると、カレッジ通りのはずれの草地に建つ古めかしい建物の上階に腰をおちつけた——ブラウン大学のキャンパスの東に広がる丘の頂上で、背後には大理石造りのジョン・ヘイ図書館があった。そこは牧歌《ぼっか》的な古めかしさをたたえた小さな庭園のオアシスにあって、友好的な猫たちがおあつらえ向きの納屋のてっぺんでひなたぼっこをしている、こぢんまりと魅力的な住まいだった。四角いジョージ王朝様式の建物には、越屋根《こし》、扇形の彫刻のある古典的な入り口、小さなガラスをはめた窓、そして十九世紀初頭の職人技のすべてが備わっていた。屋内には六枚板の扉、幅のある床板、曲線を描くコロニアル風の階段、白いアダムスタイルのマントルピース、そして全体のレベルより三段低い奥部屋があった。

ブレイクの書斎は、南西に面した大きな部屋だったが、東側は前庭を見おろし、西の窓は——そのひとつに彼の机は面していたのだが——丘の頂上からすこしそれて、低地に広がる町の屋根と、その背後で照り映える神秘的な夕日という、すばらしい景色を見晴らすことができた。はるか地平線にはひろびろとした田園の紫がかった斜面が広がっていた。これらを背景に、およそ二マイルあまりのところに、フェデラルヒルの幽霊のような背中がもりあがり、屋根や尖塔が逆毛のようにひしめいていたが、そのはるかな輪《りん》郭《かく》は渦を巻いてたちのぼる町の煙につつまれて、神秘的にゆらめきながら幻想的な形をとるのだった。ブレイクは、もしもみつけだして入りこもうとするならば、まるで夢のように消えてしまうかもしれない、未知なる幽玄な世界を眺めているかのような、不思議な感覚をおぼえるのだった。

蔵書の大半を自宅からとり寄せたあと、ブレイクは住まいにふさわしい古風な家具をいくつか購入し、小説の執筆と絵画の制作にとりかかった——ひとり暮らしで、日常的な家事は自分でこなした。アトリエは北側の屋根裏部屋で、越屋根の窓がみごとな照明を供給してくれた。その最初の冬のあいだに、彼はもっとも世に知られた五篇の短編小説——「地下に潜むもの」「地下納骨所の階段」「シャッガイ」「ナスの谷」「星からきて饗宴に列するもの」——を書き上げ、七枚の油絵を描いたが、それらは名前のない非人間的な怪物と、まったく異質な地球外の風景の習作だった。

日没になると、彼はしばしば机に向かい、西に広がる景色をうっとりと眺めたものだった——すぐ下の記念館の黒みがかった塔、ジョージ王朝様式の裁判所の鐘楼《しょうろう》、商業地区にそびえ立つ小尖塔群、そして遠くで揺らめく頂上の尖《とが》った小山。その未知の通りと迷路のような切妻屋根が非常に強く彼の想像をかきたてた。わずかな地元の知人から、遠くの斜面は広大なイタリア人街になっているが、家屋の大半はもっと古いニューイングランド人やアイルランド人たちが建てたものだということを教えられた。ときおり彼は、渦巻く煙のかなたの、ぼんやりとした手の届かない世界に双眼鏡を向けて、特定の屋根や煙突や尖塔を選んでは、それらが宿しているかもしれない奇怪で好奇心をそそるような謎について思いをめぐらせた。双眼鏡という視覚補助具を使っても、フェデラルヒルはどことなく異質で、なかば架空の世界ように思われて、ブレイク自身の物語や絵画の非現実な、漠然たる驚異とつながっていた。そのような感覚は、灯火が星のようにちりばめられた菫色の黄昏のなかに丘が消えてゆき、裁判所の照明とインダストリアル・トラストタワーの赤いビーコンが輝いて夜を奇怪なものにしたあとも、いつまでも心にたなびくのだった。

フェデラルヒルのすべてのもののなかでも、巨大で陰鬱《いんうつ》な教会がもっともブレイクの心を惹きつけた。それは昼間の特定の時間にとりわけくっきりと目立ち、日暮れどきには大きな塔と先細りの尖塔が、夕焼け空を背景に黒々と浮かび上がるのだった。ひときわせりだした高台に建っているようで、薄汚れたファサードと、大きな尖頭窓の頂部に急勾配《きゅうこうばい》の屋根を斜めにのぞかせる北面が、もつれあった棟木と煙突《えんとつ》頂部の煙出しを圧するように堂々とそびえていた。奇妙に不気味で陰鬱な教会はどうやら石造建築らしく、一世紀以上にわたる煙と嵐によって薄汚く変色していた。建築様式は、双眼鏡で見るかぎり、荘厳なアップジョン期に先立ち、ジョージ王朝時代の輪郭や均衡《きんこう》をいくらか残した、あのゴシックリバイバル最初期の実験的な形態だった。ひょっとしたら、一八一〇年か一八一五年ごろに建立されたのかもしれない。

何か月ものあいだ、ブレイクは奇妙に増していく好奇心とともに、はるかかなたの不気味な建物を観察しつづけた。巨大な窓に明かりがともることは決してなかったので、無人にちがいないことがわかった。観察する時間が長くなればなるほど、想像力は強まっていき、ついには奇妙なことを空想しはじめた。その教会にはぼんやりとした不気味な荒廃の霊気が漂っているので、ハトやツバメですら煤けた棟を避けるにちがいないと思うようになったのだ。双眼鏡をのぞくと、ほかの塔や鐘楼には鳥の大群がたむろしているのだが、ここには決してとまらないのである。少なくとも、彼はそのように考えて、それを日記に書きしるした。その場所のことを何人かの友人に話してみたが、フェデラルヒルに行ったことがあるものも、教会の過去や現在についてほんのわずかでも知っているものさえも、ひとりもいなかった。

春になると、ブレイクは激しい情動不安におちいった。彼はすでに、かなり前から構想していた──メイン州に魔女信仰が残っていたという仮説にもとづく──長編小説を書きはじめていたが、不思議なことに書き進めることができなくなり、西に面した窓辺にすわって、遠くの丘と鳥たちに避けられている黒いかめしい尖塔をじっとみつめる時間が、しだいに長くなっていった。庭の大きな枝にやわらかな若葉が萌えだすと、世界は新しい美しさに満ちあふれたが、ブレイクの情動不安はいっそうつのるばかりだった。この都市を横断して、みずからあの途方もない斜面をのぼり、煙の渦巻くあの夢の世界に入り込んでみようという考えが、はじめて彼の心に浮かんだのは、まさにそのときだった。

四月も末ごろ、永劫《えいごう》の影におおわれたワルプルギスの夜の直前に、ブレイクは未知なる世界にはじめて足を踏み入れた。果てしない繁華街の通りと、その先のわびしくさびれた地区をとぼとぼと歩いていって、ようやく歳月にすり減った石段と、沈下したドーリア式玄関《ポーチ》と、窓ガラスの曇った丸屋根のある、上り坂の通りにたどりついたが、それはずっと知っている霧のかなたの手のとどかない世界に通じているにちがいないと、彼は思った。彼にはなんの意味もない煤けた青と白の道路標識があって、そのうちに、ゆきかう群衆の奇妙な浅黒い顔と、風雨にさらされた褐色の建物にならぶ風変わりな商店の異国風の看板に気がついた。遠くから目にしたものはなにひとつみつけることができなかったので、ふたたび彼は、あの遠くから眺めたフェデラルヒルは、生きた人間が決して足を踏み入れることのできない夢の世界ではないかと、なかば夢想した。

ときおり、荒廃した教会のファサードや崩れかけた尖塔が目に入ってきたが、探し求める黒ずんだ大教会ではなかった。商店主に巨大な石造りの教会についてたずねると、男は英語を自在に操るにもかかわらず、微笑して頭をふるのだった。ブレイクが坂をのぼっていくにつれて、あたりはますます風変わりになっていき、陰鬱な褐色の小路が目くるめく迷路となって南の果てまでつづいているのだった。二、三度、幅広い通りを横切り、一度は見慣れた塔をちらっと見かけたような気がした。ふたたび商店主に壮大な石造教会についてたずねたが、このたびは知らないという発言がうそであると断言することができた。浅黒い男の顔には隠しきれない恐怖のいろが浮かび、右手で奇妙なしるしを描いていることに、ブレイクは気づいたのである。

それからふいに、左手の曇り空を背景にして、いりくんだ南の小路に立ち並ぶ褐色の屋根の列の上方に、黒い尖塔がぬっと姿をあらわした。ブレイクはそれがなんであるかすぐに気づき、通りから分かれて上り坂になっている薄汚い未舗装の小路を、尖塔めざしてしゃにむにのぼりはじめた。二度ほど道に迷ったが、戸口の上り段に腰をおろしている家長や主婦、あるいは薄暗い小路のぬかるみで叫んだり遊んだりしている子どもたちには、なんとなく、あえて道をたずねようとしなかった。

ようやく南西の空を背景に塔がくっきりと姿をあらわし、圧倒的な石の巨体が小路《こみち》のつきあたりに黒々とそびえ立った。まもなく彼は、古風な玉石敷きで、向こう側が高い土手壁になった、吹きさらしの広場にたたずんでいた。これが彼の探究の終わりだった。なぜなら、その土手壁に支えられ、鉄柵で仕切られた、雑草の生えた広い高台に――周囲の通りから優に六フィートは高くなった、隔絶された小世界に――不気味な巨大建造物があったが、それがいつも眺めていた教会であることは、新たな視点にもかかわらず、議論の余地がなかったからである。

無人の教会は老朽のきわみにあった。丈高い石の扶壁《ふへき》のいくつかは倒壊し、精緻《せいち》な頂華《ちょうか》のいくつかは落下して、のび放題の褐色の雑草になかば埋もれていた。煤けたゴシック様式の窓はほとんど割れていなかったが、石の縦仕切り《ムリオン》の多くが失われていた。世界中の悪がきどものよく知られた習性を考慮すれば、なにかよくわからないものが描かれたステンドグラスがどうやって破壊をまぬがれたのか、じつに不思議だった。どっしりとした扉は傷ひとつなくしっかりと閉ざされていた。土手壁の頂上をめぐって敷地全体をとりかこんでいるのは錆びた鉄柵で、広場から階段を上がりきったところにある門扉には、はっきりそれとわかる南京錠《なんきんじょう》がかけられていた。門扉から建物に通じる小道は雑草におおいつくされていた。荒廃と衰微が棺に掛ける布のようにあたりにたちこめ、鳥のいない軒や蔦のからまない黒い壁からは、いわくいいがたい不吉な気配が感じられた。

広場にはほとんど人影がなかったが、北寄りのすみに警察官をみかけたので、教会について質問しようと近づいていった。彼はいかにも健康そうなアイルランド人だったので、十字を切ってあの建物についてロにするものはいないとつぶやくばかりなのが奇妙に思われた。ブレイクがしつこくたずねると、おそろしく邪悪なものがかつて棲みついて痕跡《こんせき》を残していったので、決して近づいてはならないと、イタリア人司祭がみなに警告したのだと、ひどく早口でいった。警官自身も、父親からその建物について暗いうわさを聞かされていたが、彼の父はこどものころ耳にした、ある物音やうわさをおぼえていたのである。

警官はことばをつづけた。むかしは悪しき宗派の巣窟《そうくつ》だった——未知なる夜の深淵からおぞしいものを召喚した非合法宗派だ。やってきたものを追い払うには優秀な司祭が必要だったが、ただの光で十分だというものもいた。オマリー神父が生きていたら、もっといろいろなことを話してくれただろうが。いまはそっとしておく以外どうしようもない。もうだれにも害をあたえないし、所有していた人々も死んだか遠くにいってしまった。ときおり近所で人々が消えるのを住民が気にしはじめて、一八七七年に脅迫的な話し合いがもたれたあと、彼らはネズミのように逃げてしまった。いずれ市が介入して、相続人の不在を理由に没収するだろうが、だれが手を触れてもろくなことにはならないだろう。暗黒の深淵で永遠に眠りについているべきものが目覚めてはいけないから、倒壊するまで何年でもそっとしておくほうがいいのだ。

警官が立ち去ったあと、ブレイクは陰鬱な尖塔のある建物をみつめて立ちつくした。その建物が彼とおなじようにほかの人間にも不吉にみえることを知ってわくわくするとともに、警察官が聞かせてくれたむかし話の背後にはどれほどの真実があるのだろうと思った。おそらくそれらは、この場所の邪悪な外観によって喚起《かんき》された伝説にすぎないだろうが、たとえそうだとしても、まるで彼自身の作品が現実になったような不思議な気分だった

散りはじめた雲の切れ間から午後の太陽が顔をのぞかせたが、高台にそびえる古い教会の薄汚く煤《すす》けた

壁を明るくすることはできないようだった。一段高い鉄柵で囲まれた中庭の褐色に枯れた茂みに春の新緑が萌えていないのは奇妙だった。気がつくと、ブレイクは一段高くなった中庭に近づいて、どこかに入り口はないかと、土手壁や錆びた柵を調べていた。黒々とした建物にはぞっとするような魅力があって、こらえきれなくなってしまったのだ。柵の階段付近には開口部がなかったが、北側にまわると鉄格子が何本か失われている箇所があった。階段をあがって柵の外側のせまい笠石を伝っていけば、その隙間にたどりつけそうだった。人々がその場所をひどく恐れているなら、邪魔されることもないだろう。

彼は土手にあがり、だれにも気づかれないうちに柵のなかに入ろうとした。そのとき、ふと見おろすと、広場にいたわずかな人たちがあとずさりながら、大通りの商店主とおなじしるしを右手で描いているのに気づいた。いくつかの窓が音を立てて閉められ、ふとった女性が通りに飛びだして、数人の子どもたちをペンキの塗られていないあばら家のなかにひきずっていった。柵の隙間はたやすく通りぬけることができて、まもなくブレイクは、遺棄《いき》された中庭の腐りかけてもつれた茂みのまっただなかを苦労して歩いていた。ここかしこにある磨滅《まめつ》した墓石の残骸《ざんがい》から、この草地がかつては埋葬地であったことがわかったが、それは遠いむかしのことにちがいない。教会の完全な巨体はいまや圧倒的だったので威圧感をおぼえたが、その気分を振り払って、ファサードの三つの大きな扉を試すために近づいていった。すべてしっかりと施錠されていたので、もっと小さくて通り抜けできそうな開口部を求めて、その巨大建造物を周回しはじめた。そのときですら、この荒廃と亡霊のたむろする場所にほんとうに入っていきたいのか、自分でもはっきりしなかったが、その奇怪さの引力が、ほとんど自動的に彼を引きずっていくのだった。

裏手でぽっかり口を開けた無防備な地下室窓が、必要な入り口を提供してくれた。のぞきこんで見ると、西に傾いた太陽の木漏れ日にかすかに照らされた、蜘蛛の巣と埃まみれの地下室が見えた。がらくたや古い樽、そしてじつにさまざまな朽ちた箱や家具が目に飛び込んできたが、あらゆるものが屍衣《しい》のような埃にすっぽりとおおわれていたので、鋭い輪郭はすべてやわらげられていた。温風炉の錆びた残骸から、この建物が少なくともヴィクトリア朝中期まで使われて維持されていたことがわかった。

ほとんど無意識のうちに、ブレイクは窓からもぐりこみ、埃におおわれてがらくたの散乱したコンクリートの床におり立った。穹窿《ヴォールト》天井の地下室は間仕切りがなく広大で、はるか右奥隅の濃密な影のなかに、どうやら上階に通じているらしい黒々とした拱門《きょうもん》が見えた。実際に巨大な幽霊じみた建物の内部にいることに、なんとも奇妙な圧迫感をおぼえたが、その感覚を抑えて用心深く探しまわり――埃のただなかにいまだ無傷な樽をみつけると、出口を確保するために開いた窓の真下までころがしていった。それから、気を引き締めて、広大な蜘蛛《くも》の巣におおわれた空間を拱門めざして進んでいった。遍在《へんざい》する埃に息がつまりそうになり、幽霊のように繊細な遊糸《ゆうし》まみれになりながら、拱門にたどりつくと、闇へとつづくすり減った石段をのぼりはじめた。明かりはなかったが、両手で注意深く探りながらのぼっていった。階段の向きが急に変わるところで閉ざされた扉に触れて、少し探ってみると古めかしい掛け金に手が触れた。扉は内側に開き、その向こうに、虫食いだらけの鏡板張りの廊下が、薄明りのなかにぼんやりと浮かび上がった。

ひとたび地上階にたどりつくと、ブレイクはすみやかに調査を開始した。屋内の扉はすべて施錠《せじょう》されていなかったので、部屋から部屋へと自由に移動することができた。壮大な身廊《ネイヴ》はほとんどこの世のものとは思われない場所で、箱型会衆席も祭壇も、砂時計説教壇も共鳴板も、埃の吹きだまりと小山にことごとくおおわれ、蜘蛛の巣の巨大なロープが聖歌隊席の尖頭アーチのあいだにはりめぐらされ、ゴシック様式の簇柱《ぞくちゅう》にからみついていた。西に傾く午後の太陽が、巨大な後陣の窓の奇妙になかば黒ずんだガラスごしに光線を送りこむと、この静まりかえった荒廃のすべてに、ぞっとするような鉛色の光がたわむれた。

それらの窓に描かれた絵は、すっかり煤におおわれていたので、なにを表わしているか、ほとんど判別できなかったが、わずかに識別できた部分は気に入らないものだった。意匠《いしょう》はおおむね伝統的で、曖昧《あいまい》な象徴表現に精通しているブレイクは、古代の様式のいくつかに関連したものを読みとることができた。数少ない聖人たちは疑いなく批判の的になりそうな退屈な表情を浮かべている一方、一枚の窓には奇妙な輝きをもつ渦巻線をちりばめた暗黒の空間だけが描かれているようだった。窓から頭をめぐらすと、祭壇の上方にある蜘蛛の巣だらけの十字架がごくふつうのものではなく、謎めいた古代エジプトの原初のアンク、すなわちクルックス・アンサタに似ていることに気づいた。

後陣のそばの後部付属室で、ブレイクは朽ちた机と、黴《かび》が生えて崩れかけた書物がぎっしりつまった、天井まで届く書棚をみつけた。ここではじめて、彼は実在の恐怖の生々しい衝撃《しょうげき》に襲われた。書棚に並ぶ書物の表題から多くのことがわかったからである。それらは、ほとんどの正気の人間なら聞いたことすらないような、あるいは、たとえ聞いたとしても、おずおずとひそやかにささやかれるような暗黒の禁断の書物であり、人類の幼年期から、そして人類が誕生する以前のほの暗い伝説上の日々から、時間の流れをしたたり落ちてきた、いかがわしい秘密と有史以前の呪法の、禁じられたひどく恐ろしい書物だった。彼自身、すでにその多くを読んだことがあった——忌《い》み嫌われる『ネクロノミコン』のラテン語版、邪悪なる『エイボンの書』、ダレット伯爵の悪名高い『屍食経典儀《ししょくきょうてんぎ》』、フォン・ユンツトの『無名祭祀書《むめいさいしょ》』、老ルートウィヒ・プリンのきわめておぞましい『妖蛆《ようそ》の秘密』などである。しかし、うわさを耳にしただけの書物や、まったく知らない書物もあった——『ナコト写本』、『ヴァーンの書』、そしてまったく正体不明の文字で書かれているが、神秘学の学徒なら身震いとともに判読することのできる記号や図形もふくまれたぼろぼろの書物が一冊あった。明らかに、連綿《れんめん》と語り継がれた地元のうわさは嘘ではなかった。この場所はかつて、人類より古く既知《きち》の宇宙よりも広大な悪の中心地だったのだ。

朽ちた机のなかには小さな革表紙の記録帳があって、奇妙な暗号法による記載で埋めつくされていた。その手稿には、今日天文学で用いられ、かつては錬金術、占星術、その他のいかがわしい学問で用いられた——太陽、月、惑星、座相《アスペクト》、黄道十二宮などを示す——ふつうの伝統的な記号で構成されていたが、ここでは、それぞれのページにぎっしりと書きこまれ、区分や段落があるので、それぞれの記号はアルファベット文字に対応しているようだった。

あとで暗号を解読できたらと思って、ブレイクはこの記録帳を上着のポケットにしまいこんだ。書棚の大著の多くにいいようもないほど惹きつけられたので、いつかまたそれらを借り出したいという誘惑にかられた。どうしてこんなにも長いあいだ書棚にならんだままでいられたのか不思議だった。六十年近くにわたって、この無人の場所を訪問者から守ってきた、あたりに漂う圧倒的な恐怖に打ち勝ったのは、自分がはじめてだったのだろうか？

（続く）

《近刊予告》

『クトゥルフ少女戦隊』

山田 正紀

5億4000万年まえ、突如として生物の「門」がすべて出そろうカンブリア爆発が起こった。このときに先行するおびただしい生物の可能性が、発現されることなく進化の途上から消えていった。

これはじつは超遺伝子「メタ・ゲノム」が遺伝子配列そのものに進化圧を加える壊滅的なメタ進化なのだった。いままたそのメタ進化が起ころうとしている。怪物遺伝子《ジーン・クトゥルフ》が表現されようとしている。おびただしいクトゥルフが表現されようとしている。この怪物遺伝子をいかに抑制するか。発現したクトゥルフをいかに非発現型に遺伝子に組み換えるか？

そのミッションに招集された現行の生命体は三種、敵か味方か遺伝子改変されたゴキブリ群、進化の実験に使われた実験マウス（マウス・クリスト）、そして人間未満人間以上の四人のクトゥルフ少女たち。その名も、絶対少女、限界少女、例外少女、そして実存少女サヤキ……。クトゥルフと地球生命体代表選手の壮絶なバトルが「進化コロシアム」で開始された！

これまで誰も読んだことがないクトゥルフ神話と本格ＳＦとの奇跡のコラボ！　読み出したらやめられない、めくるめく進化戦争！

《近刊予告》

『魔空零戦隊』菊地 秀行

ルルイエが浮上して一年、世界はなお戦闘を続けていた。莫大な戦費を邪神対策に注ぎ込みながら、何故国同士の戦いを止めぬのか。恐るべきことに、世界に歩調を合わせるように、ルルイエの送り出す兵器もまた進歩を遂げていった。

ヨーロッパには邪神の骨格に皮膚を張り付けた飛行空母と、それが送り出す飛行船が爆撃を敢行《かんこう》し、大西洋では奇怪なる生物艦隊が、連合国艦隊と死闘を繰り広げていた。ルルイエには邪神たちの超技術が封印されていたのだ。

一方、南海の孤島に、ある密命を帯びた飛行小隊が駐屯《ちゅうとん》していた。米英軍はもちろん、クトゥルー一派もこの小さな島を無視した。だが、ついにクトゥルー猛攻の時が来た。襲いかかる怪戦闘機と海底からの魔物。壊滅を覚悟したその時、彼方より轟《とどろ》く爆音に魔性たちは戦慄《せんりつ》する。かつて“魔人”と恐れられながら、戦火の彼方に消えた伝説の名パイロットが、愛機と共に帰ってきたのだった。

彼は告げる。

「やがてクトゥルーが出現するその日、我々はルルイエ空爆を敢行する。おれの使命は当日までにお前たちを今以上のパイロットに鍛え上げることだ。人間以上のパイロットにな」

時を同じくして、太古の帆船とおぼしい船から、一個の柩《ひつぎ》が流れ着く。基地に出没する白い少女はそこに眠るものか？　そしてルルイエの意を汲んだスパイも暗躍を開始した。遂に、凄絶《そうぜつ》な訓練を経た飛行隊とクトゥルー戦隊とが矛《ほこ》を交える時が来た。海魔ダゴンと深きものたちの跳梁《ちょうりょう》。月をも絡めとる触手。夜ごと響き渡る妖女ハイドラの呪声、そんな中で白い少女と若きパイロットの恋は実るのか？　遥か南海の大空を舞台に、奇怪なる生物兵器と超零戦隊が手に汗握る死闘を展開する！

クトゥルー・ミュトス・ファイルズ
The Cthulhu Mythos Files

闇のトラペゾヘドロン

2014年8月30日　第1刷

著　者
倉阪 鬼一郎　　積木 鏡介　　友野 詳

発行人
酒井 武史

カバーイラスト　小島 文美
本文中のイラスト　フジワラ ヨウコウ　二木 靖（金魚の夢）
帯デザイン　山田 剛毅

発行所　株式会社　創土社
〒165-0031 東京都中野区上鷺宮 5-18-3
電話 03-3970-2669　FAX 03-3825-8714
http://www.soudosha.jp

印刷　株式会社シナノ
ISBN978-4-7988-3018-6　C0093
定価はカバーに印刷してあります。

HIFUMI SHOBO
桜ノ杜ぶんこ
『るいは智を呼ぶPLUS -魔女たちと太平洋の星-』の
日野亘×さえき北都 コンビが送る
ゲームブックを題材にした新作ノベル！
PG14
パラグラフ・フォーティーン
Written by WATARU HINO
Illustration by HOKUTOSAEKI
死へ続く
パラグラフを回避せよ！
著者／日野亘
イラスト／さえき北都
文庫判／444P
桜ノ杜ぶんこ 毎月5日発売！
株式会社一二三書房
〒102-0072
東京都千代田区飯田橋 2-14-2 雄邦ビル
TEL：03-3265-1881